Sigrid Grabner
Sie machte Frieden

W0066016

Sigrid Grabner

Sie machte Frieden

Maria Theresia und andere Erzählungen

© 2018 Fe-Medienverlags GmbH
Hauptstraße 22, 88353 Kißlegg
www.fe-medien.de

1. Auflage 2018
Gestaltung: Jonas Müller
Druck: CPI books
Coverfoto: dpa
ISBN: 978-3-86357-201-3
Printed in Germany

INHALT

Sie machte Frieden

Sie hätten ein schönes Paar abgeben und ein Reich des Friedens in Mitteleuropa begründen können: die 1717 geborene Maria Theresia und der fünf Jahre ältere Kronprinz Friedrich. Doch die Verhandlungen zwischen dem Wiener und Berliner Hof zerschlugen sich. Sei es, weil die Verbindung der bedeutendsten Erbtochter Europas mit einem Preußenprinzen den Stolz der Habsburger nicht befriedigt hätte, sei es, weil die vierzehnjährige Maria Theresia entschlossen an ihrer großen Liebe zu dem neun Jahre älteren Herzog Franz Stephan festhielt, der noch ärmer war als der Preußenprinz. Die Astrologen, wären sie zu Rate gezogen worden, hätten ohnehin abgeraten. Das Quadrat zwischen der Geburtssonne der Österreicherin und der des Preußen verhieß nichts Gutes für eine eheliche Verbindung: zu unterschiedliche, ja einander ausschließende Charaktere. Er war ruhmsüchtig, zynisch, von einer spekulativen Intellektualität, hochfahrend, asketisch; sie dagegen auf Bewahrung ausgerichtet, fromm katholisch, pragmatisch, jovial, sinnlich. Auch ihre Gemeinsamkeiten hätten sie gegeneinander aufgebracht. Beide waren unermüdliche Arbeiter, duldeten keine Einmischung in Staatsgeschäfte durch die Familie, führten die Zügel des Staates mit fester Hand. Der Weiberfeind Friedrich den Rat einer Frau auch nur bedenken, niemals! Die Erbin eines Reiches vom Atlantik bis zum Schwarzen Meer dem Diktat eines lieblosen Mannes folgen, ja, sich den Mund verbieten lassen, niemals!

So war es vom Menschlichen her gesehen für beide, vor allem aber für Maria Theresia, ein Segen, dass aus den Heiratsplänen nichts wurde. Friedrich unterwarf sich der Ordre des Vaters und heiratete 1733 Elisabeth Christine von Braunschweig-Bevern, eine Nichte des Kaisers in Wien, um sie nach dem Tode des Vaters für immer aus seiner Gegenwart zu verbannen. Er hielt nichts von Frauen und Fortpflanzung. Auf eine vorsichtig geäußerte Aufforderung, Vater zu werden, erwiderte er: „... wenn ich dieselbe Bestimmung habe wie die Hirsche – die gegenwärtig in der Brunstzeit sind –, so könnte jetzt in neun Monaten geschehen, was Sie mir wünschen. Ich weiß nicht, ob es ein Glück oder ein Unglück für unsere Neffen und Großneffen sein würde; die Königreiche finden immer Nachfolger und es ist ganz ohne Beispiel, dass ein Thron leer geblieben ist.“

Maria Theresias Vater unterwarf sich dem Wunsch seiner Tochter und ließ sie im Februar 1737 den Lothringer Franz Stephan heiraten, nunmehr Großherzog von der Toskana, einen liebenswürdigen, potenten, praktischen Mann, dem jegliche heroische Tugenden abgingen. Maria Theresia liebte ihn abgöttisch und gebar ihm sechzehn Kinder. Er nahm es mit der Treue nicht so genau wie sie. Erst im Alter lernte die temperamentvolle Frau, sich mit seinen Favoritinnen abzufinden, es fiel ihr schwer, aber sie verzieh ihm.

Mit dem Scheitern der offenbar nicht sehr nachdrücklich betriebenen Heiratspläne zwischen den Habsburgern und den Hohenzollern hätte es sein Bewenden haben können. Kein Stolz war verletzt, keine Wunden waren geschlagen worden. Einen Augenblick lang hatte der Traum von einem geeinten deutschen Reich aufgeleuchtet, nicht zum ersten und nicht zum letzten Mal in der Geschichte, und war wie eine Sternschnuppe am dunklen Himmel verglüht. Maria Theresia genoss ihr Familienglück in Wien und Florenz und Friedrich die Rheinsberger Tage. Sie dankte der Jungfrau Maria für ihren Beistand bei den Geburten der Töchter; er korrespondierte mit Voltaire und schrieb den „Antimachiavell". Bis 1740 verband sie nichts als ihre Zeitgenossenschaft.

Im Mai dieses Jahres starb im Potsdamer Stadtschloss König Friedrich Wilhelm, der Soldatenkönig, erst 52 Jahre alt. Schon einige Jahre zuvor hatte er bemerkt: „Es liegt mir nichts mehr am Leben, da ich meinen Sohn hinterlasse, der alle Fähigkeiten hat, gut zu regieren. Er hat mir versprochen, dass er die Armee beibehalten wird. Er hat Verstand und alles wird gut gehen." Genau ein Jahrhundert nach dem Regierungsantritt des Großen Kurfürsten schickte sich dessen Urenkel Friedrich II. an, Großes zu vollbringen. Durch die harte, ja brutale Schule des Vaters gegangen, von ihm eingewiesen in die Verwaltung und die Struktur des Heeres, bot sich dem ehrgeizigen Schüler endlich die Möglichkeit, seinen Lehrer in den Schatten zu stellen. Von einem Tag auf den anderen warf er die Toga des Friedensfürsten ab und legte für den Rest seines langen Lebens die Uniform an, die er eben noch abfällig als „Sterbekittel" bezeichnet hatte. Als Cäsar träumte er sich, als Machiavell, den sein Gerede von gestern nicht kümmerte, als Philosoph der Pflicht und des unbedingten Gehorsams.

Wenige Monate nach dem Soldatenkönig starb in Wien der fünfundfünfzigjährige Kaiser an einer Erkältung, die er sich bei der Jagd zugezogen hatte. Karl VI. und seiner Frau Elisabeth von Braunschweig-Wolfenbüttel waren Söhne versagt geblieben, nur Maria Theresia und eine jüngere Schwester hatten überlebt. Das Haus Habsburg erlosch in der männlichen Linie.

Von Frauen auf dem Thron hielt das 18. Jahrhundert nichts. Die Zeit der Herrscherinnen in Europa war lange vorbei. Eine Frau, fürchtete Kaiser Karl, würde keiner der Potentaten ernst nehmen, jeder würde versuchen, das Haus Habsburg zu plündern und seinen Ruin herbeizuführen. Und so hatte der besorgte Herrscher und Vater geglaubt, die meiste Zeit seiner Regierung damit zubringen zu müssen, der Tochter Maria Theresia das Erbe auf juristischem Wege zu sichern. In der „Pragmatischen Sanktion" bestimmte er die Unteilbarkeit der habsburgischen Länder und legte die weibliche Erbfolge fest. Nach langen schwierigen Verhandlungen mit den europäischen Fürsten, die ihm Zugeständnisse, Gebiete, Privilegien abverlangten, erhielt er ihre Zustimmung für das Papier. Die Regelung der Erbfolge nahm ihn so in Anspruch, dass er darüber das Erbe vernachlässigte. Staat und Armee hinterließ er in einem maroden Zustand und die Erbin in vollkommener Ahnungslosigkeit politischer Geschäfte. Nur Unterschriften, die das Papier nicht wert waren, auf dem sie standen. Maria Theresia schrieb über ihre Situation beim Tod des Vaters: „Da sich der unvermutete betrübliche Todesfall meines Vatters höchstseliger Gedächtnüs ereignet und vor mich umb so viel mehr schmerzlich ware, weilen nicht allein selben verehret und geliebet als einen Vattern, sondern als wie die mindeste Vasallin als meinen Herrn angesehen und also doppelten Verlust und Schmerzen empfunden und damahlen die zur Beherrschung so weit schichtiger und verteilter Länder erforderliche Erfahr- und Kenntnüs umb so weniger besitzen können, als meinem Herrn Vattern niemals gefällig ware, mich zur Erledigung der auswärtigen noch inneren Geschäften beizuziehen noch zu informieren; so sahe mich auf einmal zusammen von Geld, Truppen und Rat entblößet."

Die dreiundzwanzigjährige Maria Theresia verlor in diesem Jahr 1740 nicht nur den Vater, sondern auch die erste ihrer drei Töchter. Mit dem vierten Kind ging sie schwanger. Und sie übernahm ein Amt, auf das sie nicht vorbereitet war. Aber sie vertraute auf ihren Mut und Gottes Hilfe. In Friedrich hätte sie zuletzt einen Gegner vermutet. Hatte sich nicht ihr Vater für den Kronprinzen eingesetzt, als ihm in Küstrin die Todesstrafe drohte, ihn heimlich finanziell unterstützt? So bat sie den jungen Preußenkönig herzlich um seine Zustimmung zur Kaiserkrönung ihres Gemahls in der Nachfolge Karls VI. Zwar besagte der Kaisertitel nicht mehr viel, aber mit dem Glanz, der ihn von altersher umstrahlte, wollte Maria Theresia ihren geliebten Franzl für seine politische Bedeutungslosigkeit entschädigen. Denn so gut kannte sie ihn, dass er sich weder als Regent noch als Feldherr eignete, in die Regierung würde sie sich nicht von ihm hineinreden lassen.

Die Antwort aus Berlin schockierte sie. Er werde, ließ Friedrich sie wissen, der Cousine jeglichen Beistand leihen und dem geliebten Vetter seine Stimme bei der Kaiserwahl geben, wenn sie ihm dafür die Provinz Schlesien überließe. Gleichzeitig berichtete der österreichische Gesandte in Berlin von Truppenaufmärschen in Richtung Osten. Maria Theresia konnte und wollte nicht glauben, dass Friedrich sie angreifen könnte, wenn sie seine angebotene „Hilfe" ausschlug.

Am 16. Dezember 1740, zwei Monate nach dem Tode Karls VI., marschierten preußische Truppen in Schlesien ein. Friedrich schrieb zwei Jahre später über seine Gründe: „Beim Tode meines Vaters fand ich ganz Europa in Frieden ... Die Minderjährigkeit des jungen Zaren Iwan ließ mich hoffen, dass Rußland sich mehr um seine inneren Angelegenheiten bekümmern würde als um die Garantie der Pragmatischen Sanktion. Außerdem war ich im Besitz schlagfertiger Truppen, eines gut gefüllten Staatsschatzes und von lebhaftem Temperament; das waren die Gründe, die mich zum Kriege mit Therese von Österreich, Königin von Böhmen und Ungarn bewogen ... Der Ehrgeiz, mein Vorteil, der Wunsch, mir einen Namen zu machen, gaben den Ausschlag und der Krieg ward beschlossen." Beiseitegeschoben die Bitte des Vaters im Testament: „Mein lieber Succeßor bitte ich umb Gottes willen kein ungerechten krihg anzufangen und nicht ein agressör sein den Gott die ungerechte Kriege verboten." Friedrich dürstete nach Ruhm, der jungen Frau auf dem Thron traute er keine Herrscherqualitäten zu, von ihrem Mann, den er von einem Besuch in Potsdam kannte, erwartete er keinen großen Widerstand.

Auch nach dem Einmarsch in Schlesien blieb er bei seiner Rolle als Friedensretter und hilfreicher Freund. Als

Maria Theresia die Verhandlungen mit dem hochmütigen preußischen Gesandten Gotter am 12. Januar 1741 durch Franz Stephan mit den Worten abbrechen ließ: „Kehren Sie zu Ihrem Herrn zurück und sagen Sie ihm: Solang er noch einen einzigen Mann in Schlesien stehen hat, werden wir lieber untergehen als mit ihm verhandeln", schrieb Friedrich eigenhändig an ihren Gemahl, denn nur ihm traute er politische Sachkenntnis zu: „Mein Herr Vetter, ich habe mit wirklichem Ärger gesehen, dass Ihre Königliche Hoheit so schlecht meine Freundschaftsbezeugungen aufgenommen hat und trotz der Gerechtigkeit meiner Ansprüche auf Schlesien keine Rücksicht darauf nehmen wollte. Ich gestehe, ich bin verzweifelt, in die Notwendigkeit versetzt zu sein, gegen einen Prinzen, dessen festeste Stütze ich sein wollte, als Feind aufzutreten. Ich möchte unschuldig sein für die Folgen der schlechten Auslegung meiner Absichten. Aber ich werde verpflichtet sein, meine Maßnahmen zu ergreifen und gegen einen Prinzen vorzugehen, den ich liebe und den ich schätze und für den mein Herz immer schlagen wird, auch wenn ich gegen ihn agieren muss."

Diese Haltung der verfolgten Unschuld behielt Friedrich ein Leben lang bei. Auf Worte verstand er sich trefflich. Sein Vater hatte ihn einmal in Bezug auf seine Geschwister gewarnt: „Wenn du Herr bist, wirst du sie alle betrügen, das kannst du nicht lassen. Du bist von Natur falsch und betrügerisch. Sieh dich vor, Friedrich! Betrüge sie beim ersten Mal gründlich, denn ein zweites Mal wird es dir nie gelingen." Friedrich beherzigte diesen Ratschlag.

König Ludwig XV. von Frankreich rief beim Eintreffen der Nachricht von Friedrichs Einmarsch in Schlesien aus: „Das ist ein Narr! Der Mensch ist verrückt!" Auch das übrige Europa entsetzte sich über den jungen preußischen König, der mit einer Skrupellosigkeit ohnegleichen Verträge brach und seinen Ruf als aufgeklärter Friedensfürst ruinierte. Der Grundstein für ein die Jahrhunderte überdauerndes Misstrauen gegen Preußen war gelegt, bis man schließlich Hitler für einen Preußen und Beethoven für einen Österreicher hielt.

Achtzigtausend Soldaten hatte Friedrich Wilhelm hinterlassen, im selben Jahr vermehrte Friedrich, von dem man angenommen hatte, er würde sein überdimensioniertes Heer auf die Hälfte vermindern, es noch einmal um zehntausend, bis es die Zahl von hundertfünfunddreißigtausend Mann erreichte. Und das bei einer Bevölkerungszahl von zwei Millionen Menschen!

Im Jahrhundert der Erbfolgekriege, vorgeschobener Gründe für militärische Geplänkel, endlosen Taktierens um ein paar Quadratkilometer Land wogen gebrochene Versprechen und Heuchelei nicht allzu schwer, man nutzte seine Vorteile gern und geschickt. Aber was sich jetzt vor den Augen Europas abspielte, versetzte nicht nur Maria Theresia in Schrecken. Aus der märkischen Streusandbüchse erstand ein feuerspeiender Drache, bereit, alles in Brand zu stecken und sorgfältig austariertes politisches Gleichgewicht zu zerstören. Österreich, Spanien, Frankreich, Großbritannien, Russland, das osmanische Sultanat, jeder dieser Staaten war Preußen an Bevölkerungszahl weit überlegen, aber keiner von ihnen unterhielt im

Verhältnis dazu ein so großes Heer. Das weitaus größere Österreich konnte den neunzigtausend preußischen Soldaten höchstens achtzigtausend entgegenstellen und die meisten waren fernab von Schlesien stationiert.

Für Maria Theresia war Friedrich seit jenem Winter 1740/41 „der böse Mann von Berlin", „das Ungeheuer", dessen Worten man nicht trauen dürfe, sie warnte vor seiner Falschheit, seiner Macht, die sich nie mit dem Erreichten zufrieden geben würde. 1741 starb die zweite Tochter der jungen Königin, im Mai entband sie ihr viertes Kind, den Thronfolger Joseph. Vom Westen her drangen nun auch die Bayern zusammen mit den Franzosen in ihre Erblande ein. Friedrich hatte zur Jagd geblasen und nach dem ersten Schock schloss sich Europa der Hatz auf das verlockende Wild an. Nur von England konnte Österreich finanzielle Unterstützung erhoffen. Inmitten furchtsamer, noch vom Kaiser übernommener Berater, unentschlossener Generäle und des zu Kompromissen neigenden Gemahls erwies sich die bedrängte Maria Theresia als einziger Mann und nahm die Herausforderung an. Auf ihre Weise. Mit Charme, beseelter Rhetorik, mitreißender Tapferkeit, unter Tränen warb sie bei den ungarischen Adligen, bei den böhmischen Ständen, im Volk um Unterstützung. Sie ermutigte, forderte, versicherte sich der Hilfe fähiger Männer, arbeitete sich in die Regierungsgeschäfte und die Diplomatie ein; ihr größtes Kapital aber blieben ihr gesunder Menschenverstand, Menschenkenntnis, Gottvertrauen und Mut.

Ihr Gegner spottete. Maria Theresias kindlich festen Glauben an Gott hielt Friedrich für unzeitgemäß und dumm. Nach der gewonnenen Schlacht von Mollwitz im April 1741 wählte er für den Dankgottesdienst die Worte des Paulus an Timotheus aus: „Ein Weib lerne in der Stille in aller Untertänigkeit. Einem Weibe aber gestatte ich nicht, dass sie lehre, auch nicht, dass sie des Mannes Herr sei, sondern stille sei."

Friedrich bekam, was er wollte, auch ohne Gebet. Im Frieden von Breslau im Juni 1742 musste Österreich Schlesien an Preußen abtreten. Das Haus Habsburg war beraubt worden, aber es hielt stand. Mit einer Energie ohnegleichen ging Maria Theresia nun daran, ihr Haus in Ordnung zu bringen. Sie leitete Reformen des Heeres, der Wirtschaft, Finanzen, Verwaltung, Justiz, des Schulwesens nach preußischem Vorbild ein. Nichts entging ihrer Aufmerksamkeit. Was war das Gemeinwesen denn anderes als eine Familie, die nur prosperierte, wenn sich die Einzelnen wohlfühlten!

Nur zwei Jahre nach dem Frieden von Breslau fiel Friedrich ein zweites Mal in ihre Lande ein, diesmal in Böhmen. Österreich, wegen Lothringen in einen Krieg mit Preußens Verbündetem Frankreich verwickelt, bot im Osten eine freie Flanke. Doch die österreichischen Truppen erwiesen sich diesmal als unerwartet geschickt, England, Russland und Sachsen-Polen standen auf der Seite Habsburgs. Das böhmische Debakel ließ Friedrich den Wahnsinn eines Krieges beklagen, den er selbst angezettelt hatte. Nach dem Frieden von Dresden im Dezember 1745, der Friedrich den Besitz Schlesiens bestätigte und in dem er nachträglich der Wahl von Franz Stephan zum Kaiser zustimmte, rief Friedrich aus: „Künftig greife ich keine Katze mehr an, außer um mich zu verteidigen!"

Doch der homo novus, der Emporkömmling, fühlte sich seiner Sache niemals sicher. Selber im höchsten Grade misstrauisch, aggressiv, ruhmsüchtig, projizierte er diese Eigenschaften auf Maria Theresia. Er verzieh ihr nicht, dass er sie überfallen hatte. Bei seinen Tafelrunden, an denen wie einst beim Tabakkollegium seines Vaters nur Männer teilnahmen, zog er über die „drei ersten Huren Europas" her, womit er Zarin Elisabeth, Madame Pompadour und Maria Theresia meinte. Einen französischen Besucher forschte er über das Herrscherpaar in Wien aus: „Möchte man nicht sagen, dass die Frau als Mann verkleidet ist und der Mann als Frau? Wenigstens hat der Kaiser das Benehmen eines guten ehrlichen Hausmeiers, der seiner Gattin alles überlässt." ... „Sie muss eine eigenartige Frau sein und mehr männlich als frauenhaft. Macht sie einen vielbeschäftigten Eindruck?"

Der Franzose wunderte sich über die seltsame Vorstellung. Nein, Maria Theresia sei ganz Frau und lasse den Reiz ihres Geschlechts nicht ungenutzt, um zu bezaubern. Sie verfüge über Mut, Charakterstärke und eine ausgesuchte Höflichkeit gegen jedermann. Sie arbeite von früh bis spät und sie würde große Dinge vollbringen, wenn ihre Minister sie besser unterstützten.

Für Friedrich blieb Maria Theresia unverständlich wie ein Wesen von einem anderen Stern. Eine Regentin, die Kind auf Kind gebar, ein glückliches Familienleben führte, nicht mit dem Stock regierte, sondern mit Charme, Verstand und Fleiß, deren Frömmigkeit echt war und die sich doch nicht von der Kirche in ihre Geschäfte hineinreden ließ. Nur in einem glaubte er sie richtig einschätzen zu können: dass sie an nichts anderes dachte, als Schlesien wieder in ihren Besitz zu bringen.

Natürlich verlor Maria Theresia Schlesien nicht aus dem Auge. In Verein mit ihrem Berater Graf Kaunitz, einem Mann von ebenso schwierigem Charakter wie hoher diplomatischer Begabung, gelang ihr das Kunststück, ein Bündnis mit dem bisherigen Erzfeind Frankreich zu schmieden. Worauf Friedrich nichts anderes einfiel, als zum drittenmal innerhalb von sechzehn Jahren einen Angriffskrieg zu wagen. Im August 1756 marschierten seine Truppen in das von ihm zum Feind erklärte Königreich Sachsen ein, um sich eine geeignete Ausgangsbasis für weitere Feldzüge gegen Österreich zu schaffen. Ein entsetzlicher, sieben Jahre währender Krieg begann, den Friedrich diesmal allein gegen die europäischen Großmächte Russland, Österreich, Frankreich und Schweden führte. Den 150 000 Soldaten eines Vier-Millionen-Volkes (einschließlich Schlesien) standen 300 000 Soldaten der Alliierten mit einer Bevölkerungszahl von mindestens achtzig Millionen gegenüber. Im Verlaufe dieses Krieges wurde Berlin kurzzeitig von den Österreichern und Russen besetzt, mehr als einmal hing Friedrichs Schicksal am seidenen Faden. In Preußen und Sachsen herrschten Zustände wie im Dreißigjährigen Krieg. Friedrich beklagte wortreich das Elend der vom Krieg betroffenen Menschen, ihn zu beenden, reichte sein Mitgefühl nicht. Er wollte siegen oder sterben. Schlesien würde er niemals zurückgeben, niemals!

„Hat man je gesehen", schrieb er in Verkehrung aller Tatsachen seiner Schwester Wilhelmine, „wie drei mächtige Fürsten ein Komplott schmieden, um einen vierten zu vernichten, der ihnen nichts getan hat? Ich habe weder mit Frankreich noch mit Russland und am allerwenigsten mit Schweden Differenzen gehabt. Ich bin in der Lage eines Reisenden, der sich von einem Haufen Schurken umringt und im Begriff sieht, ermordet zu werden, weil die Räuber seinen Besitz unter sich verteilen wollen." Der Angreifer flüchtete sich in die Rolle des bedauernswerten Opfers.

Friedrich hetzte seine Truppen von einem Ort zum anderen, siegte hier, verlor dort. In den Kampfpausen entspannte er sich mit dem Verfassen giftiger Pamphlete über seine Gegner Ludwig XV., Maria Theresia und die Zarin Elisabeth, die er den Vielgeliebten, das apostolische Rabenaas und die griechische Hure nannte. „Solange ich atme, werde ich mich lustig machen über diese Leute, die so erbittert über mich sind. Wenn ich sie nicht schlagen kann, so will ich sie wenigstens verlästern und in Wut versetzen, so sehr ich es vermag. Diese zweibeinigen ungefiederten Geschöpfe ... sind aus Torheiten und Lächerlichkeiten zusammengeknetet", bemerkte er im Feldlager zu seinem Vorleser Henri de Catt. Dann wieder sprach er von Selbstmord. „Entweder lasse ich mich unter den Trümmern meines Vaterlandes begraben oder ich beende mein Unglück, wenn es nicht mehr möglich ist, es zu ertragen. Ich bin fest entschlossen, in diesem Feldzug alles zu wagen und die verzweifeltsten Dinge zu unternehmen, um zu siegen oder ein ehrenvolles Ende zu finden."

Es war die Haltung eines Spielers, die Maria Theresia völlig fremd war. Von dieser Art Heroismus hielt sie nichts. Friedrich setzte alles auf eine Karte. Als Ende 1761 für ihn alles verloren schien, ereignete sich das „Mirakel des Hauses Brandenburg". Zarin Elisabeth starb und ihr Nachfolger Peter III., ein Bewunderer Friedrichs, schloss sofort Frieden mit Preußen. Der Krieg schwelte noch eine Weile vor sich hin, bis im Februar 1763 auf dem sächsischen Jagdschloss Hubertusburg ein Erschöpfungsfrieden auf der Grundlage des Status quo ante geschlossen wurde. Kein Staat hatte Gebietsgewinne erzielt. Maria Theresia musste sich ein drittes Mal mit dem Verlust Schlesiens abfinden. Während die Kontinentalmächte einander zerfleischten, hatte England sich mit ein paar Hilfsgeldern für Preußen aus der Sache herausgehalten, derweilen Frankreich in Übersee Kolonien abgejagt und war zur ersten Kolonialmacht der Welt aufgestiegen. Preußen hingegen galt endgültig als europäische Großmacht.

Der Krieg hatte Friedrich erschöpft und vor der Zeit altern lassen. Als ein mürrischer, die Welt und die Menschen verachtender Mann kehrte er nach Berlin zurück. Misstrauisch nach wie vor, immer nach Gelegenheiten Ausschau haltend, seinen Besitz „abzurunden", was ihm dann auch bei der Teilung Polens gelang, und im Übrigen sich der Verwaltung seines Landes und dem Flötenspiel widmend.

Auch Maria Theresia war erschöpft. Die dreiundzwanzig besten Jahre ihres Lebens hatte sie sich mit dem Preußenkönig kriegerisch auseinandersetzen müssen. Europas Jugend bewunderte ihn nun als Helden und vergaß darüber, was er angerichtet hatte. Ihr hingegen blieb nur die bittere Erkenntnis, vergeblich das Blut ihrer Untertanen geopfert zu haben. Schlesien war endgültig verloren, die Vormachtstellung Österreichs im Deutschen Reich dahin. Der schwerste Schlag traf sie anderthalb Jahre später. Während eines Aufenthaltes in Innsbruck starb plötzlich ihr geliebter „Franzl". Franz Stephan war die ruhige Mitte ihres Lebens und der Familie gewesen, ihr engster Vertrauter, wenn auch nur aufs Zuhören beschränkt, ihr geschickter Vermögensverwalter, ein Mann von Takt, Würde und Noblesse. Von nun an legte die Achtundvierzigjährige ihre Witwentracht nicht mehr ab und wurde, was ihrem Wesen zutiefst entsprach – „ihrer Länder allgemeine und erste Mutter". Der Wahlspruch der Habsburger „Bella gerant alii, tu felix Austria nube" (Mögen andere Krieg führen, du glückliches Österreich heirate) schien ihr auf den Leib geschrieben. Heiraten sollten die Kinder, um das Ansehen und den Besitz der Monarchie zu mehren, nicht Kriege führen.

Maria Theresias Mitregent seit dem Tode von Franz Stephan, der Thronfolger Joseph, sah das anders. Der innerlich unsichere, hochfahrende und oft taktlose junge Mann bewunderte den Preußenkönig glühend, ein Aufklärer und Rationalist wie er wollte er sein. Vergeblich die Vorhaltungen der Mutter: „Hat dieser Heros, der so viel von sich reden macht, hat dieser Eroberer einen einzigen Freund? Muss er nicht aller Welt misstrauen? Welch ein Leben, aus dem Menschlichkeit verbannt ist!" „So ist dieser große Mann, den man für einen Salomo ausgibt; wenn man ihn nur sorgfältig und ununterbrochen beobachtet, ist er recht klein und ein bloßer Scharlatan, den Gewalt und sein Glück schirmt." Sie redete ins Leere. Nun, da der „böse Mann" in Berlin Ruhe gab, erwuchs ihr in dem nach politischen und militärischen Großtaten lechzenden Thronfolger das Kreuz der letzten anderthalb Jahrzehnte ihres Lebens. Friedrichs Schatten blieb über ihr. Bis zur Selbstverleugnung widerstand sie den Kriegsgelüsten des Sohnes. Zwei Jahre vor ihrem Tod verhinderte sie einen größeren Waffengang zwischen Österreich und dem erneut in Böhmen eingefallenen Friedrich, indem sie ohne Wissen Josephs einen geheimen Unterhändler zu Friedrich schickte, sich selber demütigte und den geliebten Sohn bloßstellte, allein um des Friedens willen.

Maria Theresia und Friedrich sind einander nie persönlich begegnet. Nie fand der Preußenkönig auch nur ein Wort des Bedauerns über den frechen Raub Schlesiens und seine furchtbaren Folgen. Und niemals konnte die sonst so großherzige Habsburgerin ihm diesen Raub verzeihen. „Nicht, dass ich etwa unversöhnlich gegen ihn wäre, aber die Abneigung wurzelt in den gemachten Erfahrungen. Ich besorge, und nicht ohne Grund, dass ich mich niemals sicher fühlen kann, solang dieser König so mächtig ist wie jetzt." Sie sprach ihm seine Fähigkeiten nicht ab, gestand ihm Scharfsinn, eine umfassende Begabung und unausgesetzte Beschäftigung mit den Regentenpflichten zu, aber die Leichtigkeit, mit der er ein gegebenes Wort brach, sein Zynismus und seine Menschenverachtung waren ihr tief zuwider.

Auch Friedrich versuchte, dem „apostolischen Rabenaas" Gerechtigkeit widerfahren zu lassen. Zu seinem Vorleser Henri de Catt sagte er: „Trotz des Üblen, das sie mir zugefügt hat, muss ich zugeben, dass diese Fürstin sehr achtenswert ist durch ihre Sittenreinheit. Es gibt wenige Frauen, welche ihr in dieser Hinsicht gleichen; die meisten sind Huren und die Königin verabscheut Huren ... Sie ist sehr strebsam und hat Talente auf mehr als einem Gebiet." Nach ihrem Tod am 29. November 1780 schrieb er sogar in einem Brief nach Frankreich: „Ich habe den Tod der Kaiserin-Königin bedauert; sie hat ihrem Thron und ihrem Geschlecht Ehre gemacht; ich habe mit ihr Krieg geführt, aber ich war nie ihr Feind."

Es war ein Protestant aus dem hohen Norden, der Dichter Matthias Claudius, der Maria Theresia ein aufrichtiges und eigentlich das schönste Lob zollte, als er der katholischen Herrscherin in der Hamburgischen Neuen Zeitung die Worte nachrief:

Sie machte Frieden! Das ist mein Gedicht,
War ihres Volkes Lust und ihres Volkes Segen
Und ging getrost und voller Zuversicht
Dem Tod als ihrem Freund entgegen.
Ein Welteroberer kann das nicht.
Sie machte Frieden! Das ist mein Gedicht.

Gäste in Sanssouci

17. August 1991

In der Dämmerung unterscheiden meine schwachen Augen nur noch Umrisse. Bäume und Gebüsch sind vor den Fenstern zu einer Wildnis gewachsen, durch die kein Sonnenstrahl mehr dringt. Vom Kanal her höre ich es manchmal lärmen, wahrscheinlich keifen die Fischweiber. Dann wieder das Rumpeln eines Wagens. Aber meistens dringt kein Laut in meine Einsamkeit. Ich weiß nicht, wie lange ich schon in dieser Abgeschiedenheit zubringe – Jahre, Jahrzehnte, Jahrhunderte? Das Zeitgefühl ist mir abhandengekommen. Irgendwo da draußen läuft das Leben vorbei, ohne bei mir einzutreten oder mich hinauszulocken. Das bekümmert mich nicht, denn ich habe alles, was ich brauche. Ich leide weder Hunger noch Durst noch verspüre ich Kälte oder Hitze. Wenn es denn ein Warten auf ich weiß nicht was sein sollte, das mich an diesen Raum fesselt, so ermüdet es nicht. Verloren in Erinnerungen, von denen ich oft nicht weiß, ob es meine eigenen oder angelesene sind, verschmelzen Tage und Nächte zu einer Dämmerung, auf die kein Licht folgt und kein Dunkel.

Seit dem Tod meiner geliebten Frau Ulrike habe ich keinen Fuß mehr vor die Tür gesetzt. Damals stand ich neben dem offenen Grab auf dem Bornstedter Friedhof, aber niemand kondolierte mir. Seit ich bei Hofe in Ungnade gefal-

24

len war, überboten sich die Schranzen und ihr Anhang in der Kunst, durch mich hindurchzusehen. Das schmerzte, aber ich glaubte, mich daran gewöhnt zu haben. Dass nun selbst der Pfarrer und Ulrikes Verwandten so taten, als sei ich Luft, verstörte mich. Den Verdacht, ich sei längst gestorben und hatte es nur nicht bemerkt, verwarf ich sofort wieder. Konnte denn ein Geist solche Pein empfinden? Ich lief vom Friedhof durch die Felder hinüber zum Heiligen See und gedachte an seinem Ufer der glücklichen Zeiten mit Ulrike. Jeder Atemzug, jeder Seufzer entfachte meinen Schmerz heftiger. Da meine gestöhnten Klagen mich nicht erleichterten, flüchtete ich mich in Anklagen. Mit Ulrike hatte Gott mir den letzten Menschen genommen, dem ich vertrauen konnte. Alles hatte ich bisher ertragen, die Ungerechtigkeit, den Verlust von Freunden, Krankheiten, Verrat und Demütigungen. Doch wenn ich Ulrikes leichten Schritt vernahm, lösten sich meine Zweifel an Gottes Güte und Gerechtigkeit wie Nebel vor der Sonne auf. Ihretwegen hatte ich einst die heimischen Schweizer Berge gegen den märkischen Sand eingetauscht und mich hier so verwurzelt, dass selbst die Ungnade des Königs mich nicht mehr vertreiben konnte. Ulrikes Tod aber traf mich wie der Sturm einen altersmüden Baum, er riss mich aus dem Erdreich. Nun war ich nirgendwo mehr zu Hause.

Nie zuvor hatte ich mich so vergessen, dass ich Gott lästerte. In nahezu wilder Lust stieß ich eine Verwünschung nach der anderen aus, hoffend, dass die Erde sich auftun und mich verschlingen würde. Doch unbewegt spiegelte der See einen heiteren Sommerhimmel wider. Ich war so außer mir, dass ich beschloss, mich und mein Leid zu ertränken. Als ich ins Wasser lief, kräuselte eine Brise die Oberfläche des Sees. Doch das Schilfrohr, das sonst bei jedem Hauch erzittert, regte sich nicht und nur fahl noch zeigte sich die Sonnenscheibe zwischen grauen Wolken. Anstatt in der Tiefe zu versinken, schritt ich trockenen Fußes auf einer von offensichtlich unbewohnten Häusern gesäumten Straße dahin. Kein Baum spendete Schatten, keine Blume erfreute das Auge. Durch einen Säulengang gelangte ich schließlich zu einem Schloss. Da niemand mir den Zutritt verwehrte, stieg ich die grauen Marmortreppen empor, irrte durch menschenleere verwahrloste Räume, bis ich den Thronsaal erreichte. Unter dem mächtigen Baldachin hockte eine zusammengesunkene Gestalt. Während ich mich beklommen näherte, erkannte ich einen uralten Mann. Die Kleidung, die nur noch entfernt an vergangene Pracht erinnerte, hing in Fetzen an ihm herunter. In seinen Augen flackerte der Wahnsinn und das Grauen, ihm ausgeliefert zu sein.

Sein Anblick erfüllte mich mit Mitleid, doch als er den Arm nach mir ausstreckte, schüttelte mich blankes Entsetzen. Ich stürzte Hals über Kopf davon.

Am Ufer kam ich wieder zu mir. Reglos wie zuvor träumte der See unter dem weiten Himmel. Es muss mein eigenes Spiegelbild gewesen sein, das mich so erschreckt hatte. Wieder stieg in mir der Verdacht auf, ich sei tot, lange vor Ulrike gestorben. Aber warum traf ich sie nicht wieder, wo war sie?

Ein Schmetterling ließ sich an einem Schilfrohr nieder. Rhythmisch faltete und öffnete er die Flügel, als sende er Signale aus. Ein zweiter gesellte sich ihm zu. Sie umkreisten sich, flogen auf und nieder. Schneller und wilder wurde ihr Tanz, immer höher stiegen sie gen Himmel, bis sie meinem Auge entschwanden. Irgendwo hatte ich einmal das Jesuskind mit einem Schmetterling als Symbol der Auferstehung und Unsterblichkeit dargestellt gesehen. Die Vorstellung, die beiden Schmetterlinge wären Ulrikes und meine Seelen gewesen, beglückte mich. Ich dankte Gott für sein Zeichen.

Dem Heiligen See bewahre ich seither große Dankbarkeit, er hat mich von Hoffart und Selbstmitleid geheilt. In Gedanken sitze ich oft an seinem Ufer, betrachte den Flug der Schmetterlinge und das Spiel der Libellen im Schilf, verfolge den Tanz der Wellen, erfreue mich an aufgetürmten Wolkengebirgen, aber ich hüte mich, das Geheimnis seiner Tiefe erkunden zu wollen. Was soll mir die Sage, in seinen Fluten wäre einst eine Stadt versunken, und an seinen Ufern hätten die Heiden in feierlichen Riten ihre Toten bestattet? Kann sein, kann nicht sein, ich bin als reformierter Christ geboren und als solcher will ich in Gottes Herrlichkeit eingehen, wenn Er die Zeit endlich für gekommen hält.

Nach meinem Rückzug aus der Welt habe ich mich oft gefragt, warum Gott mich nicht zu sich nimmt und so tut, als habe er mich vergessen. Ich suchte nach dem Sinn eines langen Lebens, das doch in der Welt nichts mehr bewirken kann. Zuerst gab ich mich der Hoffnung hin, es sei mir bestimmt, für mein Werk über die Gespräche mit dem großen Friedrich noch schriftstellerischen Ruhm zu ernten. Aber das Manuskript lag verstaubt in irgendwelchen Regalen. Niemand hat mich all die Jahre je nach meinen Erfahrungen und Erinnerungen gefragt, geschweige denn nach meinem Werk.

Dann hoffte ich auf Rehabilitation meines Rufes durch den Hof. Doch keiner der Nachfolger des großen Friedrich, wer es auch sein mochte, erklärte öffentlich, dass ich zu Unrecht beschuldigt und verstoßen worden bin. Vergeblich wartete ich auf die Kutsche, die mich im Triumph ins Schloss zurückbringen würde.

Schließlich wartete ich nur noch auf die Rückkehr meines Sohnes aus Amerika. Allen Ernstes nahm ich an, Gott ließe mich so lange leben, damit ich meinen Sohn noch einmal umarmen könnte und dadurch für alle Enttäuschungen dieses Lebens entschädigt werden würde. Nach und nach starb eine Hoffnung nach der anderen. Ich hörte auf, nach dem Sinn meines Daseins zu fragen.

Das Geschrei der Fischweiber, die vorbeirumpelnden Kutschen, die Stimmen spielender Kinder verschmelzen zu einem Klangteppich, der mich immer wieder davonträgt – ins alte Griechenland, ins imperiale Rom und sogar auf den neuen Kontinent Amerika. Schneller als der Wind bin ich mal hier, mal dort, kein Gipfel ist mir zu hoch, kein Meer zu weit und gefährlich. Ich unterscheide nicht zwischen Wachen und Schlafen, zwischen Tag und Nacht, ich frage nicht mehr, was war und was sein wird.

Woher rührt der Schmerz, der mich so plötzlich anfällt? Gleißendes Licht blendet die an den ewigen Dämmer gewöhnten Augen. Wie eine Assel, der man plötzlich den Schutz des bergenden Steins nimmt, suche ich Zuflucht in einer dunklen Ecke. Allmählich erkenne ich die Konturen eines halbwüchsigen Burschen, der mitten im Zimmer steht, dann auch sein Gesicht. Für einen Moment glaube ich, mein Sohn Alexander sei endlich gekommen. Ich gehe auf ihn zu, er streckt mir die Hand entgegen, auf der ein Schmetterling seine Flügel entfaltet. „Er will fliegen", ruft er, „öffne das Fenster!"

Ein ausnehmend schöner Jüngling, aber es ist nicht Alexander. Niemals hätte Ulrike ihn in so einem Aufzug herumlaufen lassen: mit geflickten Hosen, einem bunten Etwas als Hemd und kurzgeschorenen Haaren. Widerwillig begebe ich mich ans Fenster, das sich ohne mein Zutun öffnet. Bäume und Sträucher, die mich vor der Welt und die Welt vor mir verborgen hatten, sind verschwunden. Mein Blick folgt dem Schmetterling, der in einen Himmel von überwältigendem Blau aufsteigt. Die Helle und Weite machen mich schwindlig, als hätte ich Wein auf nüchternen Magen getrunken. Ich spüre etwas Bedrohliches auf mich zukommen, das meine so hart erkämpfte Ruhe zerstört. Während ich nach Vorhängen suche, mit denen ich das Licht abwehren kann, befehle ich dem ungebetenen Besucher, den Raum zu verlassen. Der Jüngling rührt sich nicht von der Stelle. Lächelnd sagt er: „Der König hat mich geschickt."

Was soll das für ein König sein, der sich der Dienste eines hergelaufenen Straßenjungen versichert?

„Lass ab von deinem Hochmut", tadelt der Jüngling, als könne er Gedanken lesen. „Der König, dem ich diene, macht sogar den Wind zu seinem Boten. Warum schaust du auf meine Kleider und nicht auf mein Herz?"

Was führt er für eine verwegene Sprache! Einem alten Mann wie mir sollte der Bursche mehr Respekt erweisen. Aber er weckt meine Neugier.

„Was will der König von mir?", frage ich.

„Er wird heute beerdigt und möchte dich vorher noch sprechen."

„Lebt er denn noch?"

Der Jüngling zuckt unbestimmt mit den Schultern.

Ich weiß nicht, was ich von der Sache halten soll. Ein König, der noch lebt, und er muss leben, wenn er mich zu sich ruft, aber er muss auch tot sein, wenn man ihn zu Grabe trägt. Ein Lebender, der zugleich tot ist? Ein Toter, der zugleich lebendig ist? Ich habe es geahnt, dass der Besucher mir Unannehmlichkeiten bringt. Am liebsten würde ich ihn vor die Tür setzen, aber meine schwachen Kräfte reichen dazu wohl nicht aus. Ich scheine ihm ausgeliefert zu sein und so füge ich mich in die Situation.

„Welcher König ruft mich denn?", frage ich. „Etwa der dicke Friedrich Wilhelm, der Sohn des unglücklichen August Wilhelm, der Nachfolger Friedrichs? Es würde mich nicht wundern. Ich habe den Mann gemocht, obwohl er dem schönen Geschlecht und den okkulten Wissenschaften zu große Ehre erweist."

„Lass Wilhelm in Frieden ruhen", fällt mir der Jüngling ins Wort. „Friedrich, zu seiner Zeit und bis heute genannt der Große, wird zu Grabe getragen."

Was spricht der Bursche nur für wirres Zeug! Ich bin höchstselbst dem Trauerzug für Friedrich, angeführt von seinem Thronerben Friedrich Wilhelm II., zur Garnisonkirche gefolgt. Das ist zwar eine Ewigkeit her, aber ich erinnere mich noch genau daran. Warum sollte man Friedrich ein zweites Mal begraben?

„Traurig sein hat keinen Zweck, Grieneisen schafft die Leiche weg", lässt sich mein Besucher vernehmen. Was für ein seltsamer, makabrer Vers!

„Wer, bitte, ist Grieneisen?", frage ich widerwillig.

„Der Leichenbestatter, der beauftragt ist, den König mit allem Pomp beizusetzen."

Jetzt reicht es mir. „Halte mich nicht zum Narren! Friedrich der Große liegt schon lange neben seinem Vater in der Garnisonkirche, daran änderst auch du mit deinem Geschwätz nichts. Verschwinde!"

„Eine Garnisonkirche gibt es nicht", erwidert er ungerührt. „Friedrich der Große wird heute auf dem Weinberg nahe seinem Schloss Sanssouci beigesetzt." Zu dieser bizarren, absolut unverständlichen Äußerung lächelt der Jüngling so liebenswürdig, dass mein Zorn einer unbegreiflichen Freude weicht. Er nimmt mich bei der Hand, die Berührung belebt mich und mit einer Leichtigkeit, die mich erstaunt, verlasse ich an seiner Seite mein Refugium. Kein Gedanke mehr daran, sich zu wehren oder wenigstens zu erklären, dass ich von der Welt nichts mehr wissen will und schon gar nichts von dieser Stadt!

Doch es ist nicht meine Stadt, die ich nun an der Seite des Jünglings durchquere. Wenn sie es je gewesen sein sollte, hat sich seit meinem letzten Ausgang alles verändert. Die Fischweiber muss ich in meiner Fantasie lärmen gehört haben. Weit und breit kein Kanal, an dem sie ihre Ware feilzuhalten pflegten. Überall nur hohe, hässliche Steinkästen, die wohl Häuser sein sollen, und schnelle stinkende Kutschen ohne Pferde. Wohin ich auch blicke, nirgendwo finde ich Vertrautes. An der Stelle des Stadtschlosses, durch das ich doch unzählige Male geschritten bin, tut sich eine öde Fläche auf, die teilweise von einer überdimensionierten Blechkiste eingenommen wird. Die Türme der Heiliggeist- und der Garnisonkirche sind wie die Kuppel des Waisenhauses verschwunden. Rathaus und Marstall stehen in fremder Umgebung.

Ich frage nach dem Stadtschloss und der Garnisonkirche.

Der Jüngling bekräftigt seine Worte von vorhin: „Eine Garnisonkirche gibt es hier nicht" und fährt dann fort: „auch kein Stadtschloss. Sie werden erst noch gebaut, man ist dabei, die Baupläne auszuarbeiten."

Ist der Kerl bei Sinnen? Warum soll erst gebaut werden, was doch schon lange existiert? Jede Einzelheit des Schlosses könnte ich beschreiben, den Weg zu den Gemächern des Königs im Ostflügel, die Ausstattung der Räume, die Uniformen der Wachsoldaten. Unzählige Male habe ich die Glocken der Garnisonkirche gehört, den eleganten Turm hinaufgeschaut und bin im Strom der Gottesdienstbesucher durch das Portal geschritten. Und jetzt nichts als Ödnis ... Die rätselhafte Bemerkung meines Begleiters geht mir nicht aus dem Sinn. Vielleicht ist nicht er verrückt, sondern mich hat es verrückt – in eine andere Zeit. Aber in welche? In eine Zeit vor meiner Geburt oder in eine Zeit lange nach meinem Leben? Und wie kommt König Friedrich, tot oder lebendig, in eine Stadt ohne Garnisonkirche, in der er doch unter meinen Augen beigesetzt wurde? Schloss Sanssouci hinwiederum soll es nach Auskunft des Jünglings geben, denn wenn ich ihn richtig verstanden habe, sind wir auf dem Weg dorthin. Die Begriffe Vergangenheit und Zukunft scheinen nicht mehr zu gelten. Vielleicht existiert alles gleichzeitig: der leere Platz und das Stadtschloss, der tote und der lebendige König?

Nach Fassung ringend, suche ich nach einem Gebet und mir fallen die Worte des Psalmisten ein: „Der du die Menschen lässest sterben und sprichst: Kommt wieder, Menschenkinder. Denn tausend Jahre sind vor dir wie der Tag, der gestern vergangen ist, und wie eine Nachtwache."

So muss es sein: Ich bin aus Menschenzeit in Gotteszeit gefallen. Aber warum wird Friedrich auf dem Weinberg statt in der noch zu bauenden Garnisonkirche beigesetzt? Mag sein, weil er es sich einst so gewünscht hat und auch Wünsche Wirklichkeit sind.

Den Jüngling neben mir scheinen solche Gedanken nicht zu beschweren, meine Unruhe belustigt ihn eher. Er gleitet neben mir her, dirigiert mich mit leichter Hand hierhin und dorthin. Gottseidank hat sich des Königs Sanssouci nicht verändert. Wie einst lagert es anmutig auf dem Weinberg. Dennoch haftet auch ihm etwas Fremdes an, ohne dass ich es genau bezeichnen könnte. Es scheint mir auf wie ein Traum, anders und doch vertraut. Eine Vielzahl seltsam gekleideter Menschen drängt zur Auffahrt des Schlosses, als veranstalte der König eine Armenspeisung. Aber sie wirken nicht bedürftig oder halb verhungert, auch nicht wie Trauernde. Sie unterhalten sich, da und dort steigt Gelächter auf, während sie in langer Reihe auf den Ehrenhof zuhalten. Dort steht, in gebührender Entfernung von den vorbeidefilierenden Menschen, ein Sarg, bedeckt mit der preußischen Fahne. Soldaten in schmucklosen Uniformen halten die Ehrenwache.

Fragend wende ich mich dem Jüngling zu. „Der König erwartet dich auf der Terrasse", sagt er, entzieht mir seine Hand und verschwindet so plötzlich, als habe er sich in Luft aufgelöst.

Kein Benehmen haben diese jungen Leute. Erst gibt er mir keine Antwort und nun lässt er mich hilflos unter all den fremden Menschen stehen. Liegt der König nun im Sarg oder erwartet er mich auf der Terrasse?

Inmitten der bunt gekleideten Menschen fällt mir ein alter Herr in schwarzer Kleidung auf. Sein Gesicht zeigt, wenn auch keine Trauer, so doch großen Ernst. Die weiße Rose in seiner Hand ist offensichtlich für den Sarg bestimmt.

Ich verbeuge mich höflich: „Entschuldigen Sie die Kühnheit, mein Herr, aber würden Sie mich bitte aufklären, welchen Zweck diese Veranstaltung verfolgt?"

Er schaut blicklos durch mich hindurch. Vielleicht ist er schwerhörig. Ich wiederhole meine Frage so laut, wie es die Situation gerade noch erlaubt. Ohne mich zu beachten, reicht er die Rose einem ebenfalls schwarz gekleideten Lakaien hinter der Absperrung, der die Blume feierlich zum Sarg trägt und sie dort ablegt. Der Herr verneigt sich tief, dann wendet er sich wortlos zum Gehen. Immer noch scheine ich bei Hofe persona non grata zu sein. Erbost über die Missachtung meiner Person, greife ich nach dem Arm des Alten und – ins Leere. Auch die in der Reihe Nachrückenden setzen mir keinen Widerstand entgegen, ich kann durch sie hindurchgehen, ohne dass sie es bemerken.

Ich befinde mich also in einer Geisterwelt. Ob sie außerhalb von mir existiert oder mein Gehirn sie mir nur vorspiegelt, vermag ich nicht zu beurteilen. Sollte ich so oder so in eine Geisterwelt geraten sein, muss ich das, was ich sehe und höre, auch nicht übermäßig ernst nehmen. Ich gehöre nicht zu den Menschen, die sich vor Geistern fürchten und ihnen einen großen Einfluss auf die Lebenden zusprechen. Zwar leugne ich nicht die Existenz von Geistwesen, aber ein Mensch, der sich wie ich in Gottes gütiger Hand weiß, wird von ihrem dämonischen Unfug verschont.

Beruhigt setze ich meinen Weg fort, ungehindert von den überall aufgestellten Wachen und der Menschenmenge, und begebe mich auf die Gartenseite des Schlosses.

Der in meiner Erinnerung so schöne Blick von der Terrasse in eine grüne Weite, unter einem Himmel, der den Fluss und die Seen ahnen ließ, stößt sich an Kirchtürmen und klotzigen Bauten, wohin ich auch schaue. Mein Traum oder was auch immer das ist, wo ich mich befinde, scheint sich zu einem Alptraum auszuwachsen! Ich geselle mich zu einigen Herren, die auf der Terrasse beieinander stehen und sich gegenseitig mit mir unbekannten Titeln und Höflichkeitsfloskeln traktieren. Wie hysterische Hofdamen rufen sie ein ums andere Mal: herrlich!, wonderful!, very nice! und weisen in Richtung der mal mehr, mal weniger hässlichen Häuser. Um sie herum Lakaien, Hofschranzen und Bedienstete, die in Apparate hineinschauen, aus denen es manchmal unangenehm blitzt. Gläser mit Champagner werden gereicht, man trinkt und plaudert. Einen König erblicke ich nirgends. Nun bin ich sicher, dass der Jüngling mich zum Narren gehalten hat und ich mich zu einem solchen habe machen lassen. Aber weil ich nun schon einmal hier bin, lausche ich der Konversation einer sich etwas ernsthafter gebenden Gruppe. Die Herren tauschen sich umständlich darüber aus, ob Preußen nur noch Vergangenheit sei oder ob es eine Zukunft habe.

Man müsse endlich die preußischen Tugenden wieder erwecken, meint einer.

„Aber ohne Preußen bitte", erwidert ein anderer.

„Was sind denn preußische Tugenden?", wirft ein kleiner dicker Herr ein. „Ist, wer sparsam und pünktlich ist, schon ein Preuße?"

„Aber erlauben Sie mal", widerspricht ein anderer, „die Tradition ist ein Wert an sich ..."

Was für ein Unfug! Über Tugenden redet man nicht, die besitzt man oder sie fehlen einem. Hier scheint ein Schauspiel gegeben zu werden, in dem mehr von der Möglichkeit und Unmöglichkeit der Auferstehung von Tugend als von Grablege die Rede ist. Ich habe schon bessere Dialoge gehört und begabtere Schauspieler gesehen. Verdrossen schlendere ich hinüber zur geöffneten Gruft, die offensichtlich auf den Sarg aus dem Ehrenhof wartet.

Friedrich hat sich immer viel darauf zugutegehalten, ein Philosoph zu sein. Nichts weniger war er als das! Jemand, der testamentarisch verfügt, neben seinen Hunden begraben werden zu wollen, darf sich nicht Philosoph nennen. Einem wirklichen Philosophen ist es herzlich gleichgültig, wo seine sterblichen Überreste der Auferstehung und des Jüngsten Gerichts harren. Ob auf der Terrasse eines Weinbergschlosses, in der Garnisonkirche oder auf irgendeinem Friedhof – Dunkelheit und Moder umfängt überall den abgeschiedenen Leib.

„Um Mitternacht ist alles vorbei", sagt ein junger, athletisch gebauter Mann zu einem anderen, der ihm in Figur und Aussehen verblüffend ähnelt. Beide schauen tiefsinnig in die Gruft, um gleich darauf ihre Blicke wieder wachsam in die Runde schweifen zu lassen.

„Klappe zu, Affe tot", erwidert der zweite nach einem langen Schweigen, „irgendwann erwischt es jeden, morgen schlafe ich erst einmal aus."

Um Totengräber oder Gärtner zu sein, fehlen den Männern die üblichen Geräte und Werkzeuge. Ich identifizierte sie als Wachsoldaten in Zivil und es bereitet mir eine diebische Freude, ungesehen zwischen ihnen hindurchzutänzeln.

Ein Ruf reißt mich aus dem selbstvergessenen Menuett. Von der Terrassentür winkt mir auffordernd der Jüngling, nun in eine Art antiker Toga gekleidet. So gefällt er mir besser. Er jedenfalls, das weiß ich nun, ist kein Geist, denn ich habe die Wärme seiner Hand gespürt.

Ohne Umstände gelange ich durch die Fenster, deren Vorhänge wie eh und je vor der Nachmittags- und Abendsonne schützen. In den Räumen scheint sich wenig verändert zu haben, dennoch wirken die Tapeten, die Möbel, die Bilder seltsam leblos, als habe man die ursprünglichen ausgewechselt und diese seien nur Nachahmungen. Vielleicht verursacht das helle, gleichwohl angenehme Licht, das aus unsichtbarer Quelle von oben her in die Räume strömt, diesen Eindruck.

In der Bibliothek hält der Jüngling vor einem in sich zusammengesunkenen alten Mann im Lehnstuhl inne. „Voilà Fréderic", sagt er, „hier ist er, dein Nothelfer. Viel Glück und gutes Gelingen!" Der so respektlos Angesprochene springt auf und verbeugt sich tief vor dem Jüngling, der ihm schon den Rücken zukehrt. Ich traue meinen Augen nicht. Was geht hier vor?

„Henri!", läßt sich der Alte freudig vernehmen und seine blauen Augen blitzen wie einst. Er ist es wirklich, der König! Ich weiche vor seinen ausgestreckten Armen zurück, er soll meinen Namen nicht aussprechen. Ich habe deinen Namen gerufen, du bist mein, heißt es bei Jesaja. Der König besitzt kein Anrecht mehr auf mich, er hat es verspielt.

Er lässt die Arme sinken und fährt lächelnd fort: „Was sagen Sie zu dem Theater dort draußen, mein Freund?"

Er nennt mich wahrhaftig Freund! Als hätte er mich niemals ungnädig von sich gestoßen, wiederholt der König: „mein Freund, endlich", und dann: „Sie müssen mir helfen."

Alle Bitterkeit, die ich schon längst überwunden glaubte, steigt in mir auf. Jetzt ist die Zeit gekommen, ihm zu sagen, was ich von ihm halte, mag danach mit mir geschehen, was will.

„Ich bin nicht Ihr Freund", widerspreche ich. „Sie selbst haben mich aus Ihrer Freundschaft entlassen und davongejagt, weil Sie den Verleumdungen von Hofschranzen mehr glaubten als Ihrem Gefühl und meiner Loyalität. Ich habe Ihnen stets treu gedient, Ihre Launen willig ertragen, nicht selten meinen Schweizer Bürgerstolz geopfert, um Ihnen als Sekretär und Vorleser genehm zu sein. Und dann das! Gehen Sie zum Teufel, Sie Egoist, Sie Menschenfeind und Gefühlskrüppel!"

Ich wundere mich über meine Verwegenheit. Immer

hatte ich mir gewünscht, einmal so reden zu können, aber selbst wenn man mich noch einmal bei ihm vorgelassen hätte, hätte ich es wahrscheinlich nicht gewagt. Und nun ist es so einfach gewesen! Ich verspüre keine Angst, nur ungeheure Erleichterung.

Der König wischt meine Anwürfe wie lästige Fliegen beiseite. „Mein Freund", wiederholt er zum dritten Mal, „ich habe Ihre Aufrichtigkeit immer geschätzt, wie Sie mich immer durchschaut und dabei doch – geliebt haben, selbst dann noch, als Sie zum Opfer meiner Vorurteile wurden. Das Bild, das Sie von mir der Nachwelt übermittelten, spricht von Zuneigung, nicht von Hass, obwohl Sie für letzteren allen Grund gehabt hätten."

Seine Stimme erinnert in ihrer Weichheit und Biegsamkeit an die vertrautesten Stunden, die wir miteinander verbracht haben. Noch immer überwältigt mich sein Charme. Aber schon im nächsten Moment kann sein kalter Zynismus alles zerstören.

Gespielt gleichmütig, obwohl sein Lob mich freut, erwidere ich: „So hat also das, was ich schrieb, Ihren Beifall gefunden."

Der König verneigt sich zustimmend und schaut mich erwartungsvoll an. Ich habe keine Lust auf Konversation, eigentlich ist alles ausgesprochen: mein Zorn, seine Andeutung einer Entschuldigung. Aber es liegt etwas so Verlorenes, Flehendes in seinem Blick, dass ich es nicht über mich bringe, ihn einfach stehen zu lassen. Und so sage ich: „Ich wünschte, Sie klärten mich über das Spektakel auf der Terrasse auf. Woher kommen diese Leute, was wollen sie? Und warum soll und wie könnte ich Ihnen helfen?"

Der König scheint nicht zugehört zu haben, denn er beginnt, von anderem zu reden: „Hätten Sie sich vorstellen können, dass wir uns noch einmal begegnen? Sie waren ja immer geradezu besessen von der Idee göttlicher Gerechtigkeit und der Unsterblichkeit der Seele, was häufig zu Differenzen zwischen uns führte. Erinnern Sie sich noch an den Juni 1758 im Feldlager? Damals sagte ich am Ende eines langen Gesprächs, ich wisse nicht, ob es einen Gott gibt, deshalb behülfe ich mir mit einer Weltanschauung, die Welt als ewig anzusehen, das Leben des Menschen aber als endlich. Mit dem Tode sei alles aus. Sollte ich mich in dieser Auffassung irren, so sagte ich damals, erinnern Sie sich?, so würde ich sowohl die Freude der Überraschung haben als auch das Vergnügen, mit Ihnen dort oben oder dort unten weiter zu plaudern. Voilà, wir plaudern. So können Sie ...“

Der König mag es nicht, unterbrochen zu werden, aber ich bin nicht gewillt, nicht mehr, mir seine endlosen pseudophilosophischen Tiraden anzuhören. „Und wo“, falle ich ihm ins Wort, „meinen Sie, befinden wir uns? Im Himmel oder in der Hölle?“

Die Frage scheint den König zu verstimmen. Wie ein Raubtier in seinem Käfig läuft er nun hin und her. Eben noch, bei der Begrüßung, hat er dem gutaussehenden polnischen Kapellmeister in den besten Jahren geglichen, den er vorgegeben hatte zu sein, als ich ihm zum erstenmal auf der Bootsreise nach Utrecht begegnet war. Nun aber verwandelt er sich mit jedem Schritt, bis er vor mir als gebeugter Greis innehält.

Ich habe den König in allen möglichen Gemütsverfassungen erlebt – depressiv, weinerlich, eitel, theatralisch, aber nie in einem solchen Übermaß von Trauer, wie er sie jetzt verkörpert. „Henri, mon cher", stöhnt er, „ich weiß, was die Hölle, und ich ahne, was der Himmel ist. Wir befinden uns in keinem von beiden. Es ist alles – ganz anders."

Schwerfällig sinkt er auf einen Stuhl. Es ist gefährlich, Zeuge der Schwäche eines Großen zu werden. Diskret ziehe ich mich zurück.

Auf der Terrasse herrscht lebhaftes Kommen und Gehen. Als Theater hat der König es bezeichnet; ich meine, es ist ein Schattenspiel, vielleicht eine Spiegelung oder auch das Zerrbild eines mir verborgenen Originals. Die Herren, zu denen sich nun auch einige Damen gesellt haben, lungern noch immer mit Gläsern in der Hand herum, unablässig aufeinander einredend, sich voreinander verbeugend, zur offenen Gruft hinübersehend. Währenddessen schiebt sich im Ehrenhof eine endlose Menschenschlange an dem mit der Fahne verhüllten Sarg vorbei, in dem ein paar Knochen von ich weiß nicht wem liegen. Nur einer scheint hier wirklich zu trauern – der König.

„Mon cher, du musst mir helfen", höre ich ihn sagen. Er scheint sich gefasst zu haben. Kerzengerade sitzt er auf dem Stuhl, doch seine Haltung kontrastiert seltsam zu dem, was nun stockend aus ihm hervorbricht: „Henri, mein Freund, versuch mich zu verstehen, auch wenn du mein Leid nicht nachempfinden kannst: Als ich endlich sterben durfte, wurde ich zwar von den Schmerzen des Körpers erlöst, aber nicht, wie ich so sehr erhofft hatte, von denen der Seele. Der Wunsch von Dummköpfen,

41

nach dem Tode weiterzuleben und zu sehen, was kommt, erfüllte sich mir, obwohl ich nie darum gebeten hatte. Dabei geht es mit der Welt überhaupt nicht weiter, wie viele sich einbilden, sie dreht sich nur um sich selbst, immer um sich selbst, wie die Menschen auch. Alles wiederholt sich. Ich weiß nicht, wie lange ich das schon erdulde, Jahrtausende, Jahrhunderte, jedenfalls eine Ewigkeit. Kannst du dir vorstellen, wie das ist: die immer neu geborene Dummheit der Menschen zu ertragen; das Schindluder, das mit und in meinem Namen getrieben wird, zu erleben; die falsche Verehrung, die nur sich selber meint; die Verleumdung, die Unfähigkeit ... ? Ich muss das alles mit ansehen, ohne eingreifen, ohne mich wehren zu können, schlimmer noch: In diesem hässlichen Treiben erblicke ich mich wie in einem Spiegel. Den einen diene ich als Kronzeuge, den anderen als warnendes Beispiel. Sie haben meine Länder verwüstet, mein Volk gedemütigt, Misswirtschaft betrieben – immer in meinem Namen. Einst träumte ich von Ruhm, der mich und meine Zeit weit übersteigt, nichts erschien mir erstrebenswerter, alles habe ich dafür getan. Und jetzt? Ich hasse, ich verfluche diesen Ruhm, der als Wortgetöse, Dummheit und Verachtung auf mich zurückfällt.

Das ist die Hölle, glaub mir, es ist die Hölle, die sich keiner vorstellen kann, der sie nicht erlebt hat."

Was soll ich dazu sagen? Als der König mir noch sein Vertrauen schenkte, liebte er es, oft und beim geringsten Anlass über die Unsterblichkeit zu parlieren, vor allem wenn er Schicksalschläge erlitten hatte: verlorene Schlachten oder den Tod naher Menschen. Dann meinte er, der der Seele sonst jegliches Eigenleben bestritt und sie mit dem Körper sterben ließ: Wenn auch die Seele so seltsam abhängig ist vom Körper, wenn sie auch kraftlos wird, wenn dieser wankt, so bemerkt man doch zuweilen in den Augenblicken, wenn die Maschine der Auflösung entgegengeht, dass das, was in uns denkt, zu neuer Kraft erwacht, dass es klarere Augenblicke hat als während der Vollkraft des Körpers. Kurz und gut, wenn man keine Vorsehung anerkennt, die alle Ereignisse des Lebens nach dem edlen Ziele einer vollkommenen Weisheit lenkt und die uns geschaffen hat, damit wir glücklich seien, so ist alles in der Natur unerklärlich.

Gern nannte der König seinen Körper eine Maschine, wenn es ihm gut ging, aber in Krisenzeiten suchte er bei der Vorsehung Zuflucht. Von den Glaubenssätzen und Geheimnissen der Religion hielt er nichts, er schätzte an der Religion allein die Moral – und die auch nur fürs Volk und nicht für aufgeklärte Geister wie ihn. Er bog sich alles zurecht, wie es ihm gerade passte.

Ich habe niemals an seine manchmal theatralisch vorgeführte Frömmigkeit geglaubt und wagte es ihm auch hin und wieder zu sagen. So wünschte ich ihm, er möge dahin gelangen, nur einmal ernstlich zu sprechen: O Gott, hab Erbarmen mit meiner Seele, wenn ich eine habe.

Lachend hatte er erwidert: Mein Freund, mein Freund, wie ich daran verzweifle, Sie zu bekehren, so hoffen auch Sie nicht, dass ich meine Ansichten ändern könnte! Meine sehr gründlich durchdachten Grundsätze sind unerschütterlich!

Ich war jung und unbefangen genug, darauf zu erwidern: Mir scheint, wenn Eure Majestät Ihrer Ansichten und Grundsätze so sicher wären, so würden Sie nicht so oft davon sprechen.

Der König rügte mich nicht, aber er wechselte sofort das Thema.

Seine Äußerungen über meinen Glauben, dem ich mit kindlicher Liebe anhing, haben mich oft sehr geschmerzt und verletzt. Doch ich verzieh dem König im Namen des barmherzigen Gottes und es fiel mir auch ziemlich leicht, denn ich wusste ja, dass der König mit seinen philosophischen und poetischen Großredereien nur verbergen wollte, was für ein zerrissener unglücklicher Mensch er war. Als ich ihn einmal im Feldlager die Flöte spielend antraf, bemerkte er ganz gegen seine Gewohnheit beinahe verlegen: Mein Freund, das sind Lieder, mit denen ich mein armes kleines Kind einwiege, um es am Schreien zu hindern, um die Schmerzen zu besänftigen, die es empfindet, und um es, wenn möglich, einzuschläfern.

Das sagte er, der große König, der Eroberer, der Schöngeist, der Menschenverächter!

Schwer ruht Gottes Hand auf ihm, immer noch. Er leidet Höllenqualen, über den Tod hinaus. Wie gut ist es mir dagegen ergangen, selbst in der Ungnade des Königs, in der Verachtung des Hofes und schließlich im Dämmer meiner Stube, unbelästigt vom Getriebe der Welt. Man beneidet andere, vor allem Höhergestellte, nur, solange man ihre Schmerzen nicht kennt.

„Ich will", fährt der König nach einer Weile fort, „endlich Ruhe finden und in der Erinnerung der Menschen, wenn überhaupt, nur noch als der Erbauer von Sanssouci leben. Man benennt etwas, um es zu beschwören. Ohne

Sorge wollte ich hier sein und aus eben diesem Grund hoffte ich hier auf meine letzte Ruhe. Doch was von meinem Körper blieb, fand so wenig Ruhe wie meine Seele. Man schleppte meine sterblichen Überreste durch Kirchen und Kapellen, nur nicht die paar Schritte von meinem Sterbelager zu der von mir bestimmten Gruft. Und nun, Henri, da mein Wunsch für meinen Körper endlich erfüllt wird, weint meine Seele bitterlicher als zuvor. Sie verlangt nach Trost und findet keine Ruhe, als bis Vergebung ihren Schmerz lindert."

Das Wort Vergebung erstaunt mich. Glaubt der König inzwischen an einen persönlichen Gott der Gnade und Vergebung?

Nein, nicht von Gott rede er, sondern von den Menschen. „Auch nicht von den Menschen", berichtigt er sich, „sondern von nur einem, ihr, der Frau."

Der Frau? Meint er Elisabeth Christine, seine Gemahlin, die kluge freundliche Frau mit den sanften Augen, die Sanssouci niemals hatte betreten dürfen? Was sollte sie ihm noch vergeben, was sie ihm nicht schon zu ihren Lebzeiten vergeben hätte!

„Henri, Ihre Begriffsstutzigkeit enttäuscht mich. Kennen Sie mich so wenig? Mit der braven Elisabeth Christine verbinden mich weder Hass noch Liebe, Freude noch Leid, wir hatten und haben nichts miteinander zu besprechen. Nein, sie meine ich", ereifert er sich nun, „sie, das zweibeinige ungefiederte Geschöpf, das apostolische Rabenaas, den gekrönten Unterrock. Solange sie mir nicht vergibt, bin ich zu irdischen Höllenqualen verurteilt. Sie sehen mich in der Situation Heinrichs des Vierten vor

45

Canossa. Ich bin bereit, alles zu tun und zu sagen, damit meine Seele endlich Ruhe findet. Übernehmen Sie, mein Freund, ich bitte Sie, die Rolle des Vermittlers zwischen mir und ihr."

Seine Stimme hat zwischen Ironie, Sarkasmus und Verzweiflung gewechselt, in so raschen unvermittelten Übergängen, wie sie nur ihm zu Verfügung stehen, sodass ich mir nicht sicher bin, ob er es ernst meint oder spottet. Ich kann nicht recht glauben, dass er ausgerechnet von Kaiserin Maria Theresia Vergebung erhofft. Ist er doch immer der Meinung gewesen, sie hätte ihm Übles angetan. Er sich bei ihr entschuldigen? In welcher Not muss er sich befinden, wenn er das ernst meint!

Ich wende ein, Maria Theresia würde mich, einen Kalvinisten, wohl kaum als Vermittler akzeptieren. Das Wort Kalvinist bleibt fremd und ungefüge im Raum stehen. Was bedeutet es eigentlich?

Der König lacht auf, ein so dummes Argument habe er lange nicht mehr gehört. „Lassen Sie Ihren Kalvin, den Luther, alle Apostel, Märtyrer und Heiligen dort, wo sie hoffentlich ihren Frieden gefunden haben. Die Angelegenheit, um die es hier geht, wird auf anderer Ebene als der von Konfessionen und Glaubensbekenntnissen ausgetragen. Die Seele, mein Freund, hat kein Alter, keine Religion, keine Wissenschaft. Sie ist von dieser Welt und doch etwas ganz anderes. Ein unbegreiflicher Ätherhauch und zugleich befleckt von irdischem Missgeschick, zu dem auch die Konfessionen ihren Teil beitragen. Und nun hat die Seele Mühe, sich von all dem Unrat zu reinigen ..."

Bei den letzten Worten sinkt der König wieder in sich

zusammen. Er ähnelt jetzt verblüffend dem Greis, der mir einst am Heiligen See begegnet ist – ein Bild des Jammers und der Verzweiflung. Und wie damals erfasst mich ein Entsetzen, das mich zur Flucht treibt.

Seine Stimme hält mich fest: „Beruhigen Sie sich, die Königin-Kaiserin wird Sie ebensowenig nach Ihrem einstigen Glaubensbekenntnis fragen wie ich. Aber sie wird Ihrer treuen Seele vertrauen, jener Seele, die mir jetzt beisteht, statt sich den Freuden des Elysiums hinzugeben."

Unter Elysium stelle ich mir etwas anderes vor als das Dämmerlicht in der Wohnung am Kanal. Doch so abwegig ist die Bemerkung des Königs nicht. Fliege ich nicht, wann ich nur will, auf die höchsten Berge, durchsegle lichtglitzernde Meere, bereise alle Kontinente – schwerelos, frei von Kummer, ja glücklich, wenn Ulrike bei mir wäre. Zweifellos ein Vorzug, aber doch noch nicht die Erlösung.

Ich frage den König, ob Maria Theresia denn nicht ebenso der Vergebung bedürfe wie er.

„Ich habe ihr ja bereits tausendmal vergeben", erwidert er pathetisch.

Kunststück, sie hat ihm ja auch nichts getan. Meine Frage hatte auf die Vergebung durch Gott abgezielt.

„Aber was tut sie?", ruft er unüberhörbar gekränkt. „Statt sich erkenntlich zu zeigen, ignoriert sie mich. Sehen Sie doch nur, wie sie unter den neumodischen Höflingen herumscharwenzelt, sich an dem Spektakel ergötzt, das man mit meinen Knochen treibt. Aber mir ihre Aufwartung zu machen, da sie doch schon einmal hier ist, vermeidet sie tunlichst."

Ich habe Maria Theresia nie zu Gesicht bekommen, vielleicht einmal im Porträt, woran ich mich jedoch nicht erinnern kann. So sehr ich mich auch anstrenge, ich erkenne sie nicht unter den Damen.

„Ich leide und sie ist fröhlich!", klagt der König. „Auf meiner Terrasse!"

Das Selbstmitleid ist ihm also geblieben. Ich wende ein, die Anwesenheit Maria Theresias komme doch nicht von ungefähr, zeuge wahrscheinlich sogar von ihrer Teilnahme an seinem Schicksal. Obwohl ich mir das nicht vorstellen kann. Verwundert bemerke ich, dass ich schon in die Rolle eines Vermittlers geschlüpft bin. „Vielleicht will sie nur hereingebeten werden", mutmaße ich.

„Dann bitten Sie die Dame doch herein", knurrt der König. „Dazu habe ich Sie schließlich herbestellt."

Er kann es nicht lassen, mich wie einen Lakaien zu behandeln. Nicht seine Unart lässt mich zögern, ich weiß ja, wie sehr er leidet, sondern dass ich unsicher bin, welcher der Damen ich die Einladung überbringen soll. Mit ihren kurzen Röcken, kurzen Haaren, den geschminkten Lippen ähneln sie einander auf fatale Weise. Ich kann mir nicht vorstellen, dass eine von ihnen Maria Theresia sein soll. Wahrscheinlich bildet sich der König in seiner Obsession ihre Anwesenheit nur ein.

„Es würde Ihrer Absicht, Vergebung zu erlangen, sehr förderlich sein", versuche ich mich herauszureden, „wenn Sie die Königin in eigener Person hereinbitten würden."

Der König mustert mich lange, schon hoffe ich, mein Argument hat ihn überzeugt, da stößt er wütend aus: „Niemals!" Das klingt endgültig. „Marsch, marsch, tun Sie wie befohlen!", setzt er in normaler Tonlage hinzu.

Das muss ich mir nicht bieten lassen. Soll er sein Problem doch selber lösen. Ich befinde mich ganz wohl dort, wo ich hergekommen bin. Was ich seinerzeit schon hätte tun sollen, wenn der König seine Missstimmung an mir ausließ, tue ich jetzt. Ich gehe.

Eine Weile schlendere ich auf der Terrasse herum. Ich genieße es, unter Menschen zu sein, ohne von ihnen belästigt zu werden. Und vielleicht besinnt sich der König noch und will sich bei mir entschuldigen. Immer neue Gäste treffen ein und aus der zunehmenden Beflissenheit der schon Anwesenden gegenüber den Ankömmlingen schließe ich auf den gesellschaftlichen Rang. „Herr Staatssekretär", dienert der eine; „natürlich, Herr Minister", jubelt der andere. Aber wie armselig wirken auch die höheren Ränge in den schmucklosen Anzügen, die Gemahlinnen in den zu kurzen Kleidern oder gar in langen Hosen. Preußen ist niemals ein wohlhabendes Land gewesen, aber seit meiner Zeit muss es noch weiter bergab mit ihm gegangen sein, wenn die Regierenden sich nicht einmal anständige Kleider leisten können.

Des Schauspiels überdrüssig, lasse ich meine Blicke zum Park hinunterschweifen. Von dort, wo Friedrich sich wünschte, dass eine Fontäne aufspränge, nähern sich zwei Gestalten der Treppe. In der einen erkenne ich den Boten des Königs und in der anderen, ich glaube meinen Augen nicht zu trauen, Ulrike. Sie trägt ein blaues Kleid, eng und betont in der Taille, das zarte Dekolleté mit weißen Bordüren besetzt, weit ausschwingend der Rock, der nur die Spitzen der weißen Schuhe hervorlugen lässt. Ihr aufgestecktes blondes Haar schmückt ein Kranz von Blumen, der bei jedem Schritt anmutig wippt. Kein Zweifel, sie ist´s! So habe ich sie zum ersten Mal erblickt, drunten in der Stadt, auf einem Ball des Gewehrfabrikanten Daum. Was sollen mir noch die Schattenspiele auf der Terrasse, was der König mit seinen Qualen, gleich werde ich die geliebte Frau in den Armen halten. Ich laufe, nein, ich schwebe ihr entgegen, von einer Seligkeit erfüllt, die mich glauben macht, endlich im Paradies zu sein.

Als ich vor ihr stehe, überfällt mich namenlose Enttäuschung. Diese Frau ähnelt Ulrike bis ins Lächeln und den Gang, aber sie ist bei aller äußeren Ähnlichkeit eine Fremde. Die Sehnsucht hat mir einen Streich gespielt.

„Das soll der vielgerühmte Henri de Catt sein?", fragt die Dame den Jüngling, ohne mich ihrer Aufmerksamkeit zu würdigen.

Lächelnd erwidert er, sie könne mir vertrauen wie sich selbst, ich sei eine kindliche Seele und ein Menschenfreund.

Während ich noch überlege, ob diese schmeichelhafte Bemerkung wirklich auf mich zutrifft, gibt die Dame spitz zurück: „Das mag wohl stimmen, wenn er einen so unausstehlichen König liebt."

Ich will entgegnen, dass ich Friedrich zwar respektiere, aber nicht liebe, doch die plötzliche Erkenntnis, dass der Jüngling mehr ist, als ich bisher angenommen, wohl der Bote eines Königs, aber nicht der Friedrichs, verschließt mir den Mund. Warum bemerke ich erst jetzt, worauf ich schon viel früher hätte kommen müssen? Hier ist Größeres am Werke, als mein beschränkter Menschensinn erfassen kann. Friedrich wusste das, als er sich so tief vor dem Jüngling verbeugte.

„Ich bin nur ein Diener und folge höherem Auftrag", wehrt der Jüngling meine Ehrfurchtsbezeugung ab. „Geleite die Dame zum König, der sie schon mit Schmerzen erwartet."

Das also ist sie: Maria Theresia, von Gottes Gnaden Römische Kaiserin, obwohl nie als solche gekrönt, Königin zu Ungarn, Böhmen, Dalmatien, Kroatien, Slavonien, Erzherzogin zu Österreich, Großherzogin zu Toscana und so weiter und so fort! Unwillkürlich zucke ich vor der Papistin zurück. Dabei ähnelt sie doch in ihrem Liebreiz meiner Ulrike.

„Ängstige dich nicht", sagt sie, „ich beiße nicht. Alle Titel sind längst verwehter Schall und Rauch und ich bin auch nicht das apostolische Rabenaas, als das dein König mich zu titulieren liebt."

Enttäuschung, nicht Ulrike im Arm zu halten, Verwirrung über den Boten und Widerwillen gegen das, was mir bevorsteht, setzen mir so sehr zu, dass ich bei dem Versuch, mich zu entschuldigen, ins Stammeln gerate. Ich bringe alle möglichen Titel durcheinander, spreche vom König von Preußen als ihrem Herrn Vater und nenne schließlich die Königin Durchlaucht statt Majestät. Kurz, ich treibe es nicht anders als die Schattenfiguren auf der Terrasse.

Am liebsten liefe ich davon, aber Maria Theresias Gelächter hält mich fest. Es schwingt sich melodisch und in aufsteigenden Kadenzen aus der Mitte ihres Leibes. Wie anders sie lacht als der König! Er lacht, wenn überhaupt, aus der Kehle heraus, gepresst, jederzeit bereit abzubrechen, während ihr Lachen wie eine Quelle sprudelt, der man nicht befehlen kann aufzuhören. Es ist ansteckend. Auch ich lache nun und weiß nicht warum und es ist mir ziemlich gleichgültig, ob sich das ziemt.

Atemlos stößt sie endlich hervor: „Lass Titelei und Kratzfüße. Ich mag sie weniger denn je, wenn ich mich auch stets den Sitten der Welt fügte. Deine königliche preußische Majestät, die dort oben wie ein Gespenst im Schloss hockt, ist trotz seines vorgeblichen Ruhms auf meine und meiner Völker Kosten auch nicht mehr als ein Fritzl. Oder wie ihr hierzulande sagt: Fritzchen. Meine Freunde nennen mich Resl; wenn du magst, nenn mich auch so. Gehen wir es also an!"

Ihre Worte gewinnen ihr meine Zuneigung, umso mehr, als ich ihr anfängliches Widerstreben wohl bemerkt habe. Sie weiß offensichtlich, was ihr bevorsteht und welche Rolle ich dabei spielen soll.

„Der König ist kein schlechter Mensch, er ist nur unglücklich", beginne ich, ermutigt durch ihr Wohlwollen, meine Mission.

Ungehalten unterbricht sie mich: „Komm mir nicht mit seiner schweren Kindheit und Jugend. Das habe ich schon tausendmal von Nichtsnutzen gehört, die mit den Fingern auf andere zeigen, um Verrat, Verbrechen und Mord, die sie als Erwachsene begingen, zu rechtfertigen. Ich kann und will die Geschichten vom prügelnden Vater, von der zerbrochenen Flöte und dem hingerichteten Katte nicht mehr hören. Sie mögen der Wahrheit entsprechen, aber sie sind nicht die ganze Wahrheit. Sein Vater, der ein gottesfürchtiger Mann war, hat einmal vor glaubwürdigen Zeugen zu ihm gesagt: ‚Wenn du der Herr bist, wirst du sie betrügen, das kannst du nicht lassen. Du bist von Natur falsch und betrügerisch. Sieh dich vor, Friedrich! Betrüge sie beim ersten Mal gründlich, ein zweites Mal wird es dir nicht gelingen.‘

Warum bedauert niemand den Vater, der mit einem so nichtswürdigen Sohn geschlagen war, welcher das Gebot: Du sollst Vater und Mutter ehren! sträflich missachtete? Sein Charakter ist Misstrauen und Verstellung. Er benutzt die Menschen, aber er liebt sie nicht.“

Nach dem herzlichen Lachen von vorhin verwundert mich die Schärfe, mit der sie über den König spricht. Ihre Vorwürfe treffen zu, aber auch sie enthalten nicht die ganze Wahrheit. Ist sie gekommen, um anzuklagen oder um zu vergeben?

„Sie wissen, Majestät ...“

„Resl, und du“, weist sie mich zurecht.

Immer wieder falle ich in die zu meiner Zeit übliche Anrede für Majestäten zurück und jedesmal korrigiert sie mich.

„Alles Gesagte widerlegt nicht meine Auffassung, dass der König ein unglücklicher Mensch ist“, hebe ich zu seiner Verteidigung an. „Während unserer Gespräche habe ich ihn sehr nachdenklich erlebt. Einmal erzählte er mir von einem Traum, in dem ihm sein Vater erschienen war. Ob er es gut gemacht habe, fragte Friedrich ihn. Sehr gut, erwiderte der Vater, worauf Friedrich im Traum sagte, dass der Beifall des Vaters ihm mehr schmeichle als der Beifall der ganzen Welt.“

„Das hat ihm sein schlechtes Gewissen eingegeben", sagt die Königin, „und wahrscheinlich hat er sich den Traum auch nur ausgedacht."

Ihre Voreingenommenheit verstimmt mich. „Wen man nicht mag, der kann sich mühen, wie er will, und doch schlagen ihm alle Worte und Taten zum Nachteil aus."

„Warum sollte ich Friedrich auch mögen?", gibt sie zurück.

Unser Gespräch versiegt, aber im Schweigen lauert nichts Beunruhigendes. Langsam bewegen wir uns die Treppe hinauf, und sooft ich mir vergegenwärtige, dass ich, der einstige Kalvinist, Maria Theresia, die einstige erzkatholische Majestät und Intimfeindin Friedrichs, am Arm halte und sie Resl und den preußischen König vielleicht Fritzchen nennen soll, kommt mich ein Lachen an.

Auf der Terrasse haben sich zwei Herren von der übrigen Gesellschaft abgesondert, die sie aus respektvoller Entfernung beobachtet.

„Mister President", sagte der eine, „bei allem Respekt vor Ihrem großen und mächtigen Land und ohne in Überheblichkeit zu verfallen, wäre es Ihrerseits an der Zeit, die moralische Größe unseres Landes anzuerkennen, das sich glücklich schätzt, Sie als Gast zu diesem Ereignis zu empfangen. Ich glaube sagen zu dürfen, dass wir trotz des unglücklichen Verlaufs unserer jüngsten Geschichte, aus dem wir, wie aller Welt bekannt, die Lehren gezogen haben, wieder ein Wörtchen in Ost- und Südeuropa mitzureden haben sollten, ohne indes Ihren Intentionen in die Quere kommen zu wollen."

„Herr Kanzler", erwidert der andere mit einer leichten

Verbeugung, „ich weiß Ihre Verdienste und die Ihrer Vorgänger wohl zu schätzen – wie auch mein Freund, der russische Präsident –, aber lassen Sie uns doch, wenigstens unter uns, nicht über so schwer definierbare Größen wie Moral sprechen, sondern über die Zweckmäßigkeit oder Unzweckmäßigkeit eines russischen Korridors nach Kaliningrad, in Ihrer Sprache, Königsberg. Selbstverständlich nicht jetzt und hier. Ihr großer König, den wir beruhigt feiern können, weil er schon lange tot ist, schätzte an diesem Ort, wie ich hörte, auch mehr die Philosophie und Musik als die Politik ...“

„Haderlumpen!“, empört sich die Königin. „Wenn ich nur das Wort Moral höre, wird mir übel. Religion würde vollauf reichen, aus solchen Politikern anständige Menschen zu machen.“

„Das meinst du doch nicht ernst“, werfe ich ein. „Welche Religion denn, etwa die katholische?“

„Zum Beispiel“, sagt sie, „aber ich bestehe nicht darauf. Nenn's Gott, nenn's Wahrheit, nenn's Liebe. Als Christenmensch bin ich immer jenen näher gewesen, die einen lebendigen Glauben, in welcher Form auch immer, an Gott lebten als jenen, die anderen Moral predigten.“

Ich glaube, mich verhört zu haben. Das sagt sie, die Sittenwächterin, die ihr Land streng katholisch regiert und ihren Sohn, den nachmaligen Kaiser Joseph, wegen seiner Auffassung getadelt hat, dass der Staat ein von jedermann toleriertes Neben- und Miteinander unterschiedlicher Glaubensrichtungen zu gewährleisten habe.

„Ach Henri“, seufzt die Königin, „es ist ein Unglück, dass man mich noch immer nicht versteht. Die Toleranz, der Indifferentismus, wie ihn Friedrich zur Staatsräson erhoben hat, ist gerade das richtige Mittel, um alles zu untergraben, sodass nichts mehr Bestand hat. Zum Schluss sind alle die Hereingefallenen. Ich spreche politisch, nicht als Christin. Nichts ist so nützlich und heilsam wie die Religion. Kein Geist der Verfolgung, aber noch weniger der Gleichgültigkeit und Toleranz hat mich geleitet, solange ich lebte. Aber ich mochte jene nicht, die auf Kosten all dessen, was heilig und verehrungswürdig ist, ihren Geist glänzen lassen und eine eingebildete Freiheit einführen, die letztlich in eine größere Unfreiheit führt, als sie je eine missbrauchte Religion erzeugen kann.

Schau dir doch diese beiden Herren an, die an nichts glauben als an sich selbst und in ihrer vorgespiegelten Allmacht nichts als flüchtige Schatten sind."

Ich erinnere mich, vor Kurzem Ähnliches vom König gehört zu haben.

„So?", meint Maria Theresia nur.

Friedrich lauert hinter den zugezogenen Gardinen. Ich spüre es, ohne hinzuschauen, ich fühle seine Ungeduld, seine Galligkeit, ich höre ihn grollen. Warum gebärdet er sich so unhöflich und unterlässt es, jene zu begrüßen, die er so heftig ersehnt? Mehr kann sie doch nicht tun, als ihm, der etwas von ihr will, entgegenkommen.

Als hätten ihn meine Gedanken überzeugt, tritt er vor die Tür, zögert einige Augenblicke, unmutig das Treiben auf der Terrasse musternd, und setzt sich dann entschlossen in Gang. Schnell bewegt er sich durch die Grüppchen von Menschen, sorgfältig darauf bedacht, mit niemandem in Berührung zu kommen. Vor der Königin zügelt er den Schritt wie ein gut abgerichtetes Pferd seinen Galopp und deutet eine höfliche Verbeugung an. Seine Augen lassen dabei nicht von Maria Theresia. Er richtet sich auf und lächelt liebenswürdig. Ihre Blicke treffen sich, die blauen Augen des Preußen und die ebenso blauen Augen der Habsburgerin, offensichtlich ein Erbteil der Welfen, von denen beider Mütter abstammen. Sie schauen sich an wie nur zwei junge, schöne, füreinander bestimmte Menschen: hingerissen, neugierig, selbstvergessen. Alles an ihnen ist Verheißung, noch hat das Leben ihre Gesichtszüge nicht gezeichnet. Noch ist Friedrich der roi charmant, der Märchenprinz, der Friedensfürst, der kommende Reformkönig, auf dem die Hoffnungen Europas ruhen. Maria Theresia tritt ihm als liebreizende, unbefangene Thronerbin eines weitgespannten Reiches entgegen, ein junges Mädchen, das von der Liebe träumt und nicht von der Macht. Zwei fast gleichaltrige Königskinder, dazu ausersehen, die Geschicke ihrer Völker zu leiten, deren Wohlstand und Glück zu mehren. Ein wundervolles Paar, wenn das Schicksal es so gewollt hätte. Welch ein Verhängnis ist am Werke gewesen, dass sie einander und ihre Völker in langen erbitterten Kriegen zerstören mussten? Dass sie schließlich von der gegenseitigen Abneigung nicht mehr lassen konnten wie andere nicht von der Liebe.

„Wie schön Sie sind, ma chère cousine", sagt der König galant. Erneut verbeugt er sich und führt dann Maria Theresia ins Schloss.

Statt ihnen in gebührendem Abstand zu folgen, sollte ich lieber das Weite suchen. Aber ich mag mich von dem Bild, das die beiden bieten, nicht trennen. Mir scheint alles, was vorher gewesen, nur ein böser Traum: die gegenseitige Feindschaft, die Kriege, Friedrichs Verzweiflung. Gar zu gern möchte ich glauben, dass das, was sich vor meinen Augen abspielt, die Wirklichkeit ist: zwei junge Menschen in Liebe vereint wie einst ich mit Ulrike. Eröffnet sich doch hier eine einzigartige Chance, noch einmal von vorn zu beginnen und der Geschichte einen besseren Verlauf zu geben. Hingerissen von Friedrichs Charme, befürchtet Maria Theresia offensichtlich nichts Böses von ihm und Friedrich wird sich hüten, seiner schönen Cousine Scherereien zu bereiten. Von jetzt an sind alle deutschen Länder und darüber hinaus Europa und die Welt in Freiheit und Frieden geeint! Endlich, endlich findet der Ruf aus Basel von anno 1758, dem schicksalhaften Jahr, Gehör:

Du, o göttliche Therese, lasse dein Erbarmen aus!
Ruf den Frieden und erlöse
Tuiskons Reich von Schutt und Graus!
Bau dein Haus, das wie auf Erden
so auch über Himmelsherden
Majestäten aufgestellt!
Bau dein Haus,
das nicht durch Kriegen,
nein, durch Liebe nur gestiegen,
immer gleich in beider Welt!

Friedrich, Sohn der alten Helden,
übertriff dich selbsten, du!
Lass uns bald den Trost vermelden,
dass dein Schwert und Donner ruh!

Urbild aller Trefflichkeiten!
Unglaub aller Welt und Zeiten!
Eines dennoch fehlet dir.
Endlich siegest du dich müde:
Dir gebricht allein der Friede.
Wer ihn hat, ist selig hier.

Maria Theresias Stimme reißt mich aus meiner Seligkeit. Sie und der König unterhalten sich offensichtlich schon eine ganze Weile.

„All das ist unverzeihlich", ruft die Königin, „Leichtfertigkeit, Übermut, Arroganz und Unbesonnenheit ließen Sie alles auf einmal anstreben: Besitz, Ruhm, Gelehrtheit. Erst schlagen Sie zu und dann zermartern Sie sich das Hirn, wie Sie die Verletzungen ungeschehen machen, die Beute aber behalten können. Ihr Herz war niemals aufrichtig, es ist auch jetzt nicht aufrichtig."

Sie zählt die Täuschungen und Verrätereien auf, mittels derer Friedrich den Krieg um Schlesien gegen sie vom Zaun gebrochen hat, darauf vertrauend, dass die junge und unerfahrene Regentin ihm nichts entgegenzusetzen habe und er sich im Verein mit anderen Potentaten aus ihrem Reich die besten Stücke reißen könne.

Maria Theresia ist schön in ihrem Zorn, ihre Augen blitzen, die Wangen sind gerötet, doch sie hat sich so weit in der Gewalt, ihm nicht anheimzufallen, sondern ihn in den Dienst von Argumenten zu stellen.

Sie übertreibt nicht. Ganz Europa wusste damals, dass man sie nach dem Segen des sterbenden Vaters hatte aus dem Zimmer führen müssen, weil sie vor Schmerz die

Fassung verlor. Aber auch, dass sie noch am Todestag des Vaters die Regierungsgeschäfte übernahm, trotz ihrer Jugend voller Würde. Obwohl unvorbereitet auf die Regierungsgeschäfte, konnte sich keiner der Anwesenden der Wirkung ihrer schlichten und bestimmten Rede entziehen. Sie vertraute auf Gott, das ihr zugefallene Amt ausfüllen zu können, und sie vertraute den Unterschriften, auch der Preußens, auf der Pragmatischen Sanktion, wonach die europäischen Herrscher ihren Thron und Besitz anerkannten. Arglos bat sie Friedrich, er möge die Wahl ihres Gatten zum deutschen Kaiser unterstützen, nie werde sie es ihm an Dank dafür fehlen lassen, so wie sie auch ausnehmende Freundschaft für Friedrich empfände.

Der frisch gekrönte König Friedrich aber, der eben noch in Rheinsberg einen Anti-Machiavell geschrieben hatte und den man in ganz Europa als Friedensfürst, als Sonne der Aufklärung pries, zögerte nicht, alle guten Vorsätze über den Haufen zu werfen, als sich ihm mit dem Tod Kaiser Karls und der Thronbesteigung dessen junger Tochter die Gelegenheit zum Krieg bot. Dabei wäre er keinem anderen mehr zum Danke verpflichtet gewesen als dem Kaiser. Als sein Vater ihn auf der Festung Küstrin gefangen gesetzt und wegen Hochverrats hatte hinrichten lassen wollen, hatte Karl interveniert, um Gnade und Barmherzigkeit für den verräterischen Sohn gebeten und ihm damit vermutlich das Leben gerettet. Hätte er geahnt, wozu, hätte er gewiss dem Schicksal seinen Lauf gelassen.

Maria Theresia traute ihren Augen und Ohren nicht, als Friedrich unter nichtigem, scheinjuristischem Vorwand ultimativ die Herausgabe ihrer reichsten Provinz Schlesien forderte. Als Gegenleistung werde er die Wahl ihres Gatten zum Kaiser unterstützen und die Königin unter seinen Schutz stellen. Das war lachhaft. Der Kaisertitel bedeutete seit mehreren hundert Jahren nicht mehr als eine Chimäre und Maria Theresia strebte ihn nur für den Gemahl an, um ihn von seiner politischen Bedeutungslosigkeit abzulenken. Vermessen und demütigend aber war Friedrichs Angebot, das Neu-Königreich Preußen werde die altehrwürdige mächtige Habsburger Monarchie unter seine schützenden Flügel nehmen.

Entrüstet wies sie das Ultimatum zurück. Doch als kurz darauf preußische Truppen in ihre Länder einrückten und Frankreich, Bayern und Sachsen es dem frechen Eroberer nachtaten, musste die Dreiundzwanzigjährige erkennen, dass sie von einem Rudel raubgieriger Wölfe umgeben war. Nirgendwo Hilfe in Sicht. Ihr freundlicher Gemahl Franz von Lothringen, den sie so innig liebte, taugte nicht zum Kriegshelden; die einstigen Ratgeber ihres Vaters, inzwischen alt und schwach, die sie nur aus Pietät in den Ämtern belassen hatte, verstanden die Welt nicht mehr; der Verwaltungsapparat unfähig, die Generäle unentschlossen, das Heer ein zusammengewürfelter Haufen. Maria Theresia hochschwanger. Größere Not hat kein europäischer Monarch je erlebt als die junge Herrscherin in jenen Tagen und Monaten, da Friedrich in ihre Länder einfiel, und keiner ist bitterer Not jemals beherzter entgegengetreten als sie. Aber um welchen Preis!

Der König hört gelangweilt zu, hin und wieder zuckt ein ironisches Lächeln um seinen Mund. Unter seiner zur Schau getragenen Gleichgültigkeit verliert Maria Theresia nun doch die Fassung. Mit bebender Stimme herrscht sie Friedrich an: „Sie haben kein Herz im Leib, Ehre ohnehin nicht, Sie sind ein böser Mensch, ein Scharlatan, ein Heuchler!"

„Aber Madame, Sie sollten nicht durch Affekte ersetzen wollen, was Ihnen an Überzeugungskraft fehlt", versetzt der König und kaschiert seine Unverschämtheit mit einer leichten Verbeugung. „Das alles ist so lange her, lassen Sie es uns doch leidenschaftslos betrachten. Was hätte es Sie denn gekostet, mir Schlesien zu schenken! Dafür wäre Europa der Frieden erhalten geblieben und Sie hätten einen Freund gewonnen. So aber haben Sie mit Ihrer Weigerung den Krieg provoziert und Ihre mangelnde Großzügigkeit hat Menschenleben über Menschenleben gefordert."

Friedrichs leichthin gesagten Worte verschlagen ihr die Rede. Sie schaut ihn ungläubig an, erwartet offensichtlich eine Erklärung, wie er das eben Gesagte gemeint habe, doch Friedrich hält ihrem Blick stand wie ein Kind, das sich keiner Schuld bewusst ist.

„Mir kommen die Tränen ob Ihres Plädoyers für die Opfer auf den Schlachtfeldern", erwidert sie endlich. „Trieben Sie nicht Ihre Soldaten mit dem Ruf: ‚Hunde, wollt ihr ewig leben!' in den Tod? Was sind Sie nur für ein Monster!"

Ich fürchte schon, die Königin werde wieder in Beschimpfungen verfallen, aber sie mäßigt sich. Mit einer geradezu beängstigenden Beherrschung fährt sie fort: „Wenn ich Ihnen um des Friedens willen Schlesien überlassen hätte, hätten Sie als Nächstes wahrscheinlich Böhmen verlangt, zum Schluss im Verein mit den anderen

Raubrittern Wien, wobei Sie sich dann untereinander in die Haare geraten wären, weil die Franzosen, die Bayern und die Sachsen niemals so viel Macht in Ihrer Hand zugegeben hätten. Die dabei zerstörten Länder hingemordeten Menschen interessieren Sie nicht, für Sie ist alles nur Material zum Ruhme Ihres Namens. Wer Ihnen im Wege steht, den stellen Sie in der Öffentlichkeit als Urheber alles Bösen hin. Nach Ihrer Logik ist der Überfallene, außer wenn Sie selbst es sind, der Schuldige. Diese teuflische Logik haben Sie in der Welt salonfähig gemacht."

„Sie irren, Madame, meine Lehrmeister waren die Franzosen und die Schweden. Außerdem verstehe ich Ihre moralische Entrüstung nicht. Sie haben sich immer viel darauf zugutegehalten, in bester Verbindung zu jenem Reich zu stehen, von dem Christus sagte, es sei nicht von dieser Welt. Aber gehandelt haben Sie doch sehr diesseitig. Wenn Sie Ihren Glauben, speziell die Bergpredigt, ernst genommen hätten, wäre es Ihnen leicht gefallen, Schlesien und sogar den Thron in Wien aufzugeben. Vielleicht hätten Sie mich dann auch zum Glauben, ja zum Katholizismus, bekehrt und wir beide nähmen jetzt in friedlicher Eintracht Ehrenlogen im Reiche nicht von dieser Welt ein."

Mich hält es nicht mehr auf meinem Platz, ich will weg hier, der Zynismus des Königs ist unerträglich. Doch beide rufen wie aus einem Munde: „Hiergeblieben!" Gehorsam sinke ich auf meinen Stuhl zurück.

„Armer Fréderic, so klug Sie sich dünken, Sie haben nichts, aber auch gar nichts verstanden", erwidert Maria Theresia überraschend milde. „Zum Glauben an Gott den Allmächtigen kann kein Mensch einen anderen bekehren

– weder mit Geschenken noch mit milden oder drohenden Worten. Der Glaube ist eine Gnade, die Ihnen nicht zuteilwurde, wofür Sie Mitleid und nicht Schelte verdienen. Gerade meine tiefe Überzeugung, dass Christus der Herr dieser Welt und aller Welten ist, befahl mir, Ihren Unverschämtheiten zu widerstehen und gab mir auch die Kraft dazu. Nicht das Recht, in alten Folianten niedergelegt, von gelehrten Männern diskutiert, von Herrschern abgesegnet und zu ihren Gunsten ausgelegt, sondern das göttliche Recht, manche sagen Gewissen dazu, galt mir immer als letzte Instanz. Genau wie Sie habe ich nicht aus Menschenhänden, nicht aus eigener Kraft die Kronen und Länder empfangen. Gott selbst, Sie würden es Geburt nennen, befahl mir, Verantwortung zu übernehmen, das Reich zu verwalten, zu erhalten. Keine Macht der Erde konnte mich von dieser Pflicht entbinden. Dabei wusste ich immer, dass mir nichts gehört. Letztendlich war ich nicht mehr als eine Hausfrau, die sich in den Dienst der Familie stellt, Staub wischt, das Mahl auf den Tisch bringt, zuhört, Streitigkeiten schlichtet, Krummes gerade richtet, und am Abend ist sie müd von einem scheinbar vergeblichen Tagwerk, das am nächsten Morgen wieder von vorn beginnt. Weder mit Ruhm noch mit Reichtümern wird sie belohnt und sie erstrebt sie auch gar nicht. Doch ohne ihr umsichtiges Schalten und Walten verwahrlosten die Kinder, verkäme der Mann und alle führten ein elendes Leben ohne Liebe und Wärme."

Bei diesen Worten sehe ich Ulrike wieder vor mir. Wie sehr die beiden Frauen sich doch auch im Wesen ähneln. Aber die warmen werbenden Worte werden Friedrichs

Herz nicht erreichen. Der König versteht von Familie und Frauen so viel wie ein Blinder von Farben. Warum bittet diese Frau um Verständnis bei einem, der nach seiner eigenen Aussage ihrer Vergebung bedarf? Friedrichs Gesicht bestätigt meine schlimmsten Vermutungen.

Gereizt erwidert er: „Wir wären uns einig, Madame, wenn Sie es nicht bei Vergleichen belassen und sich wirklich an den Herd verfügt hätten. Als fromme Frau, die mit der Bibel aufstand und zu Bette ging ...“

„Nicht mit der Bibel, sondern mit meinem Gemahl“, widerspricht die Königin lächelnd.

„Als frommer Frau“, wiederholt der König irritiert, „als frommer Frau müsste Ihnen jene Stelle aus den Paulusbriefen geläufig sein, wo es heißt: Ein Weib lerne in aller Stille, in aller Untertänigkeit. Einem Weibe gestatte ich nicht, dass sie lehre, auch nicht, dass sie des Mannes Herr sei, sondern stille sei.“ Triumphierend mustert er die Königin, seine Mundwinkel zucken spöttisch.

Unendlich langsam erhebt sich Maria Theresia, fülliger geworden, verschattet um die Augen, ohne den Liebreiz der ersten Jugend. Während sie auf den König herabblickt, sagt sie verächtlich: „Mit dem Weibe kann Paulus nur Sie gemeint haben.“ Dann geht sie.

Der Hieb hat getroffen. Wie der König in seinem Sessel hockt, klein, zart und verkrümmt, und die Krücke zornig auf den Boden stößt, ähnelt er verblüffend einer alten Frau. Statt einer Antwort entringt sich ihm nur ein Ächzen.

Obwohl er die Königin mit beleidigenden Worten herausgefordert und ihr Werben um Verständnis zurückgewiesen hat, dauert er mich. Im Laufe meines Lebens habe ich nicht wenige Menschen kennengelernt, die wie er besonders ausfällig gegen andere wurden, wenn sie selbst sehr unglücklich waren. Aber wem ist zuzumuten, dies zu ertragen! Zwar kann ein König es sich ungestraft leisten, ein Ekel zu sein, aber Zuneigung wird er dadurch nicht erringen, es sei denn, die eines Esels, wie ich einer bin.

Jetzt bestehe ich auf der Fortsetzung des Gesprächs und ich eile der Königin nach, sie aufzuhalten.

Im Gartensaal bietet sich mir ein seltsames Bild. Maria Theresia hüpft gestikulierend vor dem Jüngling in der weißen Toga hin und her, der sie mit ausgebreiteten Armen am Verlassen des Schlosses hindert. Klein und überaus korpulent, erinnert mich die Königin in ihrer schwarzen Witwentracht an eine aufgebrachte Krähe.

Ich versuche, sie zu beruhigen: „Majestät, Sie haben so wunderbar gesprochen, Sie dürfen jetzt nicht gehen. Der König ist ungeübt im Umgang mit Frauen. Erweisen Sie sich ihm als überlegen, indem Sie seine Worte nicht auf die Goldwaage legen."

Mit versteinerter Miene blickt sie durch mich hindurch, nur die hängenden Backen und das Doppelkinn zittern unmerklich. Eine vom Leben geschlagene, verzweifelte alte Frau. Sie tut mir leid, wie mir eben der König leid getan hat.

Was ist es nur, dass ich immer beiden Seiten recht geben, mit jedem Wesen, ungeachtet seiner Dummheiten, die es von sich gibt, Mitleid empfinden muss? Vielleicht rührt es von meiner tief in die Seele eingeschriebenen Überzeugung her, dass jedermann von Natur aus gleich böse und gut ist und dass bestimmte Situationen, bestimmte Menschen jeweils das Böse oder das Gute im anderen hervorrufen oder bestärken. Zwischen den Menschen scheint eine Art von Chemie zu existieren, die im Aufeinandertreffen aggressiv, freundlich oder gleichgültig reagiert. Bei Maria Theresia und Friedrich reagiert sie feindlich. Und doch hat sie ihm einmal vertraut und er sie bis zu seinem Tode höher als die meisten Frauen geschätzt. Während des Siebenjährigen Krieges und in äußerst bedrängter Lage sagte er einmal zu mir: Trotz des Üblen, das sie mir zugefügt hat (er meinte damit seine Niederlagen durch Maria Theresias Truppen), muss ich zugeben, dass diese Fürstin sehr achtenswert ist durch ihre Sittenreinheit. Es gibt wenig Frauen, die ihr in dieser Hinsicht gleichen; die meisten sind Huren und die Königin verabscheut Huren. Sie ist sehr strebsam und hat Talente auf mehr als einem Gebiete; ich muss ihr darin Gerechtigkeit angedeihen lassen.

Natürlich sagte er es, wie es seine Art ist, ein wenig von oben herab, aber ich merkte, dass er sie bewunderte, ohne es sich eingestehen zu wollen.

Nicht mehr aufgehalten durch den Jüngling, der offenbar auf meine Vermittlung baut und sich entfernt hat, setzt sich die Königin in Richtung Terrasse in Bewegung. Ich bleibe neben ihr und rede auf sie ein: „Jedem haben Sie verziehen, Majestät – Ihrem Gemahl seine Untreue, Unfähigen, Verrätern, selbst für die du Barry, die Mätresse des französischen Königs, fanden Sie großherzige Worte, als sie vom französischen Hof verstoßen wurde. Warum nicht auch für den König?"

Ihr Gesicht bleibt reglos.

Inständig bitte ich: „Resl, red doch wenigstens mit mir!"

Augenblicklich wendet sie sich mir zu. „So ist´s recht, endlich hast du´s begriffen, du depperter Schweizer. Früher war ich der Meinung, die Schweiz sei das Asyl aller Narren und Verbrecher. Damals kannte ich dich noch nicht. Verzeih mir, Henri!"

So abwegig sei ihre Beobachtung gar nicht, entgegne ich, und wenn ich mich auch nicht für einen Verbrecher hielte, ein Narr sei ich ganz gewiss.

Jetzt lacht auch die Königin. „Eher ist der da drin ein Narr, ein Gockel, der sich aufplustert, eine Kokette des Geistes mit all seinen Witzworten, die nur den Zweck haben, andere zu betrüben und lächerlich zu machen, alle ehrlichen Menschen fernzuhalten und den Glauben zu erwecken, dass das ganze Menschengeschlecht nicht verdiene, geachtet und geliebt zu werden, da er durch sein eigenes Betragen alles Gute entfernt hat."

Ihre Miene hat sich wieder verfinstert. Sie wisse, wovon sie rede, denn ihr eigener Sohn und Erbe Joseph sei auch so einer von der Art Friedrichs gewesen und habe ihr damit viel Kummer bereitet.

Wir spazieren auf der Terrasse hin und her. Ich genieße es, neben ihr zu gehen, denn gar zu sehr ähnelt sie jetzt wieder meiner Ulrike, so lichtblau und jung.

„Schau dir diese beiden Großkopferten an", sagt sie und weist auf Mister President und Herrn Kanzler, die immer noch aufeinander einreden. „Wenn sie nicht achtgeben, wird es ihnen einmal ebenso ergehen wie dem Alten da drin. Hatte dieser Heros, der große Friedrich, der so viel von sich reden machte, hatte dieser Eroberer einen einzigen Freund? Musste er nicht aller Welt misstrauen? Welch ein Leben, aus dem die Menschlichkeit verbannt ist! Alles zog er ins Lächerliche, stellte es als Bagatelle hin. Ich mag das nicht, was man Ironie nennt. Niemals wird irgendjemand durch sie gebessert, wohl aber geärgert, und ich halte sie für unvereinbar mit der Liebe zum Nächsten."

Der alternde König Friedrich und der junge Kaiser Joseph, der den „Erzfeind" glühend bewunderte, hatten sich zweimal, in Neisse und in Mährisch Neustadt, getroffen. Er reiche an seine Mutter nicht heran, hatte Friedrich mir gegenüber abfällig über den jungen Herrscher bemerkt, denn er wolle immer den zweiten Schritt vor dem ersten tun, aber das könne ihm, Friedrich, nur recht sein.

Es stimmt, die Großkopferten erinnern mich verbüffend an den König und den vom Ehrgeiz zerfressenen jungen Joseph, an dessen Porträt ich mich gut erinnere. Ich frage die Königin, ob sie diese Ähnlichkeit auch bemerke.

Sie winkt ab. Ihr Sohn sei ihrem Herzen zu teuer, als dass sie ihn mit irgendjemanden vergliche, und bemerkt noch: „Um die Welt wäre es besser bestellt, würde sie von mütterlichen Frauen regiert, die sie bewahren und zu dem Zweck, zu dem sie so schön geschaffen worden ist, gebrauchen. Alles Übel kommt von der verfluchten Ruhmsucht, diesem Gockelgehabe, diesem Wunsch, alle und jeden zu ihrem Glück zu zwingen. Das Ergebnis wurde uns eben im Arbeitszimmer des Königs vorgeführt: ewige Verzweiflung und Bösartigkeit."

Die Königin scheint mir nun doch sehr selbstgerecht und ich sage es ihr. Empfindet sie denn kein Mitgefühl? Hat Friedrich denn nur Böses getan? Warum würdigt sie nicht seine Verdienste, die Preußen zum allseits bewunderten und geachteten Land in Europa gemacht haben?

„Ach Henri", seufzt die Königin und bedenkt mich mit einem langen, nachsichtigen Blick, „deine Bemerkung enttäuscht mich, sie ist gut gemeint und doch dumm, fern von wirklichem Mitgefühl. Erinnere dich an das Wort aus dem Evangelium: Was hülfe es dem Menschen, wenn er die ganze Welt gewönne und nähme doch Schaden an seiner Seele.

Mitgefühl hilft dieser beschädigten Seele nicht weiter, sondern nur die Suche nach ihrer Heilung. Es liegt nicht in meiner Macht, ihn zu heilen. Das kann er, mit Gottes Hilfe, nur selber tun."

„Aber du kannst ihm vergeben", schlage ich vor, „so wie ich ihm längst vergeben habe."

„Dass du ihm vergeben hast, ehrt dich weniger, als du glaubst. Deine Vergebung hat dir geholfen, dich von seinen Bösartigkeiten zu befreien, ihm hat sie nichts genützt. Hat er um deine Vergebung gebeten, hat deine Vergebung ihn geläutert, hat sie ihm die ersehnte Ruhe gegeben, im Leben, im Tode? Nein, mein Lieber, was so edel klingt, ist es nicht. Wirksame Vergebung setzt Schuldeinsicht und Reue voraus. Dieser da aber empfindet keine Reue, nur Selbstmitleid. Und wenn sich all jene, die er gekränkt, deren Leben er zerstört hat, um ihn versammelten und ihm ihre Vergebung nachtrügen, es hülfe ihm nichts. Was einem nicht leid tut, das kann man nicht wirklich verziehen haben wollen."

„Spricht denn gar nichts für ihn?"

„Doch, einiges. Aus seiner Position heraus hat er nicht

nur verwegen, sondern auch logisch und entschlossen gehandelt. Längst war das mit dreißig Königskronen geschmückte Reich Kaiser Karls morsch, im Süden bedroht von den Türken, im Westen von den Franzosen, im Inneren erstarrt, verschlampt, dem Untergang entgegensteuernd. Ich habe meinen Vater sehr geliebt, aber er hinterließ mir ein Chaos. Statt das Reich verantwortungsvoll in die Zukunft hinein zu regieren und es geordnet zu hinterlassen, wie es Friedrichs Vater tat, beschäftigte er sich nurmehr damit, die europäischen Herrscher zu überreden, meine Thronfolge anzuerkennen, ohne zu merken, dass die zustimmenden Unterschriften nicht das Papier wert waren, auf dem sie standen. Er hatte kein Zutrauen, dass ich mir als Frau auf dem Thron Geltung verschaffen könne. Darin, aber nur darin, glich er Friedrich.

Um das Reich zu retten, nahm ich mir die preußischen Reformen zum Vorbild: im Schulwesen, im Militär, in der Wirtschaft und vor allem in der Verwaltung. Und ich tat es unter dem Druck eines mir aufgezwungenen räuberischen endlosen Krieges. Friedrichs Ruhmsucht und Habgier, die Disziplin seiner Preußen scheuchte das träge Habsburg aus seinen Pfühlen. Er war ein Teil von jener Kraft, die Böses tut und dabei auch Gutes schafft. Gerade deshalb erschien er mir immer unheimlich. Sieh doch ...", unterbricht sie sich.

Auf seinen Stock gestützt, tritt Friedrich auf die Terrasse und geht schnurstracks auf Mister President und Herrn Kanzler zu. Als spürten sie die Anwesenheit des Monarchen, ergehen sie sich in lobenden Tiraden über Friedrich den Großen.

Mit sonorer Stimme erklärt Herr Kanzler: „Alle Heroen seiner Zeit schätzten ihn, die der Macht und die des Geistes, denken Sie nur an Voltaire. Auch die Nachfolgenden erwiesen ihm die Ehre. Napoleon verweilte tief ergriffen am Sarg des Königs in der Garnisonkirche und bemerkte ..." Sichtlich angestrengt versucht sich Herr Kanzler zu erinnern, was dieser Napoleon bemerkt hat.

Mister President beeilt sich, ihm aus seiner Verlegenheit zu helfen: „Auch in der neuen Welt feiert man den Namen Friedrichs. In diesem Zusammenhang erinnere ich nur an Friedrich Wilhelm von Steuben ..."

Sichtlich nervös schaut sich Herr Kanzler um. Einer der Hofschranzen, wahrscheinlich sein Sekretär, gleitet hinter ihn und flüstert: „General Steuben, 1730 bis 1794, Siebenjähriger Krieg, Generalstabschef Washingtons, Steuben-Parade."

„Ja, ja, ein großer Mann, dem die Welt viel verdankt", versichert Herr Kanzler und lässt offen, ob er Steuben oder den König meint.

„Ein großer Mann", echot Mister President. „Aber sagen Sie, stimmt es", er neigt sich fast zärtlich zum Herrn Kanzler hin und fährt leise fort: „Stimmt es, dass der König homosexuell war?"

Friedrich, der bis hierher der Unterhaltung geschmeichelt gefolgt ist, schlägt zornig mit der Krücke auf den Boden und wendet sich dann uns zu. Als seien sie nicht im Streit auseinandergegangen, sagt er zu Maria Theresia: „Hätten Sie sich vorstellen können, zu unserer Zeit während eines Staatsbesuches über solche Sachen zu reden? Skandal! Pöbel! Sie tun, als bewundern sie mich und beschmutzen meinen guten Ruf."

Ich weiß, es ist unklug, aber ich kann nicht anders als ihn auf sein Pamphlet „Brief der Madame Pompadour an die Königin von Ungarn mit der Bitte um Abschaffung des Keuschheitskollegiums" hinzuweisen, das er neben anderen ähnlichen kleinen Stücken im Feldlager während des Siebenjährigen Krieges abgefasst und mir vorgelesen hat. Nach dem Vortrag fragte er mich, ob er seine Feinde, den Vielgeliebten, nämlich Ludwig XV., das apostolische Rabenaas Maria Theresia und die griechische Hure Zarin Elisabeth nicht hübsch mitgenommen habe.

„Das ist doch etwas völlig anderes", poltert Friedrich los. Dass ich ihn in Maria Theresias Gegenwart zitiere, ist ihm sichtlich peinlich und seine Verlegenheit kehrt sich gegen mich. „Auf wessen Seite stehst du eigentlich? Ich habe dich nicht gerufen, damit du Partei gegen mich ergreifst und Verleumdungen ausstreust. Weg mit dir, fort aus meinen Augen!"

Ich wehre die Krücke, die er gegen mich erhoben hat, mit einer schnellen Bewegung ab. Die Königin schiebt sich zwischen uns. „Mon cousin, lassen Sie Henri in Ruhe! Er ist weder Ihr noch mein Untergebener. Meinen Sie denn, Ihre Pöbeleien, eines Königs in höchstem Maße unwürdig, seien mir nicht hinterbracht worden? Sie haben mich damals nicht getroffen, sie tun es auch jetzt nicht. Und seien Sie nicht selbstgerecht gegen unsere Nachfolger. Ein bisschen Tratsch muss sein. Er verkürzt die Langeweile von Staatsbesuchen, das wissen Sie so gut wie ich. Auch wir haben manch Dummes, ja Ehrabschneiderisches, dahergeredet und Sie waren ein Meister darin."

„Ich habe schon gewusst, warum ich meine Hunde und Pferde mehr liebte als die Menschen. Außer ihnen hat mich keiner je geliebt und verstanden", klagt Friedrich. Sein Zorn ist unvermittelt dem Selbstmitleid gewichen. Schwerfällig schlurft er davon. Doch er bleibt auf der Terrasse. In weitem Bogen umkreist er uns mit lauernden Blicken.

Ich nehme ihm den Ausbruch gegen mich nicht übel, dazu kenne ich ihn zu gut. Wie einst gebärdet er sich als der Herr der Welt, um seine Furcht zu verbergen – die Angst eines verlassenen Kindes in einer dunklen, zugesperrten Kammer. Ehe ich Maria Theresia davon sprechen kann, beginnt sie zu meiner Verwunderung laut zu beten.

Alt und grau im Gesicht, als schaue sie den Tod, scheint sie jedes ihrer Worte über die Maßen anzustrengen: „Was findest du an ihm, Gott, dass du dich so um ihn mühst und uns seine Bürde auflädst? War es nicht schon Strafe genug, diesem Menschen ausgeliefert zu sein, von ihm gedemütigt zu werden, sich vor ihm erniedrigen zu müssen? Habe ich Friedrich nicht beim letzten Krieg, den dieses nun schon greise Monster gegen mein Land vom Zaune brach, ihn sogar hinter dem Rücken meines geliebten Sohnes inständig gebeten, endlich damit aufzuhören? Er hat sich alles versprechen lassen und nur verächtlich gelacht. Was verlangst du noch von mir? Wie soll ich einen, der kein Gewissen und kein Herz hat, zur Reue führen und ihm vergeben, damit auch du ihm vergibst? Hab doch nicht nur Erbarmen mit ihm, sondern auch mit mir! Warum ich? Warum ausgerechnet ich?"

Ihr Wehklagen fällt wie ein schwarzer Schleier auf die

Szenerie. Herr Kanzler und Mister President versinken in melancholisches Schweigen, die Damen zupfen an ihren Frisuren und die Wachsoldaten hocken wie erstarrt an der offenen Gruft. Allen abgewandt stützt sich der König auf seinen Stock, ein Denkmal seiner selbst, Stein vom Stein. Ich begreife mit einem Mal, dass Friedrichs Unfähigkeit zu wirklicher Reue wie ein Schatten auf diesem Land und allen Zeiten liegt.

Im Evangelium sagt Jesus zu den Schriftgelehrten: Alle Vergehen und Lästerungen werden den Menschen vergeben werden, so viel sie auch lästern mögen; wer aber wider den Heiligen Geist lästert, der findet in Ewigkeit keine Vergebung. Ein schweres Wort. So lange Friedrich gegen Gott und seine Schöpfung rebelliert, bleibt er taub und blind für Vergebung. Mag sie ihm auch angetragen, ja vor die Füße gelegt werden, er bemerkt sie nicht. Wie soll er da je Frieden finden!

Einst sagte er im Feldlager zu mir: Oh, mein Freund, wenn man kein Wesen anerkennt, das dieses Weltall erhält, muss man den gesunden Menschenverstand verloren haben. So viele bewundernswerte Absichten und so viele Mittel, sie zu erreichen, künden ganz augenscheinlich ein geistiges Wesen an, welches diese Ziele erdacht und die Mittel angewandt hat, sie zu erreichen. Der Mensch hat ja Vernunft und man muss vermuten, dass eine höhere Vernunft ihm dieses Stücklein Geist gegeben hat, dessen er sich erfreut.

Seine Beweisführung, wandte ich damals ein, entspreche zwar nicht dem christlichen Glauben, aber der Aussage könne ich zustimmen, wenigstens was die Vernunf betreffe. Doch gab ich zu bedenken, dass nicht die kalte, berechnende Vernunft die Welt am Leben halte, sondern die warme, pulsierende Liebe.

Gleich darauf höhnte er, wo er denn sei, mein Gott, diese Erfindung schwächlicher Naturen und alter Weiber, die anders nicht den Gedanken an den Tod ertragen könnten. Wenn es einen Gott gebe, habe der bestimmt Wichtigeres zu tun, als sich um die kleinlichen Geschäfte der Menschen zu kümmern.

Was nützt Friedrich sein brillanter Verstand, wenn er ihn und die Menschen um ihn herum nur unglücklich macht! Immer noch und immer wieder. Dieser Geist, der alles verneint und verspottet, dem nichts heilig ist. Hat Gott ihn geschaffen als Stachel im Fleische der selbstgerecht Frommen?

Ich bin geneigt, Maria Theresia recht zu geben: Ich kann ihm mit meiner Vergebung nicht helfen. Und auch sie ist wahrscheinlich nicht hierhergerufen worden, um dem König zu helfen, sondern sich selbst. Ihr würde leichter, wenn sie ihn lieben könnte wie einen verlorenen Sohn. Aber verlangen kann es niemand von ihr.

Der flackernde Schein von Fackeln erhellt die Fassade des Schlosses. Trommelschlag und Stimmen nähern sich. Vor dem Ehrenhof erscheint eine Schar junger Leute. Wenn ich sie beschreiben sollte, träfe wohl am ehesten die Bezeichnung Piraten auf sie zu. Verwegen sehen sie aus mit ihren Stirnbändern, Tüchern und abgerissenen Kleidern. Welch ein Unterschied zu den Menschen, die bei meiner Ankunft im Schloss am Sarg vorbeidefilierten, und gar zu den Gestalten auf der Terrasse. Mit einer

Art Pfeifen erzeugen sie einen durchdringenden Lärm, der nun den Trommelwirbel übertönt. Dann rufen sie etwas im Chor und es braucht eine Weile, bis ich verstehe: „Nieder mit Preußen!" und „Friedrich der Große trägt 'ne Nazihose!" Ihr Anführer schwenkt im Takt der Worte eine rote Fahne und gibt die Zeichen für den Einsatz der Pfeifen und der Sprechchöre. Mich erstaunt seine Ähnlichkeit mit dem jungen Friedrich: das Feuer der blauen Augen, die hohe leidenschaftliche Stimme, mit der er im Kampfgetümmel schrie: Hunde, wollt ihr ewig leben!

Bewundern oder verachten sie den König? Was ist eine Nazihose? Ehe ich mir schlüssig werden kann, was hier vorgeht, umringen Uniformierte die Schar und drängen sie ins Dunkel ab.

„Verrückte gibt es immer, Mister President", sagt Herr Kanzler begütigend.

„Macht nichts", erwidert der Angesprochene, „das gehört zur Meinungsfreiheit. Ihr großer König in seiner Toleranz hätte Verständnis dafür."

„Das ist ja wohl an Dummheit nicht zu überbieten! Davongejagt hätte ich den Pöbel und ihn in Spandau bei Wasser und Brot vor den Karren spannen lassen!", zischt der König.

Ich habe ihn und die Königin ganz vergessen, wie man etwas vergisst, was man nicht mehr ertragen kann. Nun bemerke ich beide vor der Terrassentür, wo sie einen seltsamen Anblick bieten. Wie zwei Ringkämpfer auf einen geeigneten Moment warten, den Gegner aufs Kreuz zu legen, umkreisen sie einander, nur durch eine Armlänge voneinander getrennt. Beide jung, mit funkelnden Augen und federnden Schritten. Aber vielleicht täuscht der Eindruck auch und sie vollführen einen mir unbekannten Tanz.

Es bleibt mir keine Zeit, der Sache auf den Grund zu gehen, denn plötzlich stürmt der Piratenhäuptling auf die Terrasse. Er muss den Uniformierten entwischt sein. Mit einer Schimpfkanonade, wie ich noch nie eine vernommen habe, überschüttet er Mister President und Herrn Kanzler. Ich begreife nur so viel, dass er sie für Parasiten und Verbrecher hält, die einem Parasiten und Verbrecher die Ehre erweisen. Alle sind so überrascht, dass sich kein Widerstand regt. Erst als Herr Kanzler mit bebender Stimme sagt: „Also erlauben Sie mal, so geht das nun wirklich nicht …", werfen sich Wachsoldaten auf den Eindringling und überwältigen ihn. Sie schleifen den sich heftig Wehrenden an der Terrassentür vorbei. Erbittert ruft der in Richtung des Königs: „Immer dasselbe Scheißspiel, ich hab's satt."

In Friedrichs Zügen spiegelt sich Mitleid, er mag sich daran erinnern, dass er genau so alt war wie dieser Pirat, als man ihn wegen Hochverrats in der Festung Küstrin einkerkerte. „Was willst du eigentlich?", fragt er.

„Alle Macht dem Volke!", ruft der Delinquent.

„Und wer, bitte, ist das Volk?", erkundigt sich Maria Theresia interessiert.

„Das Volk bin ich, ich, ich …"

Die Blicke der Königin wandern von dem Burschen auf Friedrich und von Friedrich auf den Burschen. Die Ähnlichkeit beider scheint sie zu frappieren.

„Lasst den Narren laufen!", befiehlt Friedrich. Aber die

Wachsoldaten hören nicht auf ihn, sondern schleppen den Piraten unbeirrt weiter.

„Geht es nun hier um mich oder um wen?", fragt Friedrich verwundert.

Herr Kanzler entschuldigt sich bei seinem Gast wortreich für den Zwischenfall. Der winkt leichthin ab, aber beiden ist anzumerken, wie sehr sie das Ende der Zeremonie herbeisehnen. Jemand aus der Begleitung murmelt: „Einsperren sollte man sie, alle, bei Wasser und Brot."

Vom Ehrenhof her nähert sich schwankend der Sarg. Es sieht aus, als schwebe er, weil im Dunkel die Gestalten der Träger nicht zu sehen sind. Dann verschwindet er in der Gruft und mit ihm Mister President und Herr Kanzler, während ihre Entourage schweigend am Eingang verharrt.

„... so geht das nun wirklich nicht", wiederholt Friedrich aufgebracht die Worte von Herrn Kanzler. Maria Theresia stimmt ihm zu: „... so geht das nun wirklich nicht."

„Wie soll es denn gehen?", will ich wissen.

Beide schauen mich verdutzt an. Zuerst lacht die Königin. Der König fällt ein, zögernd erst, dann immer lauter. Ihr Gelächter übertönt alles andere, fegt wie Sturmwind über die Terrasse, die Treppen hinunter, durch den Park, wo die Baumwipfel sich biegen. Von einer Kirche schlägt es Mitternacht. Die Gestalten an der Gruft schauen bleich und entsetzt um sich, und als Herr Kanzler und Mister President aus der Tiefe steigen, ergreifen alle miteinander die Flucht. Maria Theresia und Friedrich biegen sich vor Lachen, müssen sich gegenseitig stützen, um nicht zu sagen: Sie liegen sich in den Armen.

An der Gruft machen sich nur noch zwei Arbeiter zu schaffen. Schweigend bringen sie die Steinplatte mit Friedrichs Namen in die richtige Position. Als sie sich schließlich zum Gehen wenden, brummt der eine: „Den alten Fritzen hätten sie ruhig auch am Tage einfahren können, so lange, wie der tot ist. Nun haben wir uns die halbe Nacht um die Ohren geschlagen."

„Aber der wollte doch um Mitternacht begraben werden", erwidert der andere.

„Was meinst du, was ich alles will? Da kümmert sich auch keiner drum."

„Dafür lebst du und der alte Fritz ist tot."

„Mausetot", sagen die beiden wie aus einem Munde.

Der Platz vor der Terrassentür ist leer. Haben mich die Königlichen Hoheiten einfach hier stehen lassen und sich davongemacht! So sind diese Herrschaften. Wenn man ihnen nicht mehr nützlich ist, vergessen sie einen.

„Über die Albereien von wegen Königliche Hoheiten und Herrschaften solltest du nun aber wirklich hinaus sein! Nach unseren Erfahrungen!", tadelt Maria Theresia. Sie leuchtet wie ein Marienbild in einer papistischen Kirche, aber ihr Anblick stimmt mich froh und feierlich. „Was hast du nur gegen die Papisten? Sind sie nicht auch Geschöpfe wie du, die ihre Aufgabe in Gottes Plan erfüllen müssen?"

Sie hat recht. Alle Kämpfe zwischen Papisten, Lutheranern, Kalvinisten und wie sich Menschen sonst noch nennen, sind vergangen. Wir wussten damals nicht, was wirklich gilt.

„Was wird nun aus Friedrich?", frage ich. „Hast du ihm verziehen?"

Sie lächelt vielsagend: „Gott möge ihm Frieden schenken."

Ich hatte der Königin das Wort aus dem Evangelium vorenthalten wollen, um sie nicht zu entmutigen. Jetzt zitiere ich es doch: Alle Vergehen und Lästerungen werden den Menschen vergeben werden, so viel sie auch lästern mögen; wer aber wider den Heiligen Geist lästert, der findet in Ewigkeit keine Vergebung.

Sie nickt versonnen. „Ich hörte es, als ich mit Gott haderte. Da ging mir auf, dass ich um nichts besser bin als Fritz. Ich habe mit ihm und er hat mit mir gerungen wie Jakob mit dem Engel. Ob Gott uns gesegnet hat, weiß ich nicht. Aber Er hat gelacht. Das ist ein gutes Zeichen. Und nun gehab dich wohl, mein Freund. Ich verdanke dir viel. Wir sehen uns wieder."

Sie winkt mir, während sich ihre Gestalt auflöst. Ich möchte ihr noch sagen, wie vertraut sie mir geworden ist und dass auch ich ihr viel verdanke. Möchte sie bitten, bei mir zu bleiben, denn es ängstigt mich plötzlich, in meine Einsamkeit zurückzukehren. Das Gefühl, gegenüber dem König versagt zu haben, wird mich verfolgen. Aber was hätte ich denn anderes tun sollen, als ich tat? Ich tröste mich damit, dass jede Begegnung schon den Abschied in sich trägt und jeder Abschied ein Wiedersehen verheißt. Im Ende liegt immer ein Anfang verborgen und im Anfang das Ende.

Wo ist eigentlich Friedrich? Wahrscheinlich hockt er in einem Winkel des Schlosses, nahe seinem Sarg, und wartet auf den Tag, da niemand mehr seinen Namen nennt und seinen Ruhm preist. Vielleicht wird der Unglückliche dann erlöst. Ich wünsche es ihm. Dass er sich nicht verabschiedet hat, trage ich ihm nun nicht mehr nach; zwischen uns ist alles gesagt.

Ein Rauschen und Brausen am Fuße der Treppe reißt mich aus meinen Grübeleien. Ich traue meinen Augen nicht. Einst wünschte sich Friedrich, aus dem Rund des Wasserbeckens möge eine Fontäne aufsteigen. Alle Vorkehrungen, seine diesbezüglichen Anordnungen zu befolgen, misslangen. Nur für einen Moment sprang sie auf, um dann für immer zu versiegen. Nun aber sprudelt die Fontäne mit starkem Strahl haushoch empor in den samtblauen Himmel.

„Ich will dem Durstigen geben von dem Brunnen des lebendigen Wassers umsonst", lässt sich der Jüngling vernehmen. Er sieht Alexander zum Verwechseln ähnlich, ja, ich bin fast sicher, das ist mein Sohn. Woher kennt er diese Worte? Vom Studium der Bibel hat er nie viel gehalten. Statt einer Antwort weist er lächelnd auf eine Frau, die aus dem Dunkel hervortritt. So schnell sehe ich also Maria Theresia wieder. Was hält sie noch an diesem Ort? Sind wir alle miteinander verurteilt, auf ewig hier zu bleiben und Zeugen von flüchtigen Schatten zu sein?

„Henri", sagt sie, „du bist und bleibst ein Träumer. Komm endlich nach Hause."

Es ist Ulrike, wahrhaftig, sie ist es, meine Königin! Ich war blind. Nun, da sie mich in ihr Licht hineinnimmt, erkenne ich sie. Sie hat mich nie verlassen.

Stunde mit Michelangelo

Vittoria Colonna (1492–1547)

Vittoria Colonna war eine jener Frauenpersönlichkeiten der Renaissance, die sich ihre Stellung in der Gesellschaft durch Klugheit, Charakterstärke und Anmut erwarben. Den Männern ebenbürtig in Kraft, Kenntnissen, diplomatischem Geschick, beeinflussten sie das öffentliche Leben in Italien wie nirgendwo anders und wie nie zuvor in Europa. Auf dem Felde der Dichtkunst errangen viele Frauen den Lorbeer. Die berühmteste von ihnen war Vittoria Colonna, Tochter des Fabrizio Colonna und der Agnes von Montefeltro aus dem Fürstenhaus von Urbino. Sie genoss eine umfassende humanistische Erziehung und Bildung. Im Alter von siebzehn Jahren heiratete sie den aus einem spanischen Adelsgeschlecht stammenden Ferrante d'Avalos, Marchese von Pescara (1489–1525). Er nahm als Feldherr an den kriegerischen Unternehmungen Kaiser Karls V. in Italien teil. In der Schlacht bei Pavia wurde er tödlich verwundet.

Nach seinem Tod zog sich Vittoria in die Einsamkeit zurück. Bald trat sie in enge Beziehung zu Geistlichen, die eine Reform der katholischen Kirche anstrebten, zu dem Kapuzinermönch Bernardino Occhino (1487–1567), den Kardinälen Contarini (1483–1542), Sadoleto (1477–

1547), Morone (1509–1580), Reginald Pole (1500–1558).

Die Renaissancepäpste, mehr weltliche Fürsten als geistliche Oberhirten, hatten in der Christenheit an Ansehen und Glaubwürdigkeit verloren. Unter dem Pontifikat des prachtliebenden und genussfreudigen Medici-Papstes Leo X. (1513–1521) fand die Kritik am Papsttum ihren Höhepunkt in der Reformbewegung Martin Luthers.

Die italienischen Reformer unter der Führung Kardinal Contarinis wollten die drohende Kirchenspaltung verhindern, indem sie gegen die Missstände in der römischen Kurie ankämpften und gleichzeitig den Lutheranern zur Mäßigung rieten. Doch der Widerspruch zwischen Rom und Wittenberg, Ausdruck einer tiefgreifenden sozialökonomischen Wandlung, war durch Vermittlung nicht mehr zu lösen. Der Druck aus Deutschland erzeugte den Gegendruck der Inquisition.

Gian Pietro Carafa, der spätere Papst Paul IV. (1555–1559), verfolgte erbarmungslos alle Kritiker des Papsttums. Vittoria und ihre Freunde, die das Unheil vorausgesehen und aufzuhalten versucht hatten, gerieten in die Fänge der Inquisitoren. Den Lutheranern galten sie als Papisten, den Inquisitoren als Ketzer. Ihre Ideale von Menschlichkeit und Toleranz gingen im Fanatismus der Religionskriege unter.

* * *

Die Sonne blendete Vittoria. Eine Frau in der Ordenstracht der Klarissen wollte die Fensterläden schließen.

„Bitte nicht", hielt Vittoria sie zurück. „Bald wird es für immer dunkel."

Die Nonne ging zu der Kranken, schüttelte die Kissen auf und kehrte zu ihrem Platz zurück.

Leise wurde die Tür geöffnet. Giulia Colonna, Gattin des Giulio Cesarini und Hausherrin des Palazzo, kam, nach der Verwandten zu sehen.

Gestern hatten alle geglaubt, Vittoria würde die Nacht nicht überleben. Sie lag die meiste Zeit bewusstlos. Den Kardinal Morone, der ihr die Sterbesakramente brachte, erkannte sie nicht mehr. Doch heute war ihr Blick klar, die Stimme klang frisch.

Giulia Colonna pries die Kunst der Ärzte. Wenn die Sonne höher stieg, würde Vittoria sich im Garten ergehen, vielleicht sogar schon ausfahren können. Vittoria lächelte still. Sie wusste es besser. Dieser Tag war ihr letzter. Geduldig hörte sie zu und sagte, als Giulia sich endlich zum Gehen wandte: „Bittet Michelangelo zu mir!"

Giulia runzelte die Stirn. Michelangelo mochte ein großer Meister sein, aber sie konnte ihn nicht ausstehen. Mit schmutzigen Stiefeln würde er über Teppiche und den Marmorfußboden schlurfen und sie, die Herrin des Hauses, kaum eines Blickes würdigen. Wie viel liebenswürdiger und angenehmer waren die anderen Freunde Vittorias, die sie in den vergangenen Tagen besucht hatten – die Kardinäle Pole, Sadoleto und Morone.

Doch Vittoria war eigensinnig in ihren Wünschen und nicht immer dachte sie an den guten Ruf ihrer Familie, der ersten Roms. Es hatte eines Machtwortes des Kardinals Pole bedurft, die Sterbenskranke aus der ärmlichen Klosterzelle von Santa Anna in den Palazzo Colonna zu bringen. Hierher wagten sich die armen Leute nicht, die von der Großzügigkeit Vittorias lebten. Doch dem Meister Michelangelo konnte Giulia schlecht den Zutritt verwehren.

Ein Bote würde sich sofort auf den Weg machen, versprach sie kühl.

„Sie mag ihn nicht", sagte Vittoria, als Giulia gegangen war. „Er macht es den Menschen auch nicht leicht."

Die Nonne nickte. Zu ihr war der Meister immer freundlich. Nur seine Bilder erschreckten sie. So viele nackte Leiber. Sündhaft war das! Sie schlug ein Kreuzeszeichen und vertiefte sich in ihr Brevier.

Vittoria spürte die Wärme der Sonne auf ihrem Gesicht. Ein neuer Frühling zog über Rom herauf, sie würde ihn nicht mehr erleben. Der Gedanke erschreckte sie nicht. Seit Jahren ersehnte sie den Tod, er war ihr willkommen wie ein Freund. Aber sie wollte nicht sterben, ohne noch einmal mit Michelangelo gesprochen zu haben.

Wo hatte sie ihn zum ersten Mal gesehen? In der Sixtina? Bei Morone? Es bedrückte Vittoria, dass sie es nicht mehr wusste. Sie entsann sich einer Fahrt durch den Apennin, als plötzlich die Landschaft unter einer wogenden Nebeldecke verschwand. Nur da und dort ragten Bergspitzen in den blauen Himmel. Mochte alles im Nebel des Vergessens versinken, wenn nur auf ihre Freundschaft mit Michelangelo das Licht der Erinnerung fiel!

Vittorias Blicke irrten durch den Raum, an einer Zeichnung blieben sie haften. Michelangelo hatte sie ihr vor Jahren geschenkt. Das Blatt zeigte einen gekreuzigten Christus im Schoß seiner Mutter. Auf dem Kreuz standen Dantes Worte: Daran denkt keiner, wie viel Blut es kostet.

„Non vi si pensa, quanto sangue costa", flüsterte Vittoria. Nein, daran dachte keiner. Nicht die Kirchenfürsten, die das Kreuz als Schmuck trugen, nicht die Priester vor den prunkvollen Altären, nicht die allerchristlichsten Könige und Kaiser, die im Namen des Gekreuzigten über Italien herfielen.

Keiner? Es ist nicht wahr, dachte Vittoria wie jedesmal, wenn sie das Bild länger betrachtete. Ich denke daran. Vielleicht öfter als du, Michelangelo, seit ich meinen Glauben verleugnete wie Petrus seinen Herrn und deshalb mitschuldig wurde am Unheil der Inquisition. Du weißt es, Michelangelo, sprachst es nur niemals aus. Seit jener Zeit ist eine Wunde in mir, die blutet und blutet, an ihr werde ich sterben.

Vor zehn Jahren, als Vittoria Michelangelo zum ersten Mal begegnete, war sie eine hoffnungsvolle Frau gewesen und er ein trauriger verbitterter Mann. Sie hatte gespürt, wie sehr er litt, und es verlangte sie, sein Leid zu lindern. Was niemand vermochte, ihr gelang es ...

Warum trafen sie nicht früher aufeinander? Was hätten sie sich geben können, welche Enttäuschungen wären ihnen erspart geblieben!

Vittoria warf sich unruhig hin und her. Besorgt eilte die Nonne an das Lager.

„Es ist nichts", wehrte Vittoria ab. „Wo bleibt Michelangelo? Er darf nicht länger säumen."

Sie hörte nicht mehr, was die Nonne sagte. Lächelte über die Vorstellung, Michelangelo früher begegnet zu sein. Sie wäre ihm nicht gewachsen gewesen. Erst musste sie durch das Feuer der Liebe und des Schmerzes gehen, ehe sie einem Michelangelo etwas bedeuten konnte.

Waren wirklich dreißig Jahre vergangen, seit sie sich die glücklichste aller Frauen genannt hatte? Sie und Ferrante auf Ischia – ein Traum von der Ewigkeit. Sonne, Mond und Sterne leuchteten ihnen gleichzeitig. Wind und Meer sangen nur für sie. Ihre Liebe stürmte die Himmel. Sie stillten ihre Lust in der brütenden Hitze des Mittags, in sternenklaren Nächten und hatten doch nie genug.

Dann folgte Ferrante dem Ruf des Kaisers, vom Ehrgeiz getrieben, große Taten auf dem Schlachtfeld zu vollbringen. In der Schlacht bei Ravenna wurde er verwundet und geriet in französische Gefangenschaft. In der erzwungenen Muße schrieb er ein „Buch der Liebe", das er ihr widmete. Sie formte ihre leidenschaftlichen Empfindungen zu Sonetten.

Man trug ihr zu, dass er ihr nicht treu war: eine Hofdame in Mantua, eine in Mailand ... Sie wollte es nicht glauben. Ihre Liebe gründete sich zu tief, als dass Gerüchte ihr etwas anhaben konnten. Doch bei seiner Rückkehr war Ferrante verändert. Den bewunderten Kriegshelden verlangte es jetzt nach galanten Abenteuern, immer neuen Eroberungen, sinnenbetörenden Spielen. Er wich ihr aus. Keine Gespräche mehr über Philosophie und Religion, kein selbstvergessenes Zueinanderfinden, nur die Qual unerwiderter Liebe.

Ihr Stolz schützte und verwundete sie zugleich, denn er erlaubte ihr nicht, einer Freundin ihr Leid zu klagen oder Ferrante Vorwürfe zu machen. Niemand merkte, wie sehr die Untreue des Gemahls sie verletzte. Aber sie konnte nicht aufhören, ihn zu lieben, auf ihn zu warten. Als er nach der Schlacht bei Pavia fern von ihr starb, hatte sie ihn seit drei Jahren nicht mehr gesehen. Erst jetzt schlugen die Türen des Paradieses endgültig hinter ihr zu, gab es doch keine Hoffnung mehr, dass Ferrante zu ihr zurückfand. Das Leid, das er ihr zugefügt hatte, verbrannte im Schmerz über den Verlust des Geliebten. Sie wollte den Schleier nehmen. Der Papst untersagte es ihr. Männer aus den ersten Familien Italiens warben um sie. Sie wies sie ab.

Vittoria lebte nur der Trauer um Ferrante. Sie besang den Geliebten, den sie ihre Sonne nannte, in immer neuen Liedern.

Mich dünkt, nicht spendet mehr wie sonst die Sonne
Ihr Licht der Erde und dem Himmelsbruder,
Nicht sah ich mehr im lichten Strahlenkranze
Planeten ihre Kreise herrlich ziehn.
Kein Herz gewahr ich mehr mit Kraft gewappnet,
Entflohn ist wahrer Ehre hoher Ruhm
Und mit ihr schwand der Tugend edles Streben.

Entblättert steht der Baum und kahl die Wiese,
Die Wasser wirbeln, dunkel ist die Luft.
Nicht wärmt das Feuer und nicht kühlt der Wind.
Sie werden untreu ihren eignen Pflichten.
Seit meine Sonne hier erlosch auf Erden,
Ward alle Ordnung der Natur verstört,
Verhüllt nicht meinem Sinne Leid die Wahrheit.

Bald wurden Vittorias Verse gedruckt. An den kunstsinnigen Fürstenhöfen von Ferrara und Urbino lobte man die Formstrenge und Empfindsamkeit ihrer Dichtungen. Die

Humanisten verglichen Vittoria mit Petrarca und feierten sie als eine neue Sappho. Seit dem Altertum hatte keine Frau die Liebe in so klangschönen anmutigen Versen besungen.

Der unerwartete Ruhm milderte Vittorias Schmerz nicht. Tage und Wochen zog sie sich in völlige Einsamkeit zurück. Nur selten folgte sie den Einladungen von Fürsten und Kardinälen. Das Leben ohne Ferrante bedeutete ihr nichts mehr. Bis sie den Prediger Fra Bernardino aus Siena kennenlernte.

Der Kapuzinermönch wurde von Venedig bis Neapel wie ein Heiliger verehrt. Die Kirchen fassten die Menschen nicht, wenn er predigte. Sein schmächtiger, von selbst auferlegten Entbehrungen gezeichneter Leib brannte vor Gottesliebe, seine Worte entzündeten die Herzen der Gläubigen. Fra Bernardino mahnte zur Abkehr von sündhaftem Lebenswandel und zur Buße. Ändert euch und die Welt wird sich zum Besseren wenden, verhieß er. Unter dem Eindruck seiner Predigten wurden Schuldgefangene freigelassen, versöhnten sich Todfeinde.

Vittoria lud Fra Bernardino nach Ischia ein. Das Gastzimmer lehnte der Mönch ab. Zum Schlafen breitete er seinen Mantel auf der Terrasse aus. Bei Tisch aß er nur von den einfachsten Gerichten. Doch seine Genügsamkeit bedrückte niemanden. Die Stimmung im Schloss war so heiter wie nicht einmal zu Ferrantes Zeiten. Auch Vittorias verdunkeltes Gemüt hellte sich auf.

Bevor Fra Bernardino abreiste, standen er und Vittoria auf der Terrasse hoch über dem Meer. Auf den Horizont weisend, sagte der Mönch: „Wir unterliegen der Begrenztheit unserer Sinne, wenn es uns scheint, als sei dort die Welt zu Ende. Schon die kleine Seeschwalbe in den Lüften könnte uns eines Besseren belehren. Gott hat uns zu den Sinnen den Verstand gegeben, damit dieser erfasse, was jenen verborgen bleibt. Je höher wir den Geist erheben, umso mehr weitet sich unser Blickfeld, umso tiefer begreifen wir zuletzt uns selbst und den Gott in uns."

Fra Bernardino zerbrach die Mauer, die sie um sich errichtet hatte. Noch rang sie mit den Schatten der Vergangenheit, beschwor den toten Ferrante:

O lös die Fesseln, die mein Herz umschlingen!
Bisher hab ich nach Freiheit nie gefragt,
doch heute fleh ich: Gib mich wieder frei!

Aber in jenem Frühling ritt sie auch stundenlang durch Pinienhaine und Weinfelder, blickte in Gesichter, die sie bisher nicht wahrgenommen hatte, lernte sie zu unterscheiden und in ihnen zu lesen. Die Bauern erzählten bereitwillig von sich, luden sie zu Hochzeiten und Begräbnissen ein und sie erfuhr, dass manch einer schwerere Last trug als sie und doch nicht verzweifelte. Unvergessen jener alte Mann, den sie an den Gräbern seiner Kinder fand, die alle vor der Zeit gestorben waren. Sie glaubte, etwas Gutes zu tun, wenn sie bei dem Priester Seelenmessen bestellte. Er verwies es ihr mit den Worten: „Nackt werden wir geboren und zu Erde werden wir – der Papst wie der Bettler. Vor Gott sind wir alle gleich. Die Priester wollen's uns vergessen machen durch ihre Ablässe. Als ob Gott ein Händler wäre – gibst du mir, so geb ich dir ..."

Die Worte des Bauern befreiten sie, klangen in ihr nach: Als ob die Liebe ein Handel wäre. Liebe trug ihren Wert in sich und der Liebende war auch immer der Beschenkte. Sie fühlte sich, als hätte sie eine schwere Krankheit überstanden. –

Warum bedrängte sie jetzt wieder die Erinnerung an Ferrante?

Die Sonne ließ ein Viereck des bunten Marmorbodens aufleuchten. Marmor, welch ein wunderbarer Stoff. Dauerhaft und doch nicht zu hart, sich formen zu lassen. Lebendig, wenn ihn ein Michelangelo berührte.

Michelangelo! Von ihm kam der Schmerz, nicht von Ferrante. Der Freund würde ohne sie in der Einsamkeit ertrinken.

Vittoria hatte das Maß für die Zeit verloren. Wartete sie nicht schon seit Stunden auf Michelangelo? Vielleicht war er nicht in seiner Wohnung am Trajansforum, sondern im Vatikan. Malte dort an dem Bild von der Bekehrung des Paulus. Sie würde das Fresko nicht mehr bewundern können ...

Oder hielten ihn unterwegs Kinder auf? Ihnen schenkte er, worauf selbst der Papst vergeblich hoffte: freundliche Worte, ein Lächeln. So manchem Gassenjungen hatte er eine Zeichnung geschenkt, für die Herren vom Stand mit Gold bezahlt hätten. Die Kindlichen zieht es zu den Kindern ...

Vittoria dachte an ihren Neffen. Als Ferrante noch lebte, vertrat sie an dem Knaben Mutterstelle. Sie, der Kinder versagt geblieben waren, hatte ihn wie einen Sohn geliebt. Zum Jüngling herangewachsen, riss er sich von ihr los, wie Ferrante nach Ruhm zu jagen, erst in spanischen, dann in päpstlichen Diensten. Nun lag er schon lange unter der Erde, ein Namenloser unter Namenlosen. Unseliges Jahrhundert, das den Krieg mehr liebt als den Frieden!

Als Vittoria die Augen öffnete, stand Michelangelo neben dem Bett. Alt ist der Freund geworden, dachte sie. Grau der Bart, grau das Gesicht. Als setze sich Schicht um Schicht der Marmorstaub auf ihm ab, versteinere ihn, bis er endlich sein eigenes Standbild aus Marmor wird. Und dennoch loderte ein Vulkan in diesem Mann. Einst schrieb er ihr:

Verjagt vom Feuer, aus der Flamme Glut,
Sterb ich am Ort, der andern Schutz gegeben.
Was brennt und glüht, ist mir als Nahrung gut,
Was andere tötet, das hilft mir zum Leben.

Das Feuer brannte noch immer in ihm, es verzehrte ihn nicht. Sich aufrichtend, sagte sie: „Ich danke Euch, dass Ihr gekommen seid. Ich fürchtete, Giulias Bote hätte Euch nicht erreicht." Die Nonne legte Vittoria ein Kissen unter die Schultern und verließ den Raum.

„Ich bin, so schnell mich meine alten Füße trugen, zu Euch geeilt. Und ich freue mich, Euch heute so wohlauf zu finden", erwiderte Michelangelo, während er einen Stuhl an ihr Bett schob.

Vittoria winkte ab. „Lassen wir die Höflichkeiten. Wir beide waren niemals Freunde leerer Worte. Es bleibt uns nicht viel Zeit. Der Tod steht schon im Raum. Meine irdischen Angelegenheiten sind bestellt. Nun will ich von Herzen um Vergebung bitten, wenn ich Euch gekränkt habe, wenn ich Eurer Zuneigung zu kraftlos begegnet bin."

„Ihr mich um Vergebung bitten ...!" Michelangelo sprach lauter, als er es gewollt hatte. Er ballte die Hände zu Fäusten und drückte sie gegen die Knie. Begehrte auf gegen Vittorias ruhige Worte.

Viele Abschiede hatte es in seinem Leben gegeben, von Eltern, Geschwistern, Freunden. Einer nach dem anderen gingen sie. Jedesmal stand er dem Tod hilflos gegenüber, jedesmal starb etwas in ihm. Dieser Abschied traf ihn am schwersten. Wer sollte ihm noch raten, ihm helfen an des Grabes Schwelle?

Um die Freundin und sich selbst abzulenken, begann er von der Vergangenheit zu reden. „Denkt Ihr manchmal an unsere erste Zusammenkunft im Garten von San Silvestro? Damals lebte Kardinal Contarini noch. Der junge Morone erzählte von seiner Reise nach Deutschland. Auch Reginald Pole war zugegen. Ein Spätfrühlingstag ..."

Vittoria erinnerte sich. Der Garten am Abhang des Monte Cavallo. Weiß und rot blühte der Oleander, lila brach der Akanthus auf, gelb der Ginster, es duftete nach Kräutern. Ein Blütenteppich breitete sich über die Stadt. Viel zu schnell verwelkte er unter dem Fieberhauch des römischen Sommers.

Vittoria hatte lange auf eine Begegnung mit dem Schöpfer der Pietà und des Deckengemäldes von der Erschaffung der Welt warten müssen. Solange er in Rom lebte, mied er Festlichkeiten, wo sie ihn, damals noch jung und glücklich, hätte treffen können. Nach dem Tode des großen Papstes Julius II. kehrte Michelangelo in seine Heimatstadt Florenz zurück. Der jetzige Papst Paul III. holte ihn wieder nach Rom. Michelangelo sollte ein Wandgemälde in der Sixtinischen Kapelle schaffen. Der Meister wehrte sich, er sei kein Maler, sondern Bildhauer. Papst Paul ließ sich nicht abweisen. Mit Überredungskunst und leisem Zwang stimmte er Michelangelo um.

An jenem Frühlingstag, als Vittoria den Künstler in ihrem Kreis willkommen hieß, arbeitete er schon an dem Wandgemälde des Jüngsten Gerichts. Noch konnte sich niemand eine Vorstellung von der Komposition machen, denn Michelangelo duldete keine Neugierigen.

Während Fra Ambrosio, einer der berühmtesten Prediger des Papstes, den Zuhörern in der Kapelle von San Silvestro die Briefe des Apostels Paulus erklärte, betrachtete Vittoria Michelangelo. Den Kopf in die Hand gestützt, die Augen halb geschlossen, wirkte er müde und traurig. Die tiefen Furchen in seinem Gesicht verrieten schlaflose Nächte und Ungenügen an sich selbst. Vittoria ahnte, dass dieser Mann in seiner grenzenlosen Hingabe an das Werk einsam war. Für ihn selbst traf zu, was er über Dante geschrieben hatte: Vom Himmel kam er, zog in Höllenschlünden, den rächenden und sühnenden, die Fährte und stieg zu Gott, ein Sterblicher, uns lautre Wahrheit zu verkünden.

Der Maler Sebastiano hatte Vittoria erzählt, dass Michelangelo Geselligkeit, wenn sie ihn von seinen ernsten Gedanken abzog, nicht liebte. Die Freunde Vittorias vergeudeten ihre Zeit nicht mit höflichem Geplauder. Nachdem Fra Ambrosio gegangen war, sprach man über die Vorgänge in Deutschland und darüber, ob das von Papst

Paul angekündigte Konzil eine Kirchenspaltung verhindern könnte. Das Wort führte Kardinal Contarini, das Haupt der Gemäßigten in der Kurie. Bevor ihn Papst Paul zum Kardinal ernannt hatte, war er der Gesandte Venedigs bei Kaiser Karl V. gewesen. Aus eigener Anschauung kannte er die Zustände in Deutschland und Holland und die Klagen, die man dort gegen die Selbstherrlichkeit der römischen Päpste führte. Schon dem Vorgänger von Papst Paul hatte er dringend zu Reformen geraten. Vittoria und ihre Freunde hofften, Contarini könnte den Streit zwischen Rom und den Lutherischen beilegen.

Sorgenvoll meinte der Kardinal: „Die Fanatiker auf beiden Seiten werden es uns schwer machen. Nichts ist spitzfindiger als die Unwahrheit. Dabei trennen uns von den Protestanten in Deutschland nur die Missbräuche in der Kirche, welche sie so lebhaft und zu Recht angreifen. Die Lehren des Martinus Luther erwachsen aus ihnen. Wir müssen endlich anerkennen, dass nur jene Herrschaft gottgewollt und von Dauer ist, die auf die Vernunft baut und den freien Willen der Regierten achtet. Nicht nach Belieben soll der Papst befehlen oder verbieten oder dispensieren, sondern nach der Regel der Vernunft, der göttlichen Gebote und der Liebe. Doch ich fürchte, weder in Wittenberg noch in Rom will man wirklich eine Versöhnung auf dieser Grundlage."

Giovanni Morone, damals noch Bischof von Modena und mehr als zwanzig Jahre jünger als Contarini, widersprach. Er glaubte an die Vernunft und an eine baldige Reform der einen katholischen Kirche.

Reginald Pole, der vor Heinrich VIII. aus England hatte fliehen müssen, gab zu bedenken, dass Veränderungen mehr Zeit brauchten, als ungeduldige Jugend und selbst das weise Alter annehmen. Sich an Michelangelo wendend, der bis jetzt schweigend das Gespräch verfolgt hatte, sagte er: „Ihr, verehrter Meister, kennt gewiss das von Seneca überlieferte Wort des Hippokrates: Das Leben ist kurz, die Kunst ist lang. Muss nicht auch der Künstler mit inneren und äußeren Widerständen ringen? Zieht sich dieser Kampf nicht durch alle Zeiten?"

Statt einer Antwort zitierte Michelangelo den Vers des Horaz: Malern und Dichtern war es von jeher erlaubt, frank und frei, was sie wollten, zu wagen: Freiheit erbitten wir drum für uns selbst und gewähren sie allen.

Mit diesen Worten zielte Michelangelo auf jene Ratgeber des Papstes, die den Künstlern neuerdings vorschreiben wollten, wie sie zu malen und zu dichten hätten. In Rom erzählte man sich, dass kürzlich Biagio da Cesena, der Zeremonienmeister des Papstes und ein sittenstrenger Mann, in die Sixtinische Kapelle gekommen war, um das zu drei Vierteln fertige Gemälde des Michelangelo zu sehen. Der Maler hasste es, bei der Arbeit gestört zu werden. So stieg er auch nicht vom Gerüst herunter, um Biagio zu begrüßen. Der über diese Unhöflichkeit erboste Zeremonienmeister bemerkte, dass es wider alle Schicklichkeit sei, in der Kapelle des Papstes solche schamlos nackten Gestalten zu zeigen, die eher in eine Badestube gehörten als an diesen heiligen Ort. Michelangelo entgegnete, wenn Biagio so genau wisse, wie das Jüngste Gericht darzustellen sei, solle er doch selber zum Pinsel greifen. Gekränkt ging der Zeremonienmeister. Michelangelo aber rächte sich, indem er Biagio als Höllenfürsten malte, inmitten einer Schar von Teufeln.

Biagio beschwerte sich beim Papst. Paul, der das Talent Michelangelos so schätzte, wie er dessen Reizbarkeit fürchtete, erwiderte listig, aus dem Fegefeuer hätte er ihn, Biagio, noch absolvieren können, aber über die Hölle vermöchte selbst ein Papst nicht zu gebieten.

Michelangelos Stimme hatte heftig geklungen. Der Maler Sebastiano, seit einiger Zeit gut bezahlter Siegelbewahrer des Papstes, fürchtete einen Zornausbruch seines Freundes gegen die Kurie und wollte das Gespräch in eine andere Richtung lenken. In seiner liebenswürdigen Art warf er ein, dass der von Michelangelo so verehrte und als Ketzer verbrannte Dominikanermönch Savonarola den Künstlern auch keine Freiheit zugestanden hatte. Machte er ihnen nicht Vorschriften, wie die Madonna zu malen sei? Wurden während seiner Herrschaft in Florenz nicht Bücher und Gemälde von unschätzbarem Wert als eitler Tand vernichtet?

Michelangelo verteidigte den Mönch. Savonarola hatte nicht die Darstellung nackter Körper verdammt. Er stellte nur die Schönheit der Idee, also die Wahrheit in der Kunst, höher als die vollendete Form. Das begriffen seine primitiven Anhänger nicht, als sie wahllos Schriften und Bilder auf den Scheiterhaufen der Eitelkeiten warfen. „Immer läuft die Wahrheit Gefahr, von niederen Geistern für niedere Zwecke entstellt zu werden. Das musste auch Savonarola erfahren. Sicher verstand er nicht viel von der Kunst. Seine Größe lag vielmehr in der Fähigkeit, die Menschen zu sich selbst und zum Glauben zurückzuführen, und in der Tapferkeit, mit der er gegen die Misswirtschaft in der Kirche kämpfte. Hätte man vor vierzig Jahren auf ihn gehört, statt ihn zu verbrennen, gäbe es jetzt keinen Aufruhr in Deutschland", schloss Michelangelo.

Als sich die Freunde nach dem Abendläuten trennten, hielt Vittoria Michelangelo zurück. Sie wollte ihn nicht so traurig gehen lassen. Während sie durch den Garten schritten, erzählte Vittoria, wie tief sie das Deckengemälde von der Erschaffung der Welt beeindruckt hatte. „Ich war noch sehr jung, als ich es zum ersten Mal sah. Mich überwältigte, ja verwirrte anfangs die Fülle der Gestalten. Dann fiel mein Blick auf den auf einer Wolke schwebenden Gott, der dem gleichsam träumenden Adam die Hand entgegenstreckt, um ihn zum Leben zu erwecken. Diese Gebärde, die Kraft, Liebe und Erbarmen ausdrückt, offenbarte mir das Geheimnis der Schöpfung. Welch ein Glück, dachte ich, in einer Zeit zu leben, die einen Michelangelo solche Bilder malen lässt. Ihr stellt Gott im Menschen dar."

Da Michelangelo nicht antwortete, fuhr sie eindringlicher fort: „Aber seit heute weiß ich, dass der Mensch Michelangelo noch größer ist als der Künstler. Ich spürte es, als Ihr von Savonarola spracht."

Michelangelos trübe, von der Arbeit bei Kerzenschein entzündeten Augen leuchteten auf. „Eure Worte, Marchesa, bedeuten mir viel. Eine Seele wie die Eure mir nahe zu wissen, gerade jetzt, da mein Unvermögen mich peinigt, ermutigt." Die Freude belebte ihn nur für einen Augenblick, dann verfinsterte sich sein Gesicht wieder.

„Aber ich glaube nicht mehr an mein Werk. Ich sehne mich nach dem Tod und ich fürchte ihn zugleich. Was tat ich mit meinem Leben, das sich nun dem Ende zuneigt?

Vieles begann ich nach großem Entwurf und vollendete doch kaum etwas. Mir ist, als sei ich von einem hohen
Berg herabgestürzt in eine Tiefe unter lauter Stein. In solcher Knechtschaft und so voll Verdruss, bei tausend Gefahren für meine Seele, soll ich göttliche Bilder schaffen!"

Er glich dem Propheten Jeremia, wie er ihn einst gemalt
hatte, trauernd und doch noch kraftvoll in seiner Klage.

Vittoria wusste nicht, wie sie ihn aufrichten sollte. So
erwiderte sie nur: „Ihr ringt um das Höchste, an dem doch
alles Können zerbrechen muss, weil nur gestaltbar ist, was
das Auge fasst. Das macht einsam. Ihr solltet öfter unter
Freunde gehen."

Damals sagte Michelangelo das bittere Wort, dass er
keine Freunde habe und keine brauche. Aber schon am
nächsten Tag erhielt sie ein Gedicht von ihm.

Wie sich im unbehauenen toten Stein,
Je mehr der Marmor unterm Meißel schwindet,
Anwachsend immer volleres Leben findet,
So mag es, edle Frau, mit mir auch sein.

Was Gutes in mir ist, es hüllt sich ein
Tief in mein eigen Fleisch und so, umrindet
Vom rauhen rohen Stoffe, der mich bindet,
Drängt sich zu mir umsonst das Leben ein.

Zu matt und kraftlos fühl ich mich allein.
Das Ende naht und Tag auf Tag verschwindet:
Nimm fort, was sich um meine Seele windet!
Ich könnt es nicht, doch du kannst mich befrein!

In der nahen Kirche läuteten die Glocken zum mittäglichen Angelus. Ihr Klang erfüllte das Zimmer. Michelangelo schloss das Fenster. Vittoria, in ihren Erinnerungen gefangen, bemerkte es nicht. Sie sann den Worten nach, die für sie geschrieben schienen, sprach sie aus, damit ihr leichter würde. „Zu matt und kraftlos fühl ich mich allein ...“

Michelangelo spürte, dass Vittoria litt, aber er wusste nicht, ob an körperlichen Schmerzen oder an der Trauer des Abschieds. Er scheute sich zu fragen. Vertraulich waren sie nie miteinander gewesen. Was den anderen nicht drängte auszusprechen, sollte sein Geheimnis bleiben.

Er erinnerte sich an das Gedicht. Spätnachts nach jener ersten Begegnung hatte er es niedergeschrieben, getrieben von dem Wunsch, sich mitzuteilen, auszubrechen aus der Einsamkeit, zu der ihn sein Schaffen verdammte. Sein Hilferuf „Ich könnt es nicht, doch du kannst mich befrein!“ verhallte nicht ungehört. Vittoria, die selbst durch die Wüste der Einsamkeit geirrt war, wies ihm den Weg in bewohntes Land. In ihrem Freundeskreis fühlte er sich geborgen, in Vittoria fand er eine Frau, die ihn ohne Worte verstand. Er brauchte nicht zu reden, wenn ihm nach Schweigen zumute war. Hier verlangte man von ihm nicht wie anderswo, ständig Urteile über Kunstwerke und Künstler abzugeben. Gerüchte und Klatsch, in der römischen Gesellschaft so sehr beliebt, verboten sich in Vittorias Gegenwart. Alle beseelte eine große Hoffnung auf Veränderungen. Papst Paul schien der rechte Mann zu sein, die Kirche aus ihren weltlichen Verstrickungen zum Glauben zurückzuführen. Er scharte sittenstrenge, charaktervolle Berater um sich, suchte eine gütliche Einigung mit Luther. Der fanatische Kardinal Carafa, der ein hartes Vorgehen gegen alle Kritiker des Papsttums forderte, vermochte sich gegen Kardinal Contarini, den Mann des Ausgleichs und der Versöhnung, nicht durchzusetzen.

Zehn Jahre waren seitdem vergangen, die hochgespannten Erwartungen auf Gedanken- und Gewissensfreiheit im päpstlichen Rom hatten sich nicht erfüllt. Aber die Freude jener Tage blieb doch in der Welt. So sagte Michelangelo jetzt, auf sein Gedicht anspielend und in dem Wunsch, Vittoria zu trösten: „Ihr habt mich befreit! Durch Euch gewann ich den Glauben an mich selbst zurück. Die Qual des Schaffens wurde erträglich, weil Ihr mich fühlen ließet, dass ich kein Verdammter bin, von Gott und den Menschen verlassen.“

Alt ist er geworden, dachte Vittoria wieder, aber er redet wie ein Jüngling. Ich war Mitte vierzig, als wir uns begegneten, er sechzig, noch voller Kraft. Seine stürmische Zuneigung erschreckte mich. Wäre ich doch stark genug gewesen, sie zu erwidern! Er soll mir nicht danken. Er soll mich verstehen und mir verzeihen.

„Vergesst nicht, Michelangelo, dass ich vor sieben Jahren Rom und Euch verließ, obwohl Ihr mich brauchtet.“

„Ihr wart mir immer nah, Marchesa. Eure Briefe und Gedichte aus Viterbo hüte ich wie einen Schatz. Was blieb Euch denn anderes übrig, als diese Stadt zu fliehen, wo Euch die Inquisition bedrohte!“

Vittorias Abreise hatte Michelangelo schwer getroffen. Das war zu jener Zeit, als Kardinal Carafa in der Kurie die Oberhand gewann.

Kardinal Contarini kehrte vom Reichstag in Regensburg unverrichteter Dinge zurück. Dem Papst und der Kirche treu ergeben, wurde er angefeindet, weil er der Stimme der Vernunft Gehör verschaffen wollte. Die Protestanten misstrauten ihm als Vertreter päpstlicher Interessen, die Fanatiker um Carafa verdächtigten ihn der Häresie. Der edle Contarini starb einsam und verzweifelt.

Fra Bernardino wurde vor das Kirchengericht geladen. Bischof Morone, die Kardinäle Sadoleto und Pole erregten das Missfallen Carafas. Die Inquisition wagte nicht, die Fürstin Colonna öffentlich anzugreifen, gehörte sie doch zur ersten Familie Roms. Auch hielt der Papst, so hieß es, seine Hände schützend über die Witwe des Feldherrn Pescara. Aber die Spitzel Carafas überwachten jeden ihrer Schritte. Wenn sie ihr Opfer nicht fangen durften, wollten sie ihm wenigstens Angst einjagen – durch aufgebrochene Briefe, Warnungen vor dem Umgang mit falschen Freunden, durch versteckte Drohungen, als Bibelzitate in Vittorias Bücher eingeschmuggelt.

Zu Michelangelos Überraschung verließ sie Rom, ohne es ihm vorher anzukündigen. Kardinal Pole folgte ihr als geistlicher Beistand nach Viterbo. Er empfahl Vittoria, an dem festzuhalten, was sie für richtig erkannt hatte, ohne sich um die Irrtümer und Missbräuche in der Kirche zu kümmern. Doch ihr fehlte die Kraft, sich der Kirche innerlich zu widersetzen. Sie ertrug es nicht, als Ketzerin verdächtigt zu werden. Als sie erfuhr, dass Fra Bernardino nach Deutschland geflohen war, verzweifelte sie. Gestand er damit nicht ein, dass er ein Feind der Kirche war, bot er nicht der Inquisition einen willkommenen Vorwand, seine Anhänger in Italien zu verfolgen? Vittoria sagte sich öffentlich von Fra Bernardino los und übergab alle Briefe, in denen er ihr sein Verhalten zu erklären versuchte, ungelesen dem Kirchengericht in Rom. Um ihre Rechtgläubigkeit zu beweisen, händigte sie den Inquisitoren unaufgefordert ihren gesamten Briefwechsel aus, auch die Gedichte Michelangelos.

Damals fühlte sich Michelangelo wirklich von ihr alleingelassen. Warum lieferte sie sich so vollkommen aus?

Auch er, Michelangelo, war ein treuer Sohn der Kirche, doch in seinem Gewissen fühlte er sich nur Gott verantwortlich. Als ihn zu jener Zeit ein Kardinal im Auftrag des Papstes anwies, einige Gestalten des „Jüngsten Gerichtes" zu korrigieren, lehnte er mit den Worten ab: „Sagt dem Papst, das, was ihn beleidigt, ist nur eine Kleinigkeit, die man leicht in Ordnung bringen kann; möge er die Welt ändern, dann werde ich die Gemälde ändern."

Aber es stand ihm nicht zu, die Schwäche der Freundin zu verurteilen. Sich selbst klagte er an, dass er ihr nicht besser beigestanden hatte. Er sagte etwas in diesem Sinn.

Vittoria schüttelte den Kopf. Schwäche war immer Schuld. Michelangelo wollte sie schonen. Nicht den leisesten Vorwurf hatte sie von ihm gehört, als sie seine Briefe der Inquisition übergab, als sie Fra Bernardino verurteilte, als sie aus Treue zur Kirche sich selbst verleugnete. Nur die Zeichnung des Gekreuzigten schickte er ihr. Wie viel Blut es kostet, daran denkt keiner ...

Sie war müde geworden damals, unsicher und ängstlich. Denn wer sich von der Kirche trennte oder von ihr verstoßen wurde, verlor auch ihren Schutz, ihren geistlichen Beistand, ihre Tröstungen in den schweren Stunden des Lebens und des Todes. Sie fühlte sich der von Verdächtigungen und Unduldsamkeit vergifteten Atmosphäre in Rom nicht mehr gewachsen. Wen sollte sie um Hilfe bitten? Michelangelo? Er lebte nur seinem Werk. Sie wollte seine neu erwachte Schaffensfreude, sein Vertrauen in ihre, Vittorias, Kraft nicht zerstören. Hätte sie dann doch ihren Stolz überwinden und sich ihm offenbaren müssen. Sie war nicht die von Leidenschaften freie Freundin, die er in Sonetten besang. Seine stürmische Zuneigung beunruhigte sie. Bei jeder Begegnung fiel es ihr schwerer, das distanziert freundschaftliche Verhältnis aufrechtzuerhalten. Sie sehnte sich nach Nähe, immer tieferer Nähe – und floh sie zugleich. Es mussten Jahre vergehen, bis sie sich eingestand, dass der tiefste Grund für ihre Abreise aus Rom Michelangelo gewesen war. Wenn sie den Mut aufgebracht hätte, ihn zu lieben wie einst Ferrante, hätte sie auch der Inquisition widerstanden. Denn Liebe erträgt vieles, duldet alles, macht unüberwindlich. Aber Vittoria fürchtete den Schmerz. Der Glaube der Kirche wurde ihr einziger Halt, sie fastete, wachte Nächte hindurch im Gebet, um das Verlangen nach Michelangelo abzutöten. Darüber hatte sie heute mit dem Freund sprechen wollen.

Es ist zu spät, dachte Vittoria. Ihn verletzt es vielleicht und mir hilft es nicht mehr. Er hat mich zu hoch erhoben, als dass wir uns auf dieser Erde hätten finden können.

So sagte sie nur: „Schwäche ist immer Schuld und ich trage schwer daran. Dass Ihr mir dennoch bis heute ein treuer Freund geblieben seid ..."

Michelangelo bat sie zu schweigen. Er sah, wie erschöpft sie war.

Von der Straße tönten Lauten, Schellen und Flöten.

„Der Karnevalszug", sagte Michelanglo ärgerlich.

„Öffnet weit das Fenster, ich bitte Euch. Ich möchte dabei sein, wenn sie tanzen." Sie lächelte über das Erstaunen des Freundes. Wie wenig er sie kannte!

Schon als Kind hatte Vittoria das Treiben der Masken fasziniert. Befreiende Narrheit, die alle Ordnung umstieß! Kardinäle und Bettler, Dirnen und Damen, wer konnte sie auseinanderhalten, wenn sie durch die Straßen tobten. Kein anderes Gesetz galt als das der eigenen Natur. Trommelschlag und Flötenklang, der Tanz enthemmter Lebenslust, das Lied des Lorenzo de Medici: „Schön ist die Jugend, schnell geht sie vorbei. Sei heute fröhlich, denn du weißt nicht, was morgen kommt."

Wie oft hatte sich Vittoria gewünscht, in diesen Wirbel hineingezogen zu werden, nicht mehr sie selbst, sondern eine andere zu sein. Doch sie blieb immer nur Zuschauerin ...

Die Nonne kam ins Zimmer. Mit einem vorwurfsvollen Blick auf Michelangelo verriegelte sie das Fenster. Vittoria seufzte leise und schloss die Augen. Schläfen, Mund und Wangen waren eingesunken, es lebte nur noch die hohe gewölbte Stirn.

Michelangelo beschwor das Bild jener Vittoria, die ihn vom Tod zum Leben geführt hatte. Welch freier Geist lebte damals in ihr, welch wunderbare Blüten trieb er im Umgang mit Contarini und dessen Freunden. Immer heiter und ausgeglichen, gab sie ihm das Gefühl, nicht verloren zu sein.

Zu jener Zeit arbeitete er, von den Visionen des Jüngsten Gerichts gemartert, an dem Wandbild in der Sixtina.

Immer wieder fragte er sich, ob er zu den Erlösten oder den Verdammten gehören würde. Er überschaute sein Leben – es schien ihm verfehlt. Vieles hatte er begonnen, wenig vollendet. Hätte er besser Kranke gepflegt, Hab und Gut mit den Armen geteilt, Waisen in sein Haus genommen. Genügte es, anspruchslos zu leben und den Vater, die Brüder und Neffen zu unterstützen? Verlangte Gott nicht mehr? In seinen Träumen stand er vor einem Gericht, das seine Rechtfertigungen abwies und ihn in die Hölle stieß. Wenn er schweißgebadet erwachte, schauderte ihn vor dem Leben wie im Traum vor dem Tod.

Vittoria befreite ihn von seinen Ängsten. „Das Gewissen", sagte sie, „kann nicht durch Werke zur Ruhe kommen, sondern allein durch den Glauben an einen barmherzigen Gott, dem die reuigen Sünder lieber sind als die Selbstgerechten." Wie Beatrice den Dichter Dante nahm sie Michelangelo bei der Hand und führte ihn aus der Hölle. Seine Schöpferkraft, die versiegt schien, kehrte zurück. Er zeichnete, er formte, er dichtete. Das Wunder, Vittoria begegnet zu sein, berauschte ihn. Jubelnd schrieb er ihr:

Für große Schönheit große Lieb empfinden
Ist Sünde nicht, wenn diese Glut erweicht
Und milde stimmt das Herz, sodass nun leicht
Der Gottheit Liebespfeile Eingang finden.

Die Liebe ruft und weckt den Geist, den blinden,
Beflügelt ihn, dem sie die Pfade zeigt,
Sie ist dem Pilger, der zum Himmel steigt,
Die erste Stufe aus dem Tal der Sünden.

Die Liebe, Herrin, die ich mir erkoren,
Sie zieht zum Himmel, sie ist reine Minne.
Nicht ziemt dem edlen Mann ein lüstern Spielen;

Die wahre Liebe wird im Geist geboren,
Die andre ist die Sklavin nur der Sinne,
Sie richtet ihren Pfeil nach niedren Zielen.

Vittoria antwortete ihm erst wieder aus Viterbo, freundlich und zurückhaltend, wie es ihre Art war, vielleicht eine Spur zu kühl. Dann kamen nur noch selten Briefe von ihr. Der Verlust aller Hoffnungen seit Contarinis Tod, die Enttäuschung über Fra Bernardinos Flucht machten sie für Krankheiten anfällig. Jedesmal, wenn sie für ein paar Tage in Rom war, schien ihr Gesicht feiner und schmaler geworden. Sie begegnete ihm liebevoll wie je, suchte ihn durch kleine Annehmlichkeiten zu erfreuen. Sie war der einzige Mensch, von dem er sich diese Sorge um seine Person gefallen ließ. –

Michelangelo schaute wieder auf Vittoria. Ein wilder Schmerz zwang ihn auf die Knie. Sie durfte nicht gehen, noch nicht jetzt. Was bedeutete ihm das Leben ohne sie!

Als hätte Vittoria seine Gedanken erraten, sagte sie: „Ihr müsst mir versprechen, die Kuppel für die Peterskirche auszuführen, von der Ihr mir im vorigen Jahr ein Modell zeigtet."

Da er nicht antwortete, schlug sie die Augen auf. „Sprecht doch, verwehrt einer Sterbenden nicht den letzten Wunsch!" Ihre Stimme klang streng. Es war eine Kraft in ihr, die Michelangelo erstaunte.

Er trat zu ihr, noch immer gebeugt wie unter einer schweren Last. „Gern verspräche ich es Euch, doch die Päpste sind die Bauherren. Sie entscheiden."

Vittoria sah seine Verzagtheit. Beschwörend erwiderte sie: „Noch jeder Papst wusste, was er an Euch besaß. Daran wird sich auch künftig nichts ändern. Herrliche Werke habt Ihr geschaffen. Die Kuppel auf der Peterskirche aber wird die Krönung aller sein. Es ist Eure Pflicht vor Gott und den Menschen, sie zu vollenden."

Es verwunderte ihn, dass sie sich so erregte. Erinnerte er sich doch, einmal von ihr gehört zu haben, das für den Bau der neuen Kirche aus der Christenheit herausgepresste Geld zerstöre den Glauben.

„Das sagte ich", widersprach sie, „als ich Euer Modell noch nicht kannte. Erst als ich es sah, begriff ich, welch eine glückliche Fügung es ist, dass der Abriss der alten Basilika in Eure Lebenszeit fällt. Ihr seid berufen, über dem Grabe des Petrus einen Tempel zu errichten, in dem die Menschen wieder zu Gott finden. Wenn dereinst Eure Kuppel über Rom schwebt, wird ihr Anblick das Urteil künftiger Geschlechter über unsere Verfehlungen mildern. Man wird ahnen, wie heiß die Sehnsucht nach einem neuen Himmel und einer neuen Erde in uns brannte."

Vittorias Augen glänzten wie im Rausch. Noch einmal strömte alles Leben in dem todesmüden Körper zusammen.

„Versprecht es mir!", forderte Vittoria. Ihre Begeisterung riss Michelangelo aus seinem Schmerz. Er richtete sich auf. So wahr er hier stand: Seine Kuppel über dem Petersgrab sollte die Erde mit dem Himmel verbinden. Der

Streit der Protestanten mit dem Papst, die Inquisition des Kardinals Carafa, all die Kämpfe der Herren untereinander um Macht und Besitz – nach Jahrhunderten würde sie kaum noch jemand verstehen. Aber was er, Michelangelo, schuf, würde dann noch zu den Menschen sprechen.

Vittoria sah die Verwandlung des Freundes. Wie war sie nur darauf gekommen, er sei alt geworden? Dieser Siebzigjährige besaß noch Kraft für ein ganzes Menschenleben. Michelangelo würde die Kuppel bauen. Alles andere war unwichtig. Eine schwebende Leichtigkeit erfasste sie. Triumphierend brach es aus ihr heraus:

„Dann sieht man tausend Jahr, nachdem wir starben,
Wie schön du warst, wie traurig ich gewesen,
Doch töricht nicht, dass ich dich maßlos liebe.“

Das waren Michelangelos Worte, einst für sie geschrieben. In diesem Augenblick offenbarten sie Vittorias Geheimnis. Jetzt trennte sie nichts mehr von dem Geliebten. Sie sank in die Kissen zurück. Die Müdigkeit rollte wie eine dunkle Woge auf sie zu. Sie hatte gesagt, was sie sagen musste. Nun wehrte sie sich nicht länger.

Michelangelo beugte sich über sie. Vittoria schien zu schlafen. Ihr Atem ging ruhig. Er widerstand dem Verlangen, sie auf Mund und Stirn zu küssen. Nur ihre Hände berührte er leicht. Dann verließ er den Raum.

Schon auf der Straße hörte er seinen Namen rufen. Er wandte sich um und erkannte einen jungen Dienstboten des Hauses Colonna. „Messer Michelangelo, die Marchesa, Gott sei ihrer Seele gnädig, ist soeben gestorben!“

Keine der lärmenden Masken beachtete den Greis, der tränenblind durch die Straßen wankte und immer wieder sagte: „Warum habe ich sie nicht geküsst, warum nicht ...?"

Karwoche in Tordesillas

Johanna I. von Kastilien (1479–1555)

Mit der Vertreibung des Emirs von Granada 1492 war die Rückeroberung der seit dem 8. Jahrhundert von Muslimen besetzten Iberischen Halbinsel abgeschlossen. Königin Isabella von Kastilien (1451–1504) und ihr Gemahl Ferdinand von Aragon (1452–1516) nannten sich fortan Katholische Könige.

Im selben Jahr brach Kolumbus im Dienst der spanischen Krone zu seiner Weltumseglung Richtung Westen auf und entdeckte Amerika, von wo sich bald Ströme von Gold nach Spanien ergossen. 1494 einigten sich die Seemächte Portugal und Spanien im Vertrag von Tordesillas endgültig über die Aufteilung ihrer Interessen im Atlantik.

Von den zehn Kindern Isabellas und Ferdinands wurden fünf tot geboren, der Thronanwärter Johann starb schon 1497. Königin Isabella bestimmte nun ihre Tochter Johanna, eine sensible, hochgebildete junge Frau, seit 1496 mit Philipp dem Schönen (1478–1506) aus dem Hause Habsburg verheiratet, als Nachfolgerin. Der plötzliche Tod ihres jungen Gemahls, den sie so innig wie eifersüchtig liebte, stürzte die mit dem sechsten Kind schwangere Johanna in eine tiefe Krise. Ihr Vater Ferdinand

112

regelte für sie die Regierungsgeschäfte, überredete sie dazu, sich vorerst nach Tordesillas zurückzuziehen, und brachte die spanische Ständevertretung, die Cortes, mit Tricks und Intrigen dazu, Johanna für regierungsunfähig zu erklären. Widerwillig stimmten die Granden unter der Bedingung zu, dass Johanna bis zur Besserung ihres Zustands rechtmäßige Königin bliebe. Auch Johanna verweigerte den Thronverzicht. Doch aus dem Kloster wurde ein Kerker im angrenzenden Schloss. Ihr Vater Ferdinand und nach dessen Tod 1516 ihr Sohn Karl, der später als Kaiser Karl V. über ein Reich herrschte, in dem die Sonne nicht unterging, taten alles, um der Gefangenen das Leben zur Hölle zu machen und sie regierungsunfähig erscheinen zu lassen. Nach fast 50-jähriger Gefangenschaft in Tordesillas kannte man sie in Spanien nur noch als Juana la loca, die Wahnsinnige. Johanna starb bei vollem Bewusstsein und als rechtmäßige Königin. Ein Jahr später entsagte ihr Sohn Kaiser Karl V. dem Thron und zog sich bis zu seinem Tod 1558 ins Kloster San Jerónimo de Yuste zurück.

Francisco de Borja (1510–1572), 4. Herzog von Gandia, hatte als Page und Gefährte von Johannas jüngster Tochter Maria einige Zeit in Tordesillas verbracht, diente ab 1528 als einer der vornehmsten Edelleute am Hof Karls V., während seine Frau Leonore (1512–1546) Hofdame von Karls Gemahlin Isabella von Portugal war. Nach dem Tod seiner Frau verzichtete er zugunsten seines Sohnes auf alle weltlichen Titel, schloss sich der Societas Jesu an und empfing 1551 die Priesterweihe. 1555 war er Provinzial für Spanien und stand Königin Johan-

na bis zuletzt bei. *Er war einer der wenigen Menschen,*
vielleicht der Einzige, dem Johanna noch vertraute. 1565
wurde er zum dritten General des Jesuitenordens berufen,
1671 heiliggesprochen.

* * *

Palmsonntag (7. April 1555)

Während landauf landab festliches Glockengeläut die
Gläubigen zum Gottesdienst ruft, reitet ein Mann allein
über die weite menschenleere Hochebene der Meseta. Als
er nach einer Wegbiegung das glänzende Band des Duero
erblickt und dahinter der Stadt Tordesillas, seufzt er erleichtert auf. Er ist die fünfte Stunde im Sattel, das Gesicht
brennt ihm vom scharfen Wind und der Abend ist nicht
mehr fern.

Wird er Johanna noch lebend antreffen? Die Botschaft
klang dringlich und unheilverheißend, wie seit Jahrzehnten fast jede Nachricht aus Tordesillas. Es scheint kein Segen auf diesem Ort zu liegen. Ein marodes Schloss, das
Kloster, ein paar Steinhäuser und die Hütten der Armen.
Hier lebt Johanna als Gefangene länger, als sein eigenes
Leben währt. Dabei steht er schon in seinem fünfundvier-
zigsten Jahr.

Wer in König Philipps Spanien weiß noch, dass diese
Frau seit mehr als einem halben Jahrhundert die rechtmäßige Königin ist? Die wenigen, die sich an sie erinnern,
zucken bei der Nennung ihres Namens mit den Schultern
und flüstern scheu: la loca, die Wahnsinnige.

Es mag als ein seltsamer Zufall erscheinen, dass Johanna im Schloss von Tordesillas ihr Leben verdämmert, an

jenem Ort, wo die spanische und die portugiesische Krone mit Zustimmung eines spanischen Papstes die Neue Welt unter sich aufgeteilt haben. Sechzig Jahre sind seit der Unterzeichnung des Abkommens von Tordesillas ins Land gegangen und heute erweist sich klarer denn je, dass dieser Vertrag den Ausbruch einer Krankheit beurkundete, an der die Alte Welt seither leidet: dem Wahnsinn. Unter Anrufung Gottes maßten sich drei herrschende Fürsten an, zu teilen, was unteilbar ist, zu rauben, was ihnen nicht gehört. Stolz und Zorn, Habgier und Unzucht, Geiz, Trägheit und Maßlosigkeit haben nicht nur den Verstand der Mächtigen, sondern auch den ihrer Völker zerstört. In blindem Hass schlagen sie aufeinander ein, zerren das Heilige in den Schmutz und verehren das Laster.

Bei diesen Gedanken lockert der Reiter die Zügel, damit das Pferd, das er soeben noch angetrieben hat, in einen langsamen Gang verfalle. Er hat es plötzlich nicht mehr eilig. Ein Priester, der Kranken Beistand zu leisten, ist gewiss längst zur Stelle. Was könnte er, Francisco, anderes oder besser tun? Auch er kann nur die Beichte abnehmen, wenn Johanna denn dazu bereit ist, die letzte Ölung reichen, die Sterbegebete sprechen. Mit Erschrecken gesteht er sich den Wunsch ein, diese Frau möge sterben, bevor er an ihr Lager tritt. Er fühlt sich außerstande, ihre anklagenden Blicke und ihre Gotteslästerungen zu ertragen. Wie soll er ihr priesterlich vergeben, wo er doch selber der Vergebung bedarf?

Das Blut jenes Papstes und jener Könige, die einst in Tordesillas die Welt unter sich aufteilten, fließt auch in seinen Adern. Das Blut verschlagener, lebensgieriger, hemmungsloser Männer. Seine Ahnen, König Ferdinand von Aragonien und Papst Alexander VI. Rodrigo Borja, haben ihm ein schweres Erbe hinterlassen. Ein Leben härtester Buße würde nicht ausreichen, ihre Vergehen gegen Gott und die Menschen zu sühnen. Durch König Ferdinand ist er Blut vom Blute und Geist vom Geiste Johannas, der Tochter Ferdinands, die nun in Tordesillas im Sterben liegt. Zwar hat er, Francisco Borja, freiwillig auf Titel und Besitz verzichtet und sich Gott geweiht, doch zu den Erlösten zählt er sich nicht. Johanna aber hat man gegen ihren Willen alles genommen, die Königskrone, ihre Kinder, ihren Besitz und, schlimmer noch: ihren Glauben an Gott und die Menschen. Wie soll er ihr beistehen, da er wie sie unter den Taten seiner Vorfahren leidet und sich zugleich mitschuldig fühlt an Johannas furchtbarem Geschick?

Als er ihr zum ersten Mal begegnete, war er ein mutterloser Knabe von zwölf Jahren und sie eine Frau in den Vierzigern. Der königliche Hof hatte ihn zum Pagen für Johannas jüngste Tochter Katharina bestimmt, die bis zu ihrer Hochzeit mit dem portugiesischen König die Gefangenschaft ihrer Mutter teilte. Zwei Jahre musste er in Tordesillas zubringen und war heilfroh, als er diesen Ort wieder verlassen konnte. Vergessen hat er ihn nie. Auch nicht in jenen Jahren, als er mit Johannas ältestem Sohn, dem jungen Kaiser Karl V., eng befreundet war und zwischen ihnen nie ein Wort über die Gefangene von Tordesillas fiel. Er glaubte, was alle glaubten: dass Johanna wahnsinnig sei. Doch je älter er wurde, umso öfter suchten ihn Zweifel heim. Die Cortes, die Versammlung des kastilischen Adels, hatte Johanna nie ihr Königtum abgesprochen, Johanna hatte nie dem Thron entsagt. Warum wollte Karl nicht über seine Mutter reden? Wäre sie wirklich wahnsinnig gewesen, hätte sie Mitleid und liebevolle Zuwendung verdient und nicht eine so grausame Gefangenschaft. Francisco hatte diese Gedanken immer wieder beiseitegeschoben. Tagesgeschäfte hielten ihn davon ab, dem dunklen Geheimnis des spanischen Hofes auf den Grund zu gehen. Es war ohnehin nicht gut, mehr zu wissen, als man ertragen konnte.

Vor drei Jahren endlich, als Karls inzwischen erwachsener Sohn, König Philipp, ihn nach Tordesillas geschickt hatte, um bei seiner Großmutter nach dem Rechten zu sehen, waren ihm die Zweifel zur Gewissheit geworden: Die Tochter der Katholischen Könige Ferdinand und Isabella, die Mutter des Kaisers Karl, die Großmutter König Philipps, war klug, zwar ein wenig exzentrisch, aber keinesfalls wahnsinnig. Gerüchte, üble Nachreden und Intrigen hatten ihr den Verstand abgesprochen und sie hinter undurchdringliche Mauern verbannt. Jedes Aufbegehren der verzweifelten Frau war von ihren Kerkermeistern als Bestätigung einer schweren Geisteskrankheit gedeutet worden. Dennoch hatten sie nicht gewagt, sie offiziell für wahnsinnig erklären zu lassen, sondern alles darangesetzt, sie um den Verstand zu bringen. Der jungen Johanna muss es an taktischem Geschick gefehlt haben, sich wirkungsvoll gegen ihre Entmündigung zur Wehr zu setzen, und so war sie den Gegnern aus der eigenen Familie, zuerst ihrem Vater Ferdinand und später dem Sohn Karl, hilflos ausgeliefert gewesen.

Als Francisco Borja das Spiel durchschaut hatte, war es zu spät gewesen, der inzwischen Vierundsiebzigjährigen noch zu helfen. Er konnte sich nur bemühen, ihr Los zu erleichtern.

Er zeiht sich der Mitschuld am Schicksal seiner Großtante, auch wenn er, dreißig Jahre jünger als sie, es zu keiner Zeit hätte aufhalten können. Was soll er ihr nun angesichts des Todes sagen, ihr, die von allen verraten wurde und sich von Gott verraten fühlt? Vor drei Jahren hat sie ihm nach langem Widerstreben ein gewisses Zutrauen entgegengebracht, die Gespräche mit ihm genossen und die Erleichterungen, die er ihr verschaffen konnte, dankbar angenommen. Doch bald nach seiner Abreise fiel Johanna in ihre Verweigerung zurück. Den Seelsorger, den er der Königin als ständige Vertrauensperson empfohlen hatte, wollte sie nach wenigen Tagen nicht mehr sehen und der Priester selbst bat um seine Entlassung aus dem Dienst Johannas. Sie vermute, schrieb er, ausnahmslos in jedem einen Feind und mache sich und den anderen das Leben zur Hölle.

Francisco Borja hatte keine Zeit mehr gefunden, sich persönlich um Johanna zu kümmern. Als Generalkommissar musste er im Auftrag von Pater Ignatius Spanien und Portugal bereisen und sich um die Brüder in der ausgedehnten Ordensprovinz der jungen Gesellschaft Jesu kümmern. Auch die Könige von Spanien und Portugal bedachten ihn mit diplomatischen Aufträgen, denen er sich im Interesse seines Ordens nicht entziehen durfte. Er kannte die Prinzen und Prinzessinnen, all die hohen Herrschaften und mit vielen von ihnen war er verwandt. Oft konnte er sie nur mit Mühe überzeugen, sich anderen Seelsorgern als ihm anzuvertrauen. In den Nächten schrieb er lange Briefe nach Rom, an Ordensbrüder und an Hilfesuchende. Seine harten Bußübungen, für die ihn Pater Ignatius oft tadelte und von denen er nicht lassen wollte, machten ihn anfällig für Krankheiten.

Er kann nicht überall zugleich sein und es jedem recht machen. Dennoch plagt ihn sein Gewissen, wenn er an Johanna denkt. Nicht, weil sie Königin ist und seine Verwandte; das Seelenheil eines Bettlers bedeutet ihm nicht weniger als das ihre. Francisco gesteht sich ein, dass er so etwas wie Angst vor Johanna empfindet, er, der bisher meinte, schon längst alle Menschenfurcht abgelegt zu haben. In ihren Augen lauert, wie eine ansteckende Krankheit, ein Abgrund, der ihm wohlvertraut ist und in den abzustürzen er sich mit aller Kraft wehrt – das Gefühl absoluter Gottverlassenheit. Ihr Vertrauen zu ihm, das sie sonst keinem Menschen entgegenbringt, erschreckt ihn mehr, als es ihm schmeichelt.

Unmutig gibt er seinem Pferd die Sporen. Fruchtlose Grübelei ist des Teufels, er muss sie abschütteln im scharfen Ritt, hinter sich lassen wie sein früheres Leben als Herzog von Gandia. Gott wird ihn zur rechten Zeit das Rechte sagen und tun lassen.

Als auf dem Weg eine Gestalt auftaucht, die vornüber gebeugt gegen den Wind ankämpft, zügelt er sein Pferd, springt ab und entbietet dem Mann einen freundlichen Gruß. Der schiebt die Kapuze des langen abgetragenen Mantels zurück. Aus dem mit einem eisgrauen Bart überwachsenen Gesicht blicken erstaunlich klare Augen, nicht gerötet vom Wind, nicht getrübt von den Jahren. Prüfend messen sich die Männer.

Ob er mit einer Wegzehrung dienen könne, fragt Francisco schließlich und greift nach seiner Satteltasche. Der Alte winkt wortlos ab. Dann möge er wenigstens eine Wegstrecke sein Pferd benutzen, um sich ein wenig auszuruhen, bittet Francisco.

Noch immer fixiert ihn der Alte durchdringend, als verstünde er nicht recht. Plötzlich verneigt er sich mit den Worten: „Verzeih, Bruder, aber ich bin ein Sünder und Büßer, nicht würdig, einem Heiligen wie dir die Schuhe zu lösen."

In der Meinung, der alte Mann rede wirr, lacht Francisco und sagt dann: „Spottet nicht. Ein seltsamer Heiliger wäre ich, der zu Pferde reitet und das Alter zu Fuß gehen lässt!"

„Du hältst mich für verrückt, doch ich weiß wohl, was ich sage und wen ich vor mir habe. Dein Name, Francisco Borja, ist in Spanien jedem Kind bekannt und jedem Erwachsenen eine Hoffnung. Steig auf und folge deinem Auftrag!" Der Alte zieht die Kapuze wieder ins Gesicht und wendet sich zum Gehen. Doch Francisco, das Pferd am Halfter führend, bleibt an seiner Seite.

„Woher kennt Ihr mich? Sind wir uns schon einmal begegnet?"

„Wir sind alle eins in Christo", erwidert der Alte abweisend.

Francisco will den Mann nicht so einfach gehen lassen. Es ist nie seine Art gewesen, sich jemandem aufzudrängen, aber diesmal kann er sich des Gefühls nicht erwehren, Gott habe ihm diesen Mann geschickt, damit er aus seiner Ratlosigkeit herausfände.

„Sagt mir doch, wer Ihr seid, woher Ihr kommt, wohin Euer Weg führt", bittet er. Und setzt zögernd hinzu: „Ein freundliches Wort zur rechten Zeit richtet den Müden auf und macht dem Verzweifelten Mut."

Der Alte hüllt sich fester in seinen Mantel und schweigt. Eine Weile gehen sie so nebeneinander her. Unvermittelt sagt der Alte und es klingt im Pfeifen des Windes wie von weither: „Ich kann dir nicht helfen, ich bin nur ein Vorübergehender."

Gut gesagt, denkt Francisco, aber was fange ich damit an? Entschlossen, das Gespräch nicht abbrechen zu lassen, erwidert er: „Auch ein Vorübergehender vermag den am Wege Stehenden vor einem Irrweg zu bewahren."

Nun hält der Alte inne und wendet sich wieder Francisco zu. Er muss den Kopf heben, um den Größeren anzusehen. Seine Stimme verrät, was sein dichter Bart verbirgt – er lächelt.

„Glaub mir, es gibt keine Irrwege. Nur Umwege. Aber gerade sie führen zu Gott. In Ávila habe ich eine Nonne im Sarg liegen sehen und doch ist sie zum Leben bestimmt. In Tordesillas schleppt sich eine bedauernswerte Königin unter Flüchen und Seufzern auf den Schädelberg von Golgota. Keiner, nicht du, nicht ich, kann ihnen diese Wege ersparen."

Francisco schaut ihn irritiert an. Der Mann scheint Rätsel zu lieben. Kommt er nicht selbst geradewegs aus Ávila? Der Tod einer Nonne wäre ihm nicht verborgen geblieben. Und wie spricht er über Johanna? Doch er scheint sie zu kennen. Francisco möchte mehr erfahren. Bittend hält er dem Alten den Steigbügel hin: „Wenn Ihr nach Tordesillas wollt, haben wir den gleichen Weg."

„Hast du nicht zugehört? Dein Weg ist nicht mein Weg", fährt ihn der Alte an und eilt mit langen Schritten davon.

Francisco schaut ihm verwundert nach. Was war das? Da begrüßt ihn einer als Heiligen und behandelt ihn wie einen Lumpen, nennt sich selber Büßer und tritt mit der Arroganz eines Granden auf.

Er löst den Futtersack vom Sattel und hängt ihn dem Pferd um den Hals. Die mahlenden Geräusche des Tieres beruhigen ihn. Seine Enttäuschung über den entgangenen Weggefährten weicht dem Nachsinnen über die seltsame Begegnung. Je deutlicher er sich den Mann vergegenwärtigt, umso gewisser scheint es ihm, diese klaren durchdringenden Augen schon einmal gesehen zu haben. Aber wann und wo? Es muss lange her sein. Francisco Borja lässt die Stationen seines Lebens an sich vorüberziehen: die Kindertage in Gandia, in Saragossa, wo er nach dem Tod der Mutter bei seinem Onkel lebte, die Pagenzeit in Tordesillas, am Hof des Königs während seiner Zeit als Oberhofmeister, dann Barcelona, das er als königlicher Gouverneur verwaltete. Eine Erinnerung will sich trotz aller Anstrengung nicht einstellen.

Ein leichter Stoß gegen die Schulter reißt ihn aus seiner Versunkenheit. Der Futtersack hängt schlaff herunter und das Tier verlangt ungehalten nach mehr. „Ist ja gut", murmelt Francisco und tätschelt den Hals des Pferdes, „wir sind bald am Ziel." Schwerfällig hebt er sich in den Sattel. Unterwegs hält er Ausschau nach dem Pilger oder Bettler oder was sonst dieser Mann sein mag. Aber er scheint wie vom Erdboden verschluckt. Vielleicht hat er eine Abkürzung genommen oder sich hinter einem Stein verborgen, um einer erneuten Begegnung auszuweichen. Die langen Schatten von Pferd und Reiter gleiten zitternd über Geröll und Felsstücke in die abendliche Dämmerung hinein. Francisco fühlt wieder die quälende Unruhe von vorhin in sich aufsteigen. Er zwingt sich, seine Blicke nach vorn zu richten. „Herr, sieh doch mein Elend und errette mich, führe meine Sache und erlöse mich", murmelt er.

Montag

Der Schein der Morgensonne wandert langsam über das Lager der Kranken. Gleich wird er ihr Gesicht erreichen und Francisco will eine Zofe rufen, das Fenster zu verhängen. Doch dann lässt er es. Obwohl er nach seiner Ankunft veranlasst hat, dass die Kranke gewaschen und die Wäsche gewechselt wird, verpestet der Geruch der schwärenden Wunden immer noch den Raum. Bei geschlossenem Fenster würde es noch ärger. Der Zustand der Königin ist seit gestern Abend unverändert. Kurze wache Augenblicke wechseln mit längeren Phasen von Schlaf oder Bewusstlosigkeit.

Francisco Borja hat von Johanna keinen Dank für sein Kommen erwartet, aber es schmerzt ihn, dass sie ihn als Totenvogel und Boten Satans beschimpft. Es schmerzt ihn nicht um seinetwillen, sondern um ihretwillen. Wie schwer wird das Sterben dem, der die Welt hasst! Francisco Borja hat schon viele Menschen in ihren letzten Stunden begleitet. Die eins mit sich und der Welt waren, gingen leichter davon. Alles vergibt Gott den Unglücklichen, die sich gegen ihn und damit gegen das Göttliche in sich selbst aufgelehnt haben, wenn sie nur zu Umkehr und Reue bereit sind. Aber wer wider den Heiligen Geist lästert, findet keine Vergebung, weder in dieser noch in jener Welt. So steht es in der Schrift und diese Wahrheit wird bestätigt, so weit menschliche Erfahrung reicht. Wie soll das gequälte Herz Vergebung finden, wenn Wille und Hoffart des Verstandes sich weigern, Vergebung zu suchen und anzunehmen?

Die Sonnenstrahlen haben das Gesicht der Bewusstlosen oder Schlafenden erreicht. Schamlos beleuchten sie das Werk des Alters und des nahen Endes im Gesicht der Kranken: die wächserne Haut, die harten Linien zwischen den geschlossenen Augen und den offenen Mund. Nur ein leises Röcheln verrät, dass Johanna noch lebt. Ihr Anblick erschreckt Francisco und fasziniert ihn zugleich. Johanna ist einmal eine sehr schöne Frau gewesen. Einen Abglanz dieser Schönheit hat er als Page noch wahrgenommen. Doch die seither vergangenen Jahre haben dieses Gesicht bis zur Unkenntlichkeit zerstört.

Ist daran allein Johannas Gefangenschaft schuld? Nicht, was in den Menschen hineingeht, macht ihn schön oder hässlich, sondern was aus ihm hervorgeht. In den Tiefen des Herzens lauern Laster und böse Gedanken und drängen ans Licht. Wohl dem, der sie mit Gottes Hilfe an der Wurzel bekämpft und nicht andere für eigene Schwächen verantwortlich macht. Das Gesicht ist der Spiegel der Seele. Nicht ein von Natur gegebenes Ebenmaß macht es schön, so wenig Unebenheiten hässlich machen. Es sind die Gedanken und die Regungen des Herzens, die ein Gesicht prägen.

Die Kranke schluckt krampfhaft und räuspert sich. Vergeblich versucht sie, Worte zu artikulieren. Francisco benetzt ihre Lippen und die Zunge wiederholt mit Wasser und ein wenig Wein.

„Ich liebe dich doch, liebe dich mehr als mein Leben", flüstert sie. Und nach einer Weile: „Bleib, geh nicht weg!" Ihre Stimme klingt zart und bittend, von einer Innigkeit, die Francisco rührt. Wer so im Traum oder im Fieber spricht, fühlt sich verloren, aber er kann nicht verloren sein. Vielleicht findet sie doch noch die Vergebung, die sie ruhig und versöhnt sterben lässt. Er möchte sie trösten, sie an seiner Hoffnung teilhaben lassen und so betet er halblaut den Psalm 119: „... Nach deiner Hilfe sehnt sich meine Seele; ich warte auf dein Wort. Meine Augen sehnen sich nach deiner Verheißung, sie fragen: Wann wirst du mich trösten?"

Johanna schlägt die Augen auf. Als sie den Priester bemerkt, schneidet sie eine Grimasse. „Du immer noch hier", keift sie, „hinweg, ich habe mit dir nichts zu schaffen. Lass mich endlich in Ruhe!"

Francisco verneigt sich. „Meine Königin, ich bin Euer Freund, vielleicht der Einzige, den Ihr noch habt. Ich stehe immer zu Euren Diensten."

„Der Herzog von Gandia ist nicht mein Freund, er ist ein Teufel wie sein Vorfahr auf dem Papstthron. Ich kenne keine Freunde, nur Verräter."

Also ist sie bei Sinnen, denkt er im Gehen, sie weiß, wer ich einmal war. Noch ist sie nicht am Ende ihres Weges.

Ehe er die Tür hinter sich schließt, hört er sie lachen. Es ist das Gelächter einer Wahnsinnigen.

Auf dem Gang kommen ihm zwei tuschelnde und kichernde Zofen entgegen, noch nicht lange dem Kindesalter entwachsen. Grüßend treten sie zur Seite und eine von ihnen bemerkt keck: „Hat die alte Hexe wieder getobt?" Unter Franciscos tadelndem Blick errötet sie.

„Ich will, dass ihr euch um die Königin kümmert und sie ehrt, als sei sie eure eigene Mutter. Sie ist ein leidender Mensch und Gottes Geschöpf. Denkt an Jesu Wort: Was ihr dem geringsten meiner Brüder getan habt, habt ihr mir getan. Und was ihr der Sterbenden verweigert, wird euch verweigert werden. Habt ihr mich verstanden?"

Die Mädchen nicken und huschen wortlos weiter. Schon nach wenigen Schritten hört er sie wieder kichern.

Vergib ihnen, Herr, sie wissen nicht, was sie tun, denkt er, als er in seinem Zimmer auf den Betstuhl sinkt. In diesen Räumen behandelt man die arme Johanna seit fast einem halben Jahrhundert schlimmer als die niedrigste Magd. Jeder darf sich über sie lustig machen, sie beschimpfen, seinen Schabernack mit ihr treiben. Dass sie königlichen Geblüts ist, erhöht für Sklavenseelen nur den Reiz, sie besonders zu demütigen. Wer hier Dienst tut, wird nicht zu Respekt und Freundlichkeit angehalten, sondern dazu, Johanna das Leben zur Hölle zu machen, damit sie umso schneller diese Welt verlasse. Aber die Königin hat ihren wechselnden Kerkermeistern und deren Bediensteten den Gefallen nicht getan; sie machte ihnen ihrerseits das Leben zur Hölle. Und so wurden sie alle böse, die Gefangene ebenso wie ihre Wärter und Diener. Die beiden jungen Mädchen wird Johannas Tod vielleicht noch davor bewahren, so bösartig zu werden wie die anderen.

Wie ihn, den damals fünfzehnjährigen Pagen, Katharinas Hochzeit mit dem König von Portugal aus dem Gefängnis von Tordesillas befreite. Johannas jüngste Tochter war zwei Jahre alt gewesen, als ihr Großvater, König Ferdinand, ihre Mutter für wahnsinnig erklärte und sie gefangen setzte. Katharina wuchs in den dunklen Räumen des Schlosses von Tordesillas auf. Doch als man dann das elfjährige Mädchen zur Erziehung an den Königshof brachte, verweigerte es dort, wie ihre über die Trennung verzweifelte Mutter in Tordesillas, die Nahrung, weinte und klagte, bis man sie aus Sorge um ihr Leben der Mutter zurückgab.

Für den ahnungslosen Pagen Francisco Borja litt Königin Johanna an einer geheimnisvollen Krankheit, doch das schien ihm immer noch besser, als überhaupt keine Mutter zu haben. Er gab sich Mühe, seinen Dienst bei der jungen Prinzessin gut zu verrichten. Sie ritten miteinander aus, tanzten, musizierten und folgten dem Unterricht der für sie bestellten Lehrer.

Hin und wieder drangen Schreie aus den abgeschlossenen Gemächern der Königin, die ihn erschreckten. Eines Tages begegnete er Johanna unversehens auf dem Flur. Sie musste ihren Wärtern entwischt sein. Im Nachtgewand, mit wirren Haaren und verzerrten Gesichtszügen lief sie auf ihn zu. Er drückte sich furchtsam an die Wand, doch ehe sie ihn erreichte, überwältigten zwei Männer die Frau mit rohen Griffen und schleiften sie weg.

Francisco war von dem Gesehenen so verstört, dass er kaum noch redete. Katharina musste lange in ihn dringen, bis er ihr von dem Vorfall erzählte. Ihre Mutter sei nicht immer so, versuchte sie ihn zu beruhigen. Sie sei zwar krank, aber durchaus bei Verstand, nur peinigten brutale Diener sie manchmal bis aufs Blut.

Auf seine Frage, ob sie denn deswegen nicht bestraft würden, erzählte ihm Katharina unter dem Siegel der Verschwiegenheit, sie habe vor zwei Jahren ihren Bruder, Kaiser Karl, in einem Brief gebeten, für eine bessere Behandlung der Mutter zu sorgen. Sie dürfe nicht schreiben, nicht lesen, sich nicht im Freien ergehen, selbst die Aussicht von einem Fenster gönne man ihr nicht. Es sei ihr sogar verboten, ein Totengedenken am Sarg ihres Gemahls, König Philipp, in der Kapelle des anliegenden Klosters zu halten. Der Kaiser möge doch nicht länger zulassen, dass man ihrem gemeinsamen Vater das Gebet jener Frau verweigere, der Karl, sie und ihre Geschwister das Leben verdankten. Es ginge der Mutter sicher viel besser, wenn man ihr freundlicher und respektvoller begegne. Katharina hatte ihren Bruder inständig angefleht, christliche Nächstenliebe walten zu lassen. Doch er habe nie auf diesen Brief geantwortet.

Francisco war entsetzt gewesen. Wenn er seit dem Tod der Mutter auch bei seinem Onkel in Saragossa gelebt und den Vater nicht mehr gesehen hatte, war er doch sicher, dass dieser das Andenken seiner Gemahlin in Ehren hielt, wie er, Francisco, das Andenken seiner Mutter. Jeden Morgen nach dem Erwachen und jeden Abend vor dem Einschlafen betete er für das Seelenheil der Frühverstorbenen. Lautete nicht eins der Zehn Gebote: Ehre deinen Vater und deine Mutter, wie dir der Herr, dein Gott, geboten hat, damit du lange lebst und es dir gut geht in dem Lande, dass der Herr, dein Gott, dir gibt.

Es kann kein Segen auf dem jungen Kaiser Karl und auch nicht auf seinem Land liegen, wenn er so mit seiner Mutter umgeht, dachte Francisco damals.

Katharina sann auf Abhilfe, ihren Pagen von seiner Verstörung zu heilen. Bis heute weiß Francisco nicht, wie es der Siebzehnjährigen damals gelungen ist, von dem Oberaufseher die Erlaubnis zu erwirken, dass der Page die Prinzessin zu einem Besuch bei ihrer Mutter begleiten durfte.

Er erinnert sich an einen halbdunklen Raum, dessen Fenster nicht vor der heißen Sommersonne verhängt werden mussten, weil sie nur den Ausblick auf Mauerwerk freigaben. Er brauchte lange, ehe sich seine Augen an das Dämmerlicht gewöhnten und er die Frau auf dem Sitz in der Fensternische wahrnahm. Sie war sorgfältig frisiert und nicht prächtig, aber gut gekleidet. Zärtlich umarmte sie Katharina und wandte sich dann ihm zu. Übergroße dunkle Augen beherrschten ein fein modelliertes Gesicht, dessen Blässe ihn schaudern ließ. Er hielt sie für das Zeichen ihrer Krankheit und dachte nicht daran, dass diese Frau länger, als sein eigenes Leben währte, nicht mehr unter freiem Himmel gewesen war. Scheu stand er vor ihr, in bebender Furcht, sie könne jeden Augenblick aufspringen, tierische Schreie ausstoßen, sich die Frisur zerstören und wie eine Megäre durch den Raum jagen. Aber sie hieß ihn freundlich, Platz zu nehmen. Sie sei froh, dass er ihrer Tochter Gesellschaft leiste, denn sie habe viel Gutes über ihn gehört. Ob er sich nicht langweile in Tordesillas? Schließlich stamme er aus dem Süden, wo die Natur üppiger und die Menschen aufgeschlossener seien. Francisco, sonst um ein rasches Wort nicht verlegen, schüttelte nur den Kopf. Als die Königin ihn immer noch fragend musterte, räusperte er sich und stieß mit belegter Stimme einige Höflichkeitsfloskeln hervor.

„Erzähl mir von deinen Eltern, erzähl mir von Gandia", bat die Königin.

Francisco wusste, dass er mit der Königin irgendwie verwandt war, nun fürchtete er, etwas Falsches zu sagen. Auch erinnerte er sich ja kaum noch an Gandia, das Schloss, die Kirche, die Synagoge und die Moschee, die Anpflanzungen von Zuckerrohr und Südfrüchten. Aber jenen Tag, da die Mauren das Schloss gestürmt und ein Diener ihn, den Zehnjährigen, mit knapper Not vor dem blutgierigen Mob gerettet hatte, würde er sein Leben lang nicht vergessen, ebenso wie den Tod der Mutter ein Jahr zuvor. Sie war erst achtundzwanzig Jahre alt gewesen und hatte sieben Kinder geboren, von denen er der Älteste war. Nach ihrem Tod und der Eroberung von Gandia durch die Mauren waren die Geschwister auf Verwandte im ganzen Land verteilt worden, während der Vater die Rückeroberung seines Besitzes vorbereitete und eine neue Ehe einging.

Franciscos Rede wurde freier und lebhafter, vor allem, wenn er über seine Mutter sprach. Als die Königin zu weinen begann, hielt er erschrocken inne. Das Schweigen dauerte so lange, dass er sich wieder unbehaglich zu fühlen begann und sehnsüchtig auf ein Zeichen wartete, sich entfernen zu dürfen. Da hörte er die Königin sagen: „Deine Mutter und ich sind aus demselben Stamm gewachsen, aber deiner Mutter ist das bessere Los zugefallen."

Er hatte damals nicht verstanden, was sie meinte. Dass seine Großmutter eine uneheliche Tochter König Ferdinands war und damit eine Halbschwester der Königin Johanna, erfuhr er erst später. Ohnehin zählte es viel mehr für ihn, dass er nach seinem Vater der künftige Herzog von Gandia sein und zu den zwanzig Granden des Königreiches gehören würde.

Francisco schmerzte die Bemerkung der Königin. Wie konnte seine arme Mutter das bessere Los gezogen haben, wenn sie so früh sterben musste? Königin Johanna schien ihm hartherzig und verschlossen. An jenem Abend betete er noch inniger als sonst für seine junge schöne Mutter, die alte Frau in dem dunklen Gemach aber war ihm fortan gleichgültig.

Wie mitleidlos die Jugend doch selbst noch im Mitleiden ist, denkt Francisco jetzt. Was ihr begegnet, erregt ihre Neugier, feuert sie an oder drückt sie nieder, aber es erreicht nicht wirklich ihr Herz. Das muss wohl auch so sein, denn wie ertrüge das noch ungehärtete Naturell das Leid dieser Welt, ohne an ihm zu zerbrechen. Wie fände die Jugend sonst zur Tat?

Als er nach Katharinas Hochzeit in den erzbischöflichen Palast von Saragossa zurückkehrte, dessen Herr, sein Onkel, Vaterstelle an ihm vertrat, und sich dem Studium der Philosophie widmete, vergaß er die seltsame Frau, die man die Wahnsinnige nannte. Auch als er wenige Jahre später am Hof Kaiser Karls lebte, schob er die Erinnerung an Tordesillas, wenn sie sich denn einstellte, schnell beiseite. Anderes beschäftigte ihn. Die Welt eines Zwanzigjährigen ist noch im Werden und voller Verheißungen.

Warum sollte er zurückschauen? Er freite um die schöne und kluge Donna Eleonore de Castro, die Hofdame von Karls Gemahlin, wurde Oberstallmeister der Kaiserin und genoss die Freundschaft und innige Vertrautheit mit dem kaiserlichen Paar, das nur wenig älter war als er und Eleanora.

Die Eitelkeit der Welt hielt ihn gefangen. Nie kam er auf den Gedanken, Karl nach seiner Mutter zu fragen, obwohl er doch selbst nach wie vor seiner eigenen Mutter innig im Gebet gedachte. Er ritt mit dem Kaiser zur Jagd, nahm an Galaaufzügen und Turnieren teil, vergnügte sich mit Karl beim Fechten, Reiten und Ballspiel. Sie frönten beide dem Studium der Mathematik, Mechanik und Musik, sprachen intensiv über Religion und Philosophie.

Im Rückblick erscheinen Francisco die beiden Jahre in Valladolid, bevor Karl nach Deutschland zog, als die hohe Zeit ihrer Freundschaft. Er war zwanzig, schon Gatte und Familienvater, ein glänzender Kavalier, bevorzugter Freund des zehn Jahre älteren Kaisers. Später verlor sich diese Nähe und das lag ebenso an ihm wie an Karl.

Warum haben wir nie über unsere Eltern gesprochen, fragt sich Francisco zum wiederholten Male, nie über die arme Gefangene von Tordesillas? Aus Scheu? Aus Angst vor Verletzungen? Oder weil wir uns so viel besser dünkten als Karls Eltern: der leichtlebige schöne Philipp, der starb, bevor er Kaiser werden konnte, und seine vor Liebe wahnsinnige Frau Johanna?

Schwerfällig erhebt sich Francisco aus dem Betstuhl. Er wird sich heute Nacht geißeln müssen, damit der Schmerz ihn endlich aufs Gebet lenkt.

Als er zuvor noch einmal nach der Kranken sieht, glaubt er seinen Augen nicht zu trauen. Neben ihrem Bett steht der Alte, den er am Vortag auf der Meseta getroffen hat, und unterhält sich mit Johanna. Die Königin lächelt schwach und ein Abglanz davon trifft auch Francisco, als sie den Kopf nach ihm wendet. Ehe er den Alten fragen kann, wie er in das schwer bewachte Schloss gekommen sei, hat der sich schon verbeugt und den Raum verlassen.

Froh, dass die Königin bei Bewusstsein ist und ihn nicht wegschickt, erzählt Francisco von seiner Begegnung mit dem Alten und von seinem Gefühl, ihn zu kennen, aber nicht zu wissen, woher. „Helft mir", bittet er. „Wer ist dieser Mann?"

Johannas Blicke wandern über die Zimmerdecke, als suche sie in den dort zuckenden Schatten des Kerzenlichts nach einer Antwort. Nach einer Weile sagt sie: „Ich kenne ihn, seit ich denken kann. Und immer schien er mir schon so alt wie jetzt. Ich glaube, er stand schon bei Jesus unterm Kreuz."

Wahrscheinlich deliriert sie, denkt Francisco, aber er versucht es noch einmal. „Wie heißt dieser Mann? Ist er ein Mönch, ein Pilger, ein Bettler?"

Johanna schaut ihn hellwach und ein wenig traurig an, weil er nicht versteht, wovon sie spricht. Hat sie nicht alles gesagt? Das Sprechen fällt ihr offensichtlich schwer. Mit einem Wink bedeutet Francisco der Zofe im Hintergrund, der Kranken etwas zum Trinken zu reichen. Eilfertig springt das Mädchen mit einem Glas herbei. Als sie es der Königin reichen will, schlägt die mit einer Kraft, die man ihrer Schwäche nicht zugetraut hätte, nach der Zofe,

sodass sich der Wein auf die Zudecke ergießt. „Weg!",
kreischt sie, „ich lasse mich nicht vergiften!"

Francisco streicht beruhigend über ihre Hand. „Niemand will Euch vergiften, meine Königin." Dann holt er
ein neues Glas, hebt vorsichtig den Kopf der Greisin an
und führt ihr den Wein an die Lippen. Auf sein Zureden
nimmt sie einen Schluck und sinkt dann mit einem Seufzer in ihr Kissen zurück. „Alle haben mich verraten, alle,
nur Pippo nicht. Du, Priester, bist zwar ein guter Mensch,
aber verraten hast du mich auch. Er aber ist immer da,
wenn ich ihn brauche. Er kommt aus dem Nichts und geht
ins Nichts. Plötzlich und ungerufen ist er da, lindert meine Schmerzen und macht mich lächeln. Ist das nicht wunderbar?"

„Ja", erwidert Francisco, „das ist wirklich ein Wunder.
Aber wie gelingt es Pippo, Eure Schmerzen zu lindern?"

Johanna schließt die Augen. Sie sei müde, er möge später wiederkommen. Ihre Stimme klingt mädchenhaft hell
und zutraulich.

Dienstag

Franciscos Erkundungen nach dem geheimnisvollen Fremden, den die Königin Pippo nennt, sind ergebnislos geblieben. Im Schloss kennt ihn keiner, und wo er seit gestern
Abend in der Stadt nachgefragt hat, weiß niemand von ihm.
Die Königin zeigt sich ihm nun zwar zugänglicher, aber das
mag auch an ihren schnell nachlassenden Kräften liegen.
Von einem Sündenbekenntnis, um ihre Seele zu erleichtern
und sich mit Gott zu versöhnen, will sie nach wie vor nichts
wissen und er dringt nicht in sie. Sie schläft, sie stöhnt vor

Schmerzen, fantasiert im Schlaf, wacht auf und schaut ihn mit schreckgeweiteten Augen an. Dann legt er sein Brevier beiseite, nimmt ihre Hand und sagt: „Habt keine Angst, der Gekreuzigte liebt Euch, er hilft." All das vollzieht sich im immer gleichen Rhythmus: Schlaf oder Bewusstlosigkeit, Stöhnen, Fantasieren, schreckhaftes Erwachen, seine Versuche, sie zu trösten. Francisco ist nicht sicher, ob sie ihn erkennt. Er zwingt sich, unterbrochen von Pausen, so lange wie möglich am Lager der Sterbenden auszuharren.

Sechs Kinder hat die Königin geboren und keines von ihnen leistet ihr Beistand. Welches Verhängnis lastet auf dieser Frau, der Mutter eines Kaisers, eines Königs und von vier Königinnen, dass sie so verlassen von allen leben musste und im Sterben so allein ist? Der älteste Sohn, Kaiser Karl, weilt in Brüssel, der zweite Sohn, Ferdinand, residiert als römisch deutscher König in Wien. Von den vier Töchtern, alle mit Königen verheiratet, leben noch drei: in Frankreich, den Niederlanden und in Portugal. Bis auf die jüngste Tochter Katharina kann sich wahrscheinlich keines der Kinder, von den Enkeln ganz zu schweigen, an Johanna erinnern. Kaiser Karl war noch nicht einmal zehn, als man ihn von seiner Mutter trennte. Nur dessen Sohn, König Philipp, hat der Großmutter hin und wieder gedacht, aber er betreibt zur Zeit in London seine Hochzeit mit Maria von England. Doch auch ihn kann sich Francisco nicht am Lager Johannas vorstellen. Er kennt Philipp von der Wiege an, er ist unter seinen Augen aufgewachsen: ein bedächtiger, kluger, aber verschlossener Mensch. Oft befallen von einer Schwermut, die wohl das Erbe seiner Großmutter Johanna ist.

Als die Mägde kommen, die Königin frisch zu betten, zieht sich Francisco zurück. An der Tür begegnet er der Zofe, die am Vorabend, als er den Fremden bei der Königin traf, anwesend gewesen ist. Er fragt sie, ob sie sich an den Alten erinnert und ob sie weiß, wo er ihn finden kann.

Das Mädchen schaut ihn verständnislos an. Da sei niemand gewesen, jedenfalls habe sie niemanden bemerkt.

Aber die Königin habe ihn doch Pippo genannt, beharrt Francisco.

Die Königin rede so viel wirres, unverständliches Zeug, da höre sie gar nicht mehr hin, erwidert das Mädchen.

Francisco geht ohne ein weiteres Wort. Ihm ist plötzlich elend und der Weg bis zu seiner Kammer dehnt sich endlos. Er führt sein Unwohlsein auf die schlechte Luft im Zimmer der Sterbenden zurück, doch ganz tief innen weiß er, dass die Erscheinung des rätselhaften Fremden ihn aus dem Gleichgewicht bringt.

Vielleicht sucht ihn ein Wahngebilde heim. Aber er sieht ihn doch deutlich vor sich: die hochgewachsene, leicht gebeugte Gestalt, der lange schäbige Mantel mit der Kapuze in der erdbraunen Farbe der Franziskaner, der eisgraue Bart, die wachen funkelnden Augen unter einer hohen Stirn, die Adlernase, die schmalen Hände, Zeichen einer edlen Abstammung. Der Alte erinnert ihn an den Mönch Juan, den er in seiner Zeit als königlicher Gouverneur von Katalonien in Barcelona kennengelernt hat und Freund nennen durfte. Der Gebetsgeist, die Visionen und die Bußstrenge dieses Franziskaners hatten ihn damals sehr beeindruckt und auf den Weg der Askese geführt. Erscheint er ihm nun als Wiedergänger, allen anderen unsichtbar?

Francisco sinkt auf die Knie. „Mein Herr und mein Gott, lass mich nicht wahnsinnig werden! Du brauchst nüchterne tatkräftige Diener auf dieser Erde, keine von Fantasiegebilden verfolgten Träumer. Hilf mir, wach zu sein!"

Er reißt sich die Kleider vom Leibe und beginnt sich zu geißeln. Bei jedem Schlag auf den nackten Rücken stöhnt er vor Schmerz und schlägt doch wieder zu, um sich über den Schmerz mit der Wirklichkeit zu verbinden. „Es muss sein, Pater Ignatius", murmelt er.

Fast auf den Tag genau acht Jahre sind vergangen, seit seine über alles geliebte Frau Eleanora, die Mutter seiner acht Kinder, gestorben ist. Zwei Monate später legte er das Gelübde ab:

„Im Namen unseres Herrn Jesus Christus mache ich, Franciscus von Borja, Herzog von Gandia, das Gelübde der Keuschheit und des Gehorsams dem Oberen der Gesellschaft Jesu, wenn er mich aufnehmen will, für jedes beliebige Amt, sei es Pförtner oder Koch oder sonst etwas, sobald ich die Geschäfte erledigt haben werde, zu denen ich im Gewissen verpflichtet bin; und dieses Gelübde, der Gesellschaft anzugehören, wenn man mich aufnimmt, legte ich ab am 2. Juni, am Vorabend von Christi Himmelfahrt: Der Herzog von Gandia."

Es dauerte noch einmal vier Jahre, bis er alle seine Verbindlichkeiten in der Welt geregelt hatte und nach Rom zu Pater Ignatius aufbrechen konnte. Bis auf seine Söhne und Töchter wusste noch niemand von seinen geistlichen

Plänen. Bei Hofe wunderte man sich zwar über seinen tugendhaften Lebenswandel, erklärte ihn sich aber aus der anhaltenden Trauer über den Tod seiner Frau.

Pater Ignatius selbst hatte darauf bestanden, mit aller Vorsicht zu Werke zu gehen. Wenn einer der zwanzig Granden Spaniens, der Urenkel des aragonischen Königs Ferdinand und des berühmt-berüchtigten Borja-Papstes Alexander VI. in die neu gegründete Gesellschaft Jesu eintrat, konnte das einen gewaltigen Schub für die junge Gemeinschaft bedeuten, ihr aber auch zum Nachteil ausschlagen, wenn daraus Feindschaft erwuchs. In den langen Briefen, die Pater Ignatius mit Francisco wechselte, warnte ihn der Ordensgeneral auch immer wieder vor übertriebenen Gebetsübungen und zu harter Askese. Einmal schrieb er ihm: „Von hundert Menschen, die sich langen Gebeten und Bußübungen hingeben, zieht sich die Mehrzahl große Schäden zu, besonders einen starren Sinn."

Unter dem Vorwand, im Heiligen Jahr 1550 eine Pilgerfahrt nach Rom zu unternehmen, hatte Francisco für immer Abschied von seiner Familie und von Gandia genommen. In Rom empfingen ihn der Papst und die fürstlichen Verwandten mit großen Ehren, noch ahnten sie nichts von seinen Plänen. Doch er fieberte nur der Stunde entgegen, in der er endlich Pater Ignatius persönlich von Angesicht zu Angesicht begegnen durfte. Sie waren sich vom ersten Augenblick an nahe gewesen. Nur widerwillig duldete der Pater, dass Francisco ihn bei Tisch bediente. In ihren Gesprächen warnte Pater Ignatius ihn erneut vor übertriebener Askese und dem Glauben an wundersame Begebenheiten. Francisco neige in seinem Streben, Gott nahe zu sein, zu Selbstquälerei und Gutgläubigkeit. Gar zu oft nutze der Teufel die Schwächung des menschlichen Körpers, um göttliche Offenbarungen vorzugaukeln und auf diese Weise die Büßenden als satanisches Werkzeug zu nutzen.

Weniger beten, mehr Schlaf, genügend essen, riet er Francisco, dann blieben auch jene Versuchungen aus, die sich als göttliche Offenbarungen tarnten. Aus Pater Ignatius´ Worten sprach die Sorge um ausdauernde, kraftvolle Gottesstreiter. Aber wie das mit Ratschlägen so ist: Pater Ignatius hielt sich selbst nicht daran. Er verlangte seinem kranken Körper durch Gebetsübungen und Fasten das Äußerste ab, während er seinen Gefährten zur Mäßigung riet. Dennoch hat Pater Ignatius ihn richtig eingeschätzt. Francisco neigt zu Übertreibungen, wie viele meinen, und die er, Francisco, konsequentes Handeln nennt. Dabei sieht er durchaus die Gefahr, dass der Teufel sich einmischt und das Streben nach Vollkommenheit im Dienste Gottes ausnutzt, um Stolz, Härte und Ehrsucht zu nähren. Aber Francisco müht sich um die Kraft der Unterscheidung.

Den schmerzenden Rücken gebeugt, vernimmt er jetzt klar und deutlich eine Stimme und die Worte: „Sieh mein Elend an und rette mich, denn ich habe deine Weisung nicht vergessen." Es war eine Frauenstimme, Johannas Stimme! Sie ruft ihn.

Und wenn die ganze Welt ihn für verrückt erklärt, er täuscht sich nicht. Entschlossen erhebt sich Francisco und legt seine Kleider an. Was er gehört hat, hat er gehört, und was er gesehen hat, hat er gesehen. Er ist einem alten Mann begegnet, den niemand sonst bemerkt hat als er und Johanna. Seine Worte sind ebenso rätselhaft wie seine Wirkung auf die Königin. Das alles bedeutet doch aber nicht, dass es ihn nicht gibt. Gott ist größer als unser Herz und unser Verstand.

Er, Francisco, ist so wenig wahnsinnig wie die Königin, wenn er sieht, was andere nicht sehen, und hört, was andere nicht hören. Normalität ist eine unausgesprochene Übereinkunft zwischen unterschiedlichen Menschen, sich das Leben zu erleichtern, indem man sich an Gottes Gebote hält: Du sollst nicht töten, nicht stehlen, nicht ehebrechen, kein falsches Zeugnis ablegen wider deinen Nächsten, nicht begehren deines Nächsten Hab und Gut, sollst deine Eltern achten und ehren. Aber in dieser aus Rand und Band geratenen Welt gelten jene als normal, die Gottes Gebote missachten, und jene, die sie befolgen und auf ihre Einhaltung drängen, als wahnsinnig.

Bei seiner Rückkehr ins Krankenzimmer findet Francisco Johanna schlafend. Ihr Gesicht ist immer noch schön, wenn nicht ungute Gedanken es zerstören. Bald wird der Tod es auflösen und die Schönheit Johannas, der die Maler vor Zeiten Dauer zu geben versuchten, wird nur noch ein Schatten flüchtiger Erinnerung sein.

Während er Johanna betrachtet, erscheint ihm das Bild Isabellas, der Gemahlin von Kaiser Karl. Fast zehn Jahre hatten er und seine Gemahlin Eleonore ihr als Oberstallmeister und als Oberhofmeisterin gedient. Die Frauen waren Freundinnen wie er und der Kaiser Freunde, ihre Kinder wuchsen gemeinsam auf. Der Kaiser war der lebensfrohen und wunderschönen Isabella von Herzen zugetan, auch wenn er sie wegen seiner häufigen Feldzüge jahrelang allein lassen musste und ihr dann wohl auch nicht die Treue hielt. Francisco verehrte Isabella so sehr, wie er seine Frau liebte.

Doch je länger er bei Hofe lebte, umso deutlicher spürte Francisco Veränderungen mit sich vorgehen, die er nicht deuten konnte. In all dem Glanz und Glück überfiel ihn immer häufiger ein Unbehagen, als sei er von etwas Dunklem, Gefährlichem bedroht. Fieberanfälle suchten ihn heim. Er verlor seine schlanke Gestalt und wurde schwerfällig und melancholisch. Um seine innere Unruhe zu besänftigen, begann er Bücher religiösen Inhalts zu lesen. Die Evangelien, die Briefe des Apostels Paulus und die Schriften der Kirchenväter fesselten ihn zunehmend. Dann hob er den Blick von den Büchern und sah, wie wenig sein Leben und das bei Hofe den Worten Jesu entsprach. Überall Vergnügungssucht, Gier nach Besitz, vor allem nach dem Gold, das aus den eroberten Gebieten in Amerika floss, Heuchelei, Selbstgerechtigkeit und Machthunger im hohen Klerus. Das Recht des Stärkeren regierte. Gerechtigkeit und Barmherzigkeit waren Fremdworte. Francisco hatte alles erreicht, wovon man nur träumen kann – eine hohe Stellung bei Hofe, die Freundschaft des Kaiserpaares, die Liebe einer wunderbaren Frau, gesunde Kinder, und doch fühlte er sich mit seinen noch nicht einmal dreißig Jahren müde und am Ende. Was sollte er tun? Abenteuer und kriegerische Auseinandersetzungen lockten ihn nicht, obwohl er vorzüglich mit Waffen umzugehen verstand. Ihn zog es, das fühlte er unbestimmt, in die Nachfolge Christi. Aber er befand sich in der Situation des Jünglings, der traurig davongegangen war, als Jesus ihm geraten hatte, all sein Hab und Gut zu verkaufen und den Erlös den Armen zu schenken. Er liebte Eleonore und die Kinder, er war für sie verantwortlich. Nach dem Tode seines Vaters würde er Herzog von Gandia sein und nach ihm sein ältester Sohn. Durfte er ihm dieses Erbe nehmen und in die Armut schicken, nur weil es ihn selber dorthin zog? Francisco verbarg seine inneren Kämpfe vor allen. Niemand in seiner Umgebung hätte das geradezu schmerzhafte Verlangen verstanden, ein äußerlich glanzvolles Leben gegen die Kutte eines Bettelmönchs einzutauschen. Nur ein geistig Kranker, ein Verrückter, konnte auf einen solchen Gedanken kommen, nicht aber der künftige Herzog von Gandia.

Und dann geschah das Unglück, das die Entscheidung brachte. Mitten im Festgepränge, das Kaiser Karl zu Ehren der Cortes in Toledo veranstaltete, überfiel Kaiserin Isabella ein heftiges Fieber und sie starb nach wenigen Tagen im Alter von nur sechsunddreißig Jahren. Der verzweifelte Kaiser zog sich in das Hieronymiten-Kloster Sisla zurück, unfähig und unwillig, bei der Bestattung zugegen zu sein. Francisco und dem zehnjährigen Kronprinzen Philipp oblag die Überführung der Leiche zur königlichen Grablege nach Granada.

Am 2. Mai 1539 schob sich der glänzende Zug aus den Toren Toledos. Der Leichnam lag in einem Bleisarg und wurde in einer Sänfte getragen. Zwei Wochen später erreichte man bei sommerlicher Hitze Granada. Unmittelbar vor dem Totenoffizium musste die Tote, so wollte es der Brauch, noch einmal identifiziert werden. Als Francisco sah, was vierzehn Tage aus der eben noch weithin gerühmten Schönheit Isabellas gemacht hatten, fühlte er sich einer Ohnmacht nahe. Er wagte nicht, die Echtheit des Leibes zu beschwören, sondern leistete nur einen Eid darauf, dass bei der aufgewandten Wachsamkeit unterwegs ein Austausch des Leichnams als ausgeschlossen gelten müsse.

Die folgenden Nächte fand er kaum Schlaf. Das Grauen vor dem Tod schüttelte ihn. Das also blieb von aller Pracht, Macht und Herrlichkeit des Menschen! Sein Dienst, auf den er so stolz gewesen war und in den er sein ganzes Herz und all seinen Verstand gelegt hatte, hatte nur dem schönen Schein gegolten. All sein Tun war eitel und weniger als ein Windhauch. Auch Kaiser Karl war ein Toter mit all seinen Feldzügen, seinem Ruhm und dem Reichtum aus Amerika. Wohin Francisco in den folgenden Tagen auch ging, was er auch tat, überall glaubte er, den Gestank der Verwesung wahrzunehmen. Die feierliche Bestattungszeremonie ergriff ihn nicht. Der Satz aus dem Evangelium nach Lukas „Was sucht ihr den Lebenden bei den Toten?" ging ihm nicht aus dem Sinn. Er hatte bisher den Toten gedient, ihrer vorgeblichen Macht, ihrem flüchtigen Glanz, und darüber jenen verleugnet, der den Weg wies zur Wahrheit und dem Leben – Jesus Christus. Sein Glaube, seine Gebete waren ihm zur tödlichen Gewohnheit geworden und hatten ihn in einer trügerischen Sicherheit gewiegt. Doch Christus hat sich die Wahrheit genannt und nicht die Gewohnheit. Ihm zu folgen heißt, in die unberechenbare Freiheit wahren Lebens aufzubrechen.

In der dritten Nacht in Granada legte er das Gelübde ab, in einen geistlichen Orden einzutreten, falls seine Frau vor

ihm sterbe und Alter und Gesundheit ihn dann noch be-
fähigten.

Fortan sah er seinen Weg klar vor sich. Der Urenkel
eines machtbewussten Papstes und eines nicht minder
machtbewussten Königs, der die Kutte nahm und als ein-
facher Bruder unter Brüdern lebte, konnte von der Welt
nur Hohn und Spott erwarten. Aber eben von einer Welt,
die sich dem Fürsten der Finsternis verschrieben hat. Ihn
drängte es in das Licht, dem die Finsternis nichts mehr anhaben kann. Es dauerte noch Jahre, bis er sein Gelübde erfüllen konnte, aber seit den Tagen von Granada hatte er
sein Leben ganz in Gottes Hände gelegt und das befreite
ihn und gab ihm die Freude zurück.

Bis heute empfindet er Trost im Gedanken an Kaiserin Isabella und Dankbarkeit für das, was Gott an ihr und
ihm, Francisco, durch ihren Tod gewirkt hat.

Welche Botschaft aber birgt das Sterben dieser Königin,
die ihre Schwiegertochter Isabella nie kennengelernt und
von ihrem Tod nie erfahren hat? Hier neigt sich, wenn
auch schmerzhaft, so doch ganz natürlich, ein Menschenleben. Das Leben einer Gefangenen, gefangen in sich
selbst und hinter Mauern aus Stein, verachtet und vergessen von der Welt. Es würde ihr nicht helfen, wenn er
ihr von Isabella erzählte. Trost und Freude kommen von
Gott in ein dafür bereitetes Herz, man kann sie niemandem einreden.

Die Kranke hat einige Male geseufzt, während Francisco seinen Gedanken nachhing. Nun beginnt sie unruhig
zu werden, versucht, sich auf die Seite zu drehen, was ihr
Schmerzen bereitet. Sie schimpft undeutlich, aber sie ist

nicht bei Besinnung. Er versteht nur die Namen Philipp und Karl.

Die Welt hält Johanna für wahnsinnig, denkt Francisco, wie ihn auch. Andere, wie der rätselhafte Alte, nennen ihn einen Heiligen. Und doch ist er nicht verrückt und vom Heil unendlich weit entfernt. Vom Kirchenvater Augustinus stammt das Wort: „Auf Gott hin sind wir geschaffen und ruhelos ist unser Herz, bis es Ruhe findet in Ihm." Wir suchen, irren, fallen, stehen auf und suchen, irren, fallen, erfüllt von einer brennenden Sehnsucht, die im Irdischen nicht gestillt werden kann. Deshalb soll, wer die Welt gefunden hat, auf die Welt verzichten und sich der Ewigkeit zuwenden. Aber ungleich ihrer seligen Mutter Isabella von Kastilien hat Johanna die Welt nie gesucht, sondern ist nur ihren Vorstellungen von der Welt nachgejagt. So verlor sie beides aus den Augen – die Welt und Gott. Was trieb oder was zwang sie auf diesen Weg der Gott- und Menschenferne? Er wird es nie erfahren. Als er geboren wurde, lebte sie schon als Gefangene in Tordesillas und es gibt wahrscheinlich niemanden mehr, der über ihre Kindheit und Jugend, als sie noch im Vollbesitz ihrer Kräfte war, Auskunft geben könnte.

Johannas Stöhnen wird zum Schreien. Er kann sie nicht beruhigen. Aller Schmerz der Welt scheint sich auf diesen armen Körper geworfen zu haben. Aber sie vermag das Leiden nicht anzunehmen, um es Gott zu überantworten. Wie der alttestamentarische König Antiochius liegt sie mit verrenkten Gliedern, ihr Fleisch verfault bei lebendigem Leibe, und der Verwesungsgeruch verpestet das ganze Schloss. Francisco erträgt nicht länger den Anblick. Er lässt nach dem Arzt rufen, damit er der Kranken ein Betäubungsmittel verabreiche. Aber er weiß, dass ihre seelische Pein noch größer ist als ihre leibliche. Was soll er nur tun, um eine verstörte Seele zu erreichen, die so wütend gegen jegliche Hilfe aufbegehrt?

Mittwoch

Mitternacht ist lange vorbei, aber noch kündet kein Schimmer am östlichen Himmel den heraufziehenden Tag. Francisco hat ein paar Stunden unruhigen Schlafes gefunden. Nun betet er wie die Tage zuvor für Johanna um die Barmherzigkeit eines guten Todes und einer befreiten Seele und bestürmt doch den Himmel mit seiner eigenen Not: „Was betrübst du dich, meine Seele, und bist so unruhig in mir? Meine Tränen sind meine Speise Tag und Nacht, weil man täglich zu mir sagt: Wo ist nun dein Gott?"

Er glaubt fest daran, dass Johannas Schicksal ebenso wie seines in Gottes Händen liegt und den Verzweifelnden nur Gebet und Opfer helfen. Dennoch leidet er darunter, nichts weiter tun zu können als zu beten. Immer noch und immer wieder peinigen ihn die Ungeduld und das Verlangen nach schneller und entschiedener Tat, die ihn einst als Oberstallmeister der Kaiserin, als Vizekönig von Katalonien, als Herzog von Gandia auszeichneten. Er war zum Regieren geboren und ans Regieren gewöhnt, bei aller Demut und Liebe zur Zurückgezogenheit. Nun hockt er schon den dritten Tag untätig im Schloss von Tordesillas. In den Noviziaten von Sevilla, Granada und Simancas warten Jünglinge, die in Hingabe an Gott und für die Gesellschaft Jesu brennen, auf seine Anwesenheit und seinen Rat. Streitigkeiten von Untergebenen gilt es zu schlichten, Familiensorgen der ihm Anvertrauten durch Briefe an die Eltern mild aufzulösen. Wenn Johanna ihn auch nicht mehr abweist, so ist er doch keinen Schritt bei ihr vorangekommen. Wie lange soll er noch hier bleiben – einen Tag, eine Woche? Warum ist er dem Ruf aus Tordesillas gefolgt, der eigentlich kein Ruf, sondern nur eine lapidare Nachricht des Schlossverwalters über den Zustand der Gefangenen gewesen ist. Weder Johanna noch jemand aus der Königsfamilie haben nach ihm verlangt. Ist er vielleicht dem Hochmut, nur er allein vermöge die Seele der Königin zu retten, zum Opfer gefallen? Oder kam er aus wohlfeilem Mitleid, gar Selbstmitleid? Was will er noch hier? Bei der Bewusstlosen ausharren und die Sterbegebete sprechen kann auch der hier ansässige Priester. Das Osterfest steht vor der Tür, er hat Freunden versprochen, es mit ihnen in Valladolid zu begehen.

Das Geräusch der sich öffnenden Tür lässt Francisco zusammenfahren. Als er den Alten, den Johanna Pippo nennt, im Raum stehen sieht, ist er so erleichtert, aus seiner hilflosen Einsamkeit erlöst zu werden, dass er keinen Gedanken daran verschwendet, ob ihn eine Wahnvorstellung heimsucht. Er springt auf und bietet dem Besucher einen Stuhl an.

„Ihr kommt zur rechten Zeit", sagt er, „länger hätte ich nicht auf Euch warten können."

Der Alte lächelt, setzt sich und schlägt seine Kapuze zurück. „Verzeih einem alten Mann, der dich warten ließ. Dein Herz ist jünger und schlägt ungeduldiger als meins, das schon die Ewigkeit schaut, deshalb erscheint dir die Zeit so lang."

Nach diesen Worten schließt der Alte die Augen. Endlos dehnt sich die Stille. Francisco kann nicht erkennen, ob sein Gegenüber nachdenkt oder in einen leichten Schlummer nach Greisenart gefallen ist. So erhebt er sich schließlich behutsam, um sein Brevier zu holen.

„Bleib", sagt der Alte mit hellwacher Stimme, „heute beten wir die Matutin nicht nach dem Brevier, sondern nach dem Leben. Auch wenn ich ein alter Narr bin, kann ich dir vielleicht helfen. Ich kenne dich und noch besser Johanna. Gott rief dich nach Tordesillas und ich habe mit meinem Gebet etwas nachgeholfen, damit sein Ruf nicht auf taube Ohren trifft. Ich konnte die arme Königin Johanna zwar manchmal zum Lachen bringen, aber jetzt taugen meine Späße nicht mehr. Nun braucht sie einen geweihten Priester, um endlich mit Gott und der Welt Frieden zu schließen. Nicht irgendeinen Priester, sondern dich. Warum? Weil du ihr ähnlich bist und sie verstehst. Deshalb fürchtest du sie und fühlst dich zugleich zu ihr hingezogen. Sie ist eine skorpionische Natur wie du, einsam unter Menschen und doch voller Liebe, zerrissen zwischen glühender Hingabe und dem Misstrauen gegen das eigene Urteil."

Francisco hört verwundert zu. Wer ist dieser Mann, der mit ein paar Sätzen eine Schneise durch das Dickicht seiner verworrenen Gedanken schlägt?

Der Alte scheint in ihm lesen zu können wie in einem offenen Buch: „Nenn mich einfach Pippo. Das gefällt mir besser als Philipp und mit einem anderen Namen bin ich nie gerufen worden. Ich bin ich weiß nicht, wer, ich komme ich weiß nicht, woher, ich gehe ich weiß nicht, wohin.

Ich kenne weder meine leiblichen Eltern noch mein genaues Alter. Meine ersten Erinnerungen verbinden sich mit dem Königshof. Johannas Mutter Isabella mochte mich, Johannas Vater Ferdinand hasste mich. Immer gab es Menschen, die mir gut waren, und Menschen, die mich verfolgten, und von keinem erfuhr ich je, warum. Manchmal durfte ich mit der kleinen Johanna spielen, dann wieder steckte man mich unter die Dienstboten. Vielleicht bin ich ein Bastard, in einer unbedachten Liebesstunde unstandesgemäß gezeugt. Für die einen schien ich ein Makel, gar eine Bedrohung zu sein, für die anderen ein Stein in einem mir unbekannten Spiel. Vielleicht bin ich gar ein Jude oder ein Moslem von Geburt. Wer weiß das in einer Welt, in der jeder jeden verfolgt? Gleichwie: Alles ist möglich und schon lange nicht mehr wichtig. Mal ging es mir gut, mal ging es mir schlecht und oft musste ich um mein Leben fürchten. Meine Gabe, mich unsichtbar zu machen, hat mich geschützt und mehr als einmal gerettet."

„Wie macht man sich unsichtbar?", wirft Francisco belustigt ein.

„Das besorgt schon die Welt, die so sehr am Scheine hängt. Sie nimmt nur den wahr, der sich herausputzt und aufdrängt: den Prahler, den Wichtigtuer, jenen, der nach Amt und Würden giert, den Glanz der Mächtigen sucht. Doch den im Schatten sieht man nicht. Als Knabe war ich ehrgeizig und geltungssüchtig wie die meisten meines Alters. Doch ich machte eine seltsame Erfahrung. Wenn ich glaubte, in hoher Gunst zu stehen, Johanna mit meinen Späßen unterhielt und sogar mit ihr zusammen lernen durfte, geschah es plötzlich, dass Höflinge, ja sogar Dienstboten meinen Gruß überhörten. Man übersah mich, sah durch mich hindurch, als gäbe es mich nicht. Ich wunderte mich, grämte mich und fand mich schließlich damit ab. Die Nichtbeachtung, die viele Menschen tödlich kränkt, begriff ich schon früh als Freiraum für mich. In meiner Einsamkeit nirgendwo zugehörig, lernte ich, mich auf meinen wirklichen Vater im Himmel zu verlassen, statt um die Anerkennung von Dummköpfen zu buhlen. Ich legte es nun geradezu darauf an, mich weder in Kleidung noch im Auftreten hervorzutun und in den Augen der Welt als ein Nichts zu gelten. Bald wagte ich es, mich unbemerkt an Wachen vorbeizuschleichen, mir zu holen, was ich brauchte, zu hören und zu sehen, was ich wollte, und Verfolgern zu entkommen. Für Menschen, die etwas zu sein glauben, gleich, welche Rolle sie auf der Bühne der Welt voller Überzeugung von ihrer eigenen Wichtigkeit spielen, bin ich ein Niemand. Aber Gott, der mich in meiner Nichtigkeit von Anfang an gekannt und geliebt hat, ließ mich auch immer wieder Menschen begegnen, die mich erkannten und liebten. Johanna gehörte zu ihnen. Wie unauffällig ich auch daherkam, an ihr führte kein Weg vorbei. Sie sieht mit dem Herzen."

Francisco lächelt skeptisch. Königin Johanna hat nie etwas anderes als sich selbst gesehen. Wahrscheinlich redet der Alte in Gleichnissen. Er meint, aus seinen Worten einen versteckten Vorwurf an sich, den einstigen Granden, den noch immer Standesbewussten, herauszuhören. Er hatte nie zu den Unsichtbaren gehört und das auch nicht für erstrebenswert gehalten. Anerkannt und für seine Fähigkeiten bewundert zu werden, war ihm immer wichtig gewesen. Erst seit seiner Bekanntschaft mit dem Franziskanermönch Juan in Barcelona hatte er sich um Bescheidenheit gemüht und gegen sein hochfahrendes Wesen angekämpft. Und wie sehr hatte es ihn selbst dann noch gedemütigt, als er trotz Kaiser Karls Versprechen, Oberhofmeister der Infantin Maria, König Philipps portugiesischer Frau, zu werden, vom portugiesischen Hof abgelehnt wurde und Karl und dessen Sohn Philipp nichts unternahmen, seine Ehre wiederherzustellen. Das ist zwölf Jahre her und noch immer fühlt er bei der Erinnerung daran einen leisen Schmerz in der Brust. Seinem Freund Peter Faber hatte er damals zwar geschrieben: „Es ist klar: Die Sinne täuschen uns. Mögen die andern sagen, was sie wollen, ich weiß, dass jene allein groß sind, die ihre Kleinheit erkennen; dass die Reichen nicht die sind, welche besitzen, sondern die nicht nach Besitz verlangen, und dass nur jene in Wahrheit in Ehren sind, die nach Gottes Ehre und Verherrlichung trachten. Mag darüber der Tod kommen oder das Leben dauern, von einem solchen Mann kann man sagen: Bereit ist sein Herz, auf den Herrn zu harren." Das klang zu sehr, heute weiß er es, nach gewollter Tugend, als dass ein Menschenkenner wie Peter Faber es nicht durchschaut hätte. Seither hat er sich ständig um Selbstverleugnung und Demut gemüht, aber er hat sie noch immer nicht ganz verinnerlicht. Dieser rätselhafte Bettler, Pilger oder was sonst er ist, scheint schon als Knabe geschenkt bekommen zu haben, worum viele Gottesdiener ein Leben lang vergeblich ringen.

Verstohlen mustert Francisco sein Gegenüber. Wieder fallen ihm die schmalen schlanken Hände auf, die der

Mann locker vor sich auf den Tisch gelegt hat. Könnte er nicht auch sein leiblicher Großonkel sein, ein Bruder Johannas, gezeugt von von dem unersättlichen Frauenjäger Ferdinand? Francisco ruft sich zur Ordnung. Als ob das jetzt noch von Bedeutung wäre. Sind wir nicht alle eines Leibes in Christo?

„Ich begreife nicht, wie es Euch gelungen ist, das Herz dieser scheuen, verschlossenen Frau zu gewinnen, die sich von allen verraten und verfolgt fühlt", sagt er. „Doch ehe Ihr Auskunft über Johanna gebt, sagt mir: Wie habt Ihr Euch durchs Leben gebracht?"

„Da gibt es nicht viel zu erzählen. Ich habe gelebt wie viele andere auch. Zuerst als Soldat, dann in vielen Berufen. Ich kenne die Länder Europas von England bis Italien, bin übers Meer bis nach Amerika gesegelt. Ich war hier und dort und überall und nirgends. Ich habe Reichtümer erworben, sie sind zerronnen; habe Frauen geliebt und sie verloren; Kinder gezeugt, sie sind gestorben; Freunde gewonnen, die mich verließen; Wissen angehäuft und es vergessen. Seit ich alles losgelassen habe, besteht mein einziger Besitz in der Erkenntnis, ein großer Sünder vor dem Herrn zu sein, und ich preise mit jedem Atemzug und jedem Schritt seine unbegreifliche Gnade."

„So seid Ihr ein Heiliger, nicht ich, der ich noch mit zahllosen Fesseln der Welt verhaftet bin und den Ihr so zu nennen beliebtet", wirft Francisco ein. Ein leiser Spott schwingt in seiner Stimme. Insgeheim fragt er sich, ob der Alte ein religiöser Schwarmgeist, ein Hochstapler oder gar ein Spion des Kaisers ist. Beeindruckende Geschichten kann sich jeder ausdenken. Und der Teufel hat viele Gesichter.

Francisco senkt den Blick, um seine widerstreitenden Empfindungen nicht zu verraten.

„Sieh an, auch du bist misstrauisch am falschen Ort und deine Bescheidenheit will nur deinen Hochmut und dein Spott nur deine Unsicherheit verbergen", erwidert der Alte streng. „Im Verhältnis zu mir bist du noch jung, aber doch erfahren genug, um zu wissen, dass der Mensch einer Form bedarf, um Gestalt zu gewinnen. Ist die Form zu starr, erstickt sie das Lebendige; ist sie zu nachgiebig, verliert sich der Mensch im Wesenlosen. Manchmal müssen, um des Lebens willen, starre Formen zerbrechen und neue Formen sich bilden. An zerbrochenen Formen fehlt es unserer Zeit nicht, wohl aber an formenden Vorbildern.

Ich bin nur ein Vagabund, ein Vorübergehender. Mein Schritt ist zu leicht, eine Spur zu hinterlassen, der man folgen könnte. Doch du, Francisco Borja, bist dazu bestimmt, eine Form zu schaffen, die den Menschen wieder Haltung und Gestalt ermöglicht. Ein Heiliger ist, wer zur rechten Zeit das Rechte tut – der Welt den Weg zur Heilung weist. Und so wirst du auch Johanna dorthin führen, wohin sie nicht will, wonach aber ihre Seele verlangt. Wer nicht in Gott ruht, den macht das Leben krank und er kann nicht in Frieden sterben."

In diesem Ton müssen die Propheten des Alten Testaments gesprochen haben, denkt Francisco. Nach den Tagen innerer Zerrissenheit spürt er nun eine große Ruhe in sich, obwohl die Worte des Alten doch eine schwere Last auf seine Schultern legen. Alles scheint plötzlich so einfach und zwangsläufig und er möchte, dass dieser Zustand von Helle und Gelassenheit andauert. Der Teufel ist Versuchung, Chaos, Unordnung. Dieser Mann aber spricht vom Gegenteil. Er schmeichelt ihm nicht wie so viele, die in ihm immer noch den Herzog von Gandia sehen, sondern er spricht die Wahrheit, wenn er ihn, Francisco, misstrauisch, hochmütig und unsicher nennt und ihm dennoch zutraut, den schmalen, steinigen Pfad zum Heil zu gehen.

Er sucht den Blick seines Gegenübers, will ihm sagen, wie dankbar er ihm für seine Worte ist, doch der Alte schaut zur Zimmerdecke, als verfolge er dort ein unsichtbares Geschehen. Da überfällt Francisco plötzlich die Erinnerung, um die er sich die letzten Tage vergeblich gemüht hat. Jetzt weiß er, wo er Pippo schon einmal begegnet ist: beim kaiserlichen Leichenbegängnis in Granada. Als er beschwören sollte, dass in dem Sarg wirklich die sterblichen Überreste der Kaiserin Isabella lägen und er sich tief erschüttert von dem verwesten Gesicht der Leiche abwandte, war sein Blick auf einen Mann gefallen, der ihn nicht wie die Umstehenden erwartungsvoll anschaute, sondern lächelnd die Augen gen Himmel richtete. Nicht länger als ein Lidschlag hatte dieses Zusammentreffen von abgrundtiefem Grauen und entrückter Heiterkeit gedauert. Dann umfing Francisco eine Dunkelheit, aus der er tagelang nicht herausfand, eine Verzweiflung, die alles, was er bisher erlebt hatte, infrage stellte.

Francisco starrt den Alten unverwandt an, während die Erinnerungen auf ihn einstürmen. Er ist es! Sein Bart war damals dunkel gewesen und sein Gesicht hell. Nun ist sein Haar schlohweiß und sein olivbraunes Gesicht liegt im Dunkel.

„Pippo oder wie immer Ihr Euch nennt", sagt Francisco bewegt, „wisst Ihr, dass wir uns an zwei entscheidenden Stationen meines Lebens begegnet sind? Nennt Ihr das Zufall oder Fügung?"

Im Heiligen Jahr 1550 war Francisco Borja nach Rom gezogen, nachdem er seine familiären Angelegenheiten geordnet und Vorsorge getroffen hatte, nach der Rückkehr Besitz und Herzogswürde endgültig aufzugeben. Papst, König und Kaiser und seine Verwandten in Italien meinten, der Herzog von Gandia begebe sich wie viele andere Fürsten auf eine Pilgerreise ins Ewige Rom. Aus gutem Grund hüllte er sich in Schweigen. Die Welt hätte nichts unversucht gelassen, ihn umzustimmen und daran zu hindern, als Einsiedler und Bettler in den Bergen von Guipúzoca zu leben. Bei aller leidenschaftlichen Hingabe an Christus war der nunmehr vierzigjährige Francisco kein religiöser Schwärmer. Gott hat uns Verstand und Willenskraft verliehen, damit wir ihm besser dienen können, pflegte er als Vizekönig von Katalonien und Herzog von Gandia zu sagen. Er musste sich ein letztes Mal versichern, ob Verstand und Willenskraft seiner leidenschaftlichen Hingabe auch standhielten. Im Gespräch mit Pater Ignatius wollte er seinen Entschluss noch einmal prüfen.

Während seines römischen Aufenthaltes hatte er mit Verwandten aus Ferrara und Florenz die Sixtinische Kapelle besucht, um das von den einen hoch gepriesene und von den anderen wegen der Nacktheit der Figuren als obszön angegriffene Wandgemälde des großen Michelangelo zu betrachten. Lange hatte er vor dem Gemälde gestanden, taub und blind für seine Umgebung. Der Aufstieg der Erlösten, der Absturz der Verdammten, in der Mitte Christus als Richter und Maria als Fürsprecherin; Erwartung, Hoffnung, Verzweiflung, Aufbegehren. Dies irae: „Schaudernd sehen Tod und Leben sich die Kreatur erheben, Antwort im Gericht zu geben." Nichts, was wir in diesem Leben denken, sagen und tun, bleibt ohne Wirkung, nichts geht verloren. Vor dem Gemälde fühlte Francisco mehr, als es sich in ihm schon zu klaren Worten formte, dass das göttliche Gericht keine Erfindung von rachsüchtigen Propheten oder machthungrigen Priestern ist, sondern Wahrheit vom Anbeginn der Welt. Was spielte da die Frage nach der Schicklichkeit noch für eine Rolle! Vor Gott sind wir alle nackt. Und nicht erst beim Jüngsten Gericht. Hier und heute können wir nicht vor Gott weglaufen, uns unter prächtigen Gewändern verstecken, entgehen wir nicht der Hölle unserer bösen Taten. Aber in der Liebe wird uns die Freude des Paradieses geschenkt.

In dieser Stunde hatte sich Francisco endgültig für die bedingungslose Nachfolge Christi entschieden. Als er sich von der Betrachtung des Gemäldes löste, traf sein Blick auf einen Mann im Pilgergewand, der ihn offensichtlich beobachtete. Francisco bemerkte die Ähnlichkeit des Pilgers mit einer Figur im oberen Teil des Freskos. Vielleicht hat er dem Maler als Modell gedient, dachte er und ging auf ihn zu, um ihn anzusprechen. Doch der Mann verlor sich in der Menge und Francisco, beschäftigt mit seinen Eindrücken, vergaß ihn wieder. Und nun sitzt er ihm gegenüber.

„Nichts auf dieser Welt ist zufällig", weicht der Alte Franciscos Frage aus. „Lassen wir die Vergangenheit ruhen. Alles geschieht ohnehin immer jetzt, an dem einen Tag Gottes.

Aber wir wollen über die Sterbende reden, nicht über dich und mich, über Johanna, die krampfhaft ihre Blöße vor Gott zu verbergen sucht."

Die unverhohlene Zurechtweisung beschämt Francisco. Er sinkt in sich zusammen. Wie sehr er dagegen auch ankämpft, immer wieder verfällt er in sein altes Leiden: Er nimmt sich selbst zu wichtig. Nach einer Weile der Sammlung und des Schweigens bittet er: „Helft der Königin, Ihr allein erreicht ihr Herz."

„Deshalb bin ich nicht hier", erwidert der Alte. „Dir will ich helfen, damit du tun kannst, was dir aufgegeben ist. Ich war für Johannas Leben wichtig; dich braucht sie, um sterben zu können. Hör einfach zu und versuche zu verstehen.

Ich kenne Johanna seit etwa ihrem sechsten Lebensjahr. Ihr nur etwas mehr als ein Jahr älterer Bruder Johann war in Sevilla geboren, sie in Toledo. Die rastlos durch Spanien ziehende Königin Isabella von Kastilien gebar jedes ihrer fünf Kinder an einem anderen Ort. Und so wuchsen sie auch auf, immer unterwegs von Nord nach Süd und von Ost nach West. Im Gegensatz zu ihren lebhaften Geschwistern war Johanna ein scheues und zurückhaltendes Kind. Ihr fehlte die Robustheit der Trastamara-Dynastie, aus der die Mutter stammte. Vom ersten Augenblick an beindruckte mich ihre eigenwillige Schönheit: zartgesichtig, glatt zurückgekämmtes, rötlichblondes Haar, eine hochgewölbte Stirn und dunkle warme Augen. Begabt und intelligent wie keines ihrer vier Geschwister, lernte sie schnell und leicht Französisch und Latein, spielte mehrere Instrumente und tanzte ausdrucksvoll. Aber immer nur allein. Zu ihrer Mutter, der praktischen und zupackenden Isabella, stellte sich nie ein herzliches Verhältnis her. Sei es, weil Isabella den älteren Johann, den sie „mein Engel" nannte, geradezu vergötterte oder weil ihre Charaktere so unterschiedlich waren. Isabella hatte keine Beziehung zu den schönen Künsten, sie war laut und fröhlich und unkompliziert, Johanna dagegen sensibel, leidenschaftlich, kompromisslos, besitzergreifend und misstrauisch. Dennoch vertraute sie ausgerechnet jenen Männern, die sie am tiefsten verletzten sollten: ihrem Vater Ferdinand und später ihrem Gemahl Philipp mit dem Beinamen der Schöne.

Man hielt die heranwachsende Johanna für hochnäsig und launisch. Weder ihre Eltern und Geschwister noch die zur Erziehung bestimmten Hofdamen begriffen, dass Johanna Zeit brauchte, sich zu öffnen, und viel Liebe und Vertrauen. Eine unbedachte Bewegung, ein spöttisches Wort reichten aus, dass sie sich zurückzog wie eine Schnecke in ihr Haus. Johannas vergrübelte Intelligenz wurde ihr zum Verhängnis. In der Königsfamilie zog man schnelles Handeln tiefgründigem Nachdenken vor. Johannas kluge Einwände wischte man beiseite, aber die Ereignisse gaben ihr immer Recht. So etwas mögen die Menschen nicht. Sie verzeihen Irrtümer leichter als richtige Voraussagen.

Einmal traf ich Johanna weinend an ihrem Klavicord. Da mag sie sechzehn Jahre alt gewesen sein. „Was mache ich nur falsch, Pippo?", fragte sie. „Ich gebe mir redliche Mühe, wie die anderen zu sein, aber irgendetwas stößt sie an mir ab." Ich versicherte ihr, dass sie schön und klug sei. Es tröstete sie nicht. „Ich will weg von diesem Hof", sagte sie, „nichts wie weg. Ich will nie wie meine Mutter werden, die alle nach ihrem Regiment tanzen lässt. Ich will einen Mann, den ich lieben kann, und Kinder, die mich lieben. Nichts weiter. Ich habe die eitlen Priester und die ehrgeizigen Höflinge satt, die ewig von Politik und Eroberungen reden, von Juden und Muslimen, von Gold, Gold und immer wieder Gold. Mir ist kalt hier."

Johanna war für die Liebe geschaffen, sie sehnte sich nach Hingabe. Ich gab zu bedenken, dass, gleichgültig mit welchem König man sie verheirate, es auch an dessen Hof nicht anders zugehen werde.

„O doch", rief sie und ihre Augen glänzten in froher Erwartung. „Dann werde ich die Königin sein und an meinem Hof werden Musiker, Maler und Gelehrte aus und ein gehen. Und Menschen wie du, die zuhören und mit denen man lachen kann."

Damals fragte ich mich, in welcher Welt dieses Mädchen lebte. Aber sie muss geahnt haben, was ihr bevorstand. So sagte sie einmal zu mir: „Pippo, ich bin oft traurig und diese Traurigkeit tut so weh, dass ich lieber sterben möchte, als diesen Schmerz länger zu ertragen. Du darfst mich nie vergessen, hörst du, nie. Versprich mir das."

Die himmelstürmende Sehnsucht der Jugend und der Schmerz der Abstürze waren mir vertraut. Einige Jahre älter als Johanna, hatte ich mich schon damit abgefunden, dass unsere Sehnsucht nach dem Himmel und unser Sein auf Erden zwei verschiedene Schuhe sind und dass das Leben darin besteht, die Spannung zwischen dem Wollen und dem Müssen auszuhalten. Doch der Ton von Johannas Worten ließ mich erschauern. In ihm schwang die Ahnung eines schrecklichen Schicksals und hoffnungslose Einsamkeit.

Ich wusste damals nicht, dass gerade die Verhandlungen zwischen dem habsburgischen Kaiser Maximilian und dem spanischen Königspaar über die Verbindung beider Häuser abgeschlossen worden waren. Der Infant Johann sollte die Tochter des Kaisers, Margarete, heiraten und Johanna den Sohn des Kaisers, Philipp. Wenn ich es gewusst hätte, wäre mir Johannas Verzweiflung noch unverständlicher gewesen. Philipp war jung und schön und würde einmal Kaiser sein. Seine Residenz Brüssel galt als reiche und heitere Stadt. Nichts anderes hatte sich Johanna doch erträumt.

Ich sagte ihr, dass ich sie liebe wie eine Schwester, und wie einer Schwester würde ich ihr die Treue halten, was auch geschähe.

Ein Jahr später fand die Hochzeit in Flandern statt. Ich war zugegen, als die siebzehnjährige Johanna und der ein Jahr ältere Philipp zum ersten Mal aufeinandertrafen: sie, eine dunkle zarte geheimnisvolle Schönheit, er ein großer blonder Bursche mit lachenden Augen. Ihre Blicke stürzten ineinander und es war um sie geschehen. Ein anwesender Geistlicher musste die beiden inmitten der erstaunten Höflinge sofort an Ort und Stelle trauen. Kaum war das letzte Wort gesprochen, verschwanden die beiden Hand in Hand in den Privatgemächern. Sie tauchten erst am nächsten Tag zur offiziellen Vermählung im Dom wieder auf. Abwesend, trunken von Leidenschaft – während der feierlichen Messe, im Jubel des Volkes, an der Tafel, wo

160

sie keinen Bissen anrührten und nicht länger ausharrten, als es das Zeremoniell verlangte.

Johanna war hoffnungslos der Liebe verfallen, ebenso wie ihr Bruder Johann, der wenig später Philipps Schwester Margarete in Spanien heiratete und schon nach einem halben Jahr starb. Es war wie ein Naturereignis, dem niemand Einhalt gebieten kann. Das spanische Königshaus, das Isabella so klug und geschickt aufgebaut hatte, zerbrach unter dem Ansturm habsburgischen Blutes in der Liebesleidenschaft ihrer Kinder.

Johanna nahm mich nicht mehr wahr, sie brauchte mich nicht, sie hatte nur Augen für Philipp. Aber diese Augen sahen nicht, was für jedermann offensichtlich war. Der oberflächliche, willensschwache Philipp lebte hemmungslos seinen Gelüsten und Trieben. Die Leidenschaft für das Mädchen, das so anders war als seine bisherigen Geliebten, erkaltete bald. Er betrog Johanna, er demütigte sie. Sie wehrte sich mit Bitten, Vorhaltungen, glühender Hingabe, ja Unterwerfung, und schließlich mit rasender Eifersucht. Aber alles, was sie tat, um ihre Liebe zu retten, wendete sich gegen sie. Philipp benutzte sie nur noch, um durch die Zeugung von Kindern die Erbfolge zu sichern und die spanischen Besitzungen in seine Gewalt zu bringen, die nach dem vorzeitigen Tod des Infanten Johann an die nunmehrige Thronerbin Johanna fallen würden. Er ging dabei auf unvorstellbar heimtückische Weise vor. Er reizte sie durch brutales Benehmen in aller Öffentlichkeit so sehr, bis sie ihn anschrie oder laut weinend davonlief, um so Gerüchte über ihren labilen Geisteszustand in Umlauf zu bringen. Bei einem Besuch in Spanien versuchte er,

Königin Isabella davon zu überzeugen, dass ihre Tochter geistesschwach sei und sie deshalb testamentarisch verfügen möge, nach ihrem Ableben die Regentschaft über Spanien ihm zu übertragen. Die lebenskluge Isabella durchschaute ihren Schwiegersohn sehr schnell. Auch wenn kein besonders gutes Verhältnis zwischen Mutter und Tochter bestand, kannte Isabella Johanna gut genug, dass sie ihr zutraute, ihr Erbe anzutreten.

Am Ende ihres Lebens wurde Königin Isabella von schweren Schicksalsschlägen getroffen. Jahrzehntelang hatte sie ihren machtgierigen und untreuen Gemahl Ferdinand mit weiblichem Geschick regiert, Spanien mit ihm gemeinsam zu Macht und Ansehen verholfen, Kriege geführt, fünf Kinder geboren und nun zerrann ihr scheinbar alles zwischen den Händen. Der Thronfolger, ihr Liebling Johann, jung und ohne Erben gestorben; die älteste Tochter Isabella, Königin von Portugal, bei der Geburt ihres Sohnes gestorben, zwei Jahre später starb auch dieser Sohn; Johanna mit einem Tunichtgut und Erbschleicher verheiratet, die beiden jüngsten Töchter noch ohne Nachkommen. Als Isabella, erst dreiundfünfzigjährig, das Zeitliche segnete, muss sie sich so allein gefühlt haben wie heute ihre Tochter.

Kurz vor ihrem Tod im November 1504 ließ mich Königin Isabella zu sich rufen. Ein halbes Jahr zuvor war Johanna mit ihrem damals jüngstem Sohn Ferdinand gegen den Rat und den Einspruch der Mutter wieder nach Flandern zu Philipp gereist, in die Hölle, von der sie nicht lassen konnte, gesundheitlich geschwächt, abgemagert, deprimiert und gereizt.

„Was habe ich mit Johanna nur falsch gemacht?", fragte Isabella. „Ich habe sie geliebt wie alle meine Kinder. Und doch behandelt sie mich wie ihre Feindin. Ich fürchte, es wird ein böses Ende mit ihr nehmen, wenn sie weiterhin so starrsinnig gegen das Gebot der Kindesliebe verstößt. Wie sollen ihre Kinder sie lieben, wenn sie selbst ihre Mutter so missachtet!"

Nach einer Weile fügte sie resigniert hinzu: „Vielleicht verhilft ihr das Leben noch zu der Einsicht, wie gut ich es mit ihr gemeint habe. Sie ist ja erst fünfundzwanzig. Möge sie die Reue für ihr Verhalten nicht gar zu sehr peinigen. Ich bete täglich für sie."

Ich bewunderte Königin Isabella. Trotz ihrer Sorgen um das Reich, um die Familie, trotz Fieber, Atembeschwerden und Wassersucht war sie bis zuletzt wach und tätig und erwartete gelassen den Tod. „Steh Johanna bei und bete für mich", waren die Worte, die sie mir auf den Weg mitgab.

Ein halbes Jahrhundert ist seit dem Tod dieser großen Königin vergangen und doch erinnere ich mich so lebhaft an die damaligen Ereignisse, als seien sie erst gestern geschehen.

Es würde zu weit führen, all die Demütigungen zu schildern, die Johanna in ihrer Ehe erfuhr. Widerwärtige, abstoßende Geschichten erzählte man sich an den englischen, spanischen, portugiesischen und französischen Königshöfen. Man machte sich lustig über die ernste Spanierin, die sich nicht auf den lockeren Umgangston der Mächtigen verstand und deren frivoles Treiben sie abstieß. Verständnislos schaute man auf eine Frau, die leidenschaftlich um ihre Liebe kämpfte und der eheliche Treue noch etwas bedeutete. Man ergötzte sich daran, sie zu hintergehen, zu verraten und zu beleidigen. Die Herrschaften hatten einen Sündenbock gefunden, auf den sie all ihre Infamien abluden, um ihn dann in die Wüste zu schicken. Höflinge horchten sie aus, Kammerzofen stahlen ihr Kleider und Schmuck, Priester tadelten sie, weil sie sich nicht mit der Untreue ihres Gemahls abfinden wollte, und erklärten die Zehn Gebote für veraltet. Die Hofdamen tändelten mit Philipp, um sie zu reizen. Und weil Johanna, ungeschickt zu höfischen Intrigen, die Fähigkeit abging, sich eine Machtposition zu schaffen, entlud sich ihr Temperament immer wieder in jähzornigen Ausbrüchen. Schließlich traute sie niemandem mehr in ihrer Umgebung, auch jenen nicht, die es gut mit ihr meinten.

Als ich sie nach dem Tod ihrer Mutter aufsuchte, erschrak ich über ihr Aussehen. Aus dem liebreizenden jungen Mädchen war eine verhärmte Frau geworden. In den acht Jahren ihrer Ehe hatte sie vier Kinder geboren und ging mit dem fünften schwanger. Sie freute sich, mich zu sehen, aber die meiste Zeit unseres Beisammenseins hörte sie mir teilnahmslos zu. Der Tod ihrer Mutter schien sie nicht zu berühren. Erst als die beiden ältesten Kinder, die sechsjährige Eleanor und der vierjährige Karl, hereinsprangen und uns mit drolligen Fragen überschütteten, lebte sie auf.

Wieder allein, bat ich sie: „Kommt nach Spanien zurück und werdet den Spaniern eine gute Königin!"

Statt einer Antwort rief sie: „Was spioniert ihr hier herum! Raus!" Höhnisch lachend entfernten sich zwei Zofen, die ich nicht bemerkt hatte.

„Hier haben die Wände Ohren", flüsterte Johanna. „Sie hassen mich, weil ich Philipp liebe, und am meisten hasst Philipp mich für diese Liebe. Kannst du das verstehen?"

„Eben deshalb müsst Ihr nach Spanien zurückkehren, dort seid Ihr zu Hause", drängte ich.

„Zu Hause!", wiederholte sie bitter. „Ich bin nirgendwo zu Hause, nicht einmal im Herzen meines Geliebten. Nur zusammen mit meinem Gemahl werde ich nach Spanien kommen, sonst würde man mir auch noch meine Kinder wegnehmen."

„Wollt Ihr denn Spanien Philipp überlassen?", fragte ich vorsichtig.

„Niemals!", rief sie und erhob sich schwerfällig von ihrem Sitz. „Aber er soll bei mir sein. Immer. Ich kann ohne ihn nicht leben." Rote Flecken breiteten sich auf ihrem Gesicht aus.

In diesem Moment begriff ich, was das Wort „hoffnungslos der Liebe verfallen" bedeutet. Die stolze, kluge, schöne Johanna war diesem blonden Tunichtgut hörig. Sie liebte ihn ebenso, wie sie ihn hasste. Liebe und Hass unterschieden sich nicht mehr voneinander. Was er ihr auch antat, sie konnte nicht von ihm lassen. Sie litt unsäglich, sie verachtete sich, sie wollte heraus aus diesem Gefängnis und vermochte es doch nicht.

Ich nahm all meinen Mut zusammen und sagte: „Die Zuneigung der Kastilier wird Euch für alles Leid entschädigen und Euch von den Fesseln der Sklaverei befreien."

„Was redest du da!", herrschte sie mich an. „Was verstehst du schon von Liebe! Wer hat dich geschickt, mich auszuhorchen, mich von meinen Kindern zu trennen und von dem Mann, dem ich vor dem Altar und im Angesicht Gottes ewige Treue versprochen habe? Geh und lass dich nie wieder blicken!"

Ich machte mich aus dem Staube. Nur ein Wunder konnte diese Frau noch retten. Ein Jahr später schien es einzutreten. Philipp reiste mit Johanna nach Spanien, um seinen Schwiegervater Ferdinand davon zu überzeugen, dass Johanna unfähig sei, die Regierung zu übernehmen. Schon bei der Ankunft des Königspaares in Galicien weissagte eine alte Frau Philipp, er werde in Spanien längere Strecken als Toter denn als Lebender umherziehen. Philipp soll nur verächtlich gelacht haben. Wenig später flammte ein Komet drei Nächte am Himmel. Gelehrte prophezeiten den baldigen Ausbruch der Pest oder den Tod eines mächtigen Fürsten. Der junge König meinte nur, er gebe nichts auf das Geschwätz verwirrter Weiber und aufgeblasener Schwätzer.

Entsprechend Isabellas Testament übte König Ferdinand in Abwesenheit Johannas die Regierungsgewalt über Kastilien aus und dachte nicht daran, etwas von seiner Macht abzugeben, weder an seinen Schwiegersohn noch an seine Tochter. Mit Philipp war er sich schnell einig, Johanna vom Thron fernzuhalten. Der Besitz der Neuen Welt jenseits des Atlantik machte den Herrscher über Spanien zum reichsten und mächtigsten Mann der Welt. Was wollte eine Frau, so dachten Philipp und Ferdinand, eine Frau, der Liebe und Ehe mehr bedeuteten als Eroberungen, mit dieser Macht anfangen! Keiner redete mehr darüber, dass Isabella es gewesen war, die Kolumbus auf den Weg nach Indien geschickt, die Granada zurückerobert und eine maßvolle Politik betrieben hatte. Ferdinand von Aragon rächte sich an der Tochter dafür, dass seine Gemahlin Isabella von Kastilien ihn so lange in den Schatten gestellt hatte: politisch, menschlich, militärisch. Der Zuneigung und des Vertrauens seiner Tochter sicher, erkannte der verschlagene Ferdinand in Philipp den gefährlicheren Gegner. Da sich beide sehr ähnlich waren, durchschauten sie auch die Winkelzüge des anderen. Schließlich musste der alte Fuchs Ferdinand einsehen, dass die Kräfteverhältnisse vorerst zugunsten Philipps sprachen, und er zog sich zu einem Feldzug nach Süditalien zurück, um von dort aus seine Ränke zu spinnen. Nun glaubte Philipp, mit Johanna leichtes Spiel zu haben. Er musste sie entweder dazu bringen, freiwillig auf den Thron zu verzichten, oder die Cortes überzeugen, dass Johanna wahnsinnig sei und deshalb regierungsunfähig.

In diesen Monaten schien Johanna endlich zu sich zu kommen. Sie spürte die Zuneigung der Spanier und deren Wunsch, von der Tochter Isabellas regiert zu werden. Standhaft widersetzte sie sich Philipp, der ihr seinen Willen aufzwingen wollte. Da griff er zum äußersten Mittel. Er entwendete Johannas Tagebücher, in denen sie ihre Gedanken und Gefühle und Demütigungen festgehalten hatte. Bei Hofe und wo sonst noch sich illustre Herrschaften zusammenfanden, ließ er daraus vorlesen, um damit den Beweis anzutreten, dass eine Frau, die so etwas schreibt, von allen guten Geistern verlassen ist. Aber so sittlich verdorben wie in Flandern war man in Spanien noch nicht. Die Perfidie fiel auf den Urheber zurück. Die im fünften Monat schwangere Johanna ertrug das Benehmen ihres

167

Gemahls mit großer Würde und die Herzen der Kastilier flogen ihr zu. Wer weiß, was sich Philipp noch hätte einfallen lassen, wenn das Schicksal nicht eingegriffen hätte.

Um der drückenden Hitze in Valladolid zu entgehen, zog sich Philipp mit Johanna nach Burgos zurück. Dort überfiel ihn plötzlich ein hohes Fieber. Sein Körper bedeckte sich mit roten und schwarzen Flecken. Kein Arzt vermochte zu helfen. Philipp wurde bewusstlos und starb nach wenigen Tagen im Alter von nur achtundzwanzig Jahren. Vielleicht hat ihn Ferdinand durch eine seiner Kreaturen vergiften lassen, vielleicht auch nicht. Keiner weiß es. Johanna war während der Krankheit nicht von Philipps Seite gewichen. Sie hatte ihn hingebungsvoll gepflegt und auch die niedrigsten Handreichungen selber verrichtet. Als er starb, brach sie ohnmächtig zusammen.

Gott selbst hatte das Gericht über Philipp vollzogen. Für Johanna schlug endlich die Stunde der Freiheit. Nach einer angemessenen Trauerzeit hätte sie den Thron ihrer Mutter besteigen, die Machtansprüche ihres Vaters Ferdinand zurückweisen und Spanien regieren können. Aber so lange der Freiheit entwöhnt, war sie ihr nicht gewachsen. Das Ausmaß ihres Schmerzes über Philipps Tod erstaunte und erschütterte alle.

Wegen des nahenden Winters konnte man den Leichnam nicht mehr auf den mehrwöchigen Trauerzug nach Granada schicken, um ihn dort in der Königsgruft zu bestatten. Also bettete man ihn zuerst im Kloster Miraflores zur Ruhe, wo Johanna ihn jede Nacht besuchte.

Als die Hochschwangere nach einem Vierteljahr endlich ihrer Trauer Herr wurde, war es für alles zu spät. Zwar wies sie den intriganten Erzbischof von Toledo aus ihrer Wohnung und dann aus Burgos, als er drohte, gerichtlich ihre Unzurechnungsfähigkeit feststellen zu lassen. Zwar verlangte sie von den Beamten Rechenschaft über das Finanzgebaren in den überseeischen Gebieten und beanspruchte deren Verwaltung für sich selbst. Sie ging sogar so weit, mit dem burgundischen Gesandten zu konferieren, wie man am besten gegen König Ferdinands Anspruch auf Kastilien vorgehen könne. Aber just zu dieser Zeit brachen in Burgos Seuchen und Unruhen aus. Johanna entschloss sich, um der Gesundheit ihres ungeborenen Kindes willen ihren Aufenthaltsort zu wechseln. Sie erzwang im Kloster die Herausgabe von Philipps Leichnam und verließ mit ihm die Stadt.

Es muss ein gespenstischer Zug gewesen sein, der sich zehn Nächte lang bei Fackelschein durch Dunkelheit und Kälte bewegte. In Torquemada warfen die Wehen Johanna aufs Kindbett. Doch schon zwei Monate später flüchtete sie mit dem Sarg und dem Neugeborenen vor der sich ausbreitenden Pest weiter bis nach Hornillos. Sie wollte sich nicht von dem Leichnam trennen, weil ein dummer Mönch ihr die Geschichte von einem König erzählt hatte, der nach vierzehn Jahren wieder zum Leben erwacht sei. In ihrer Verlassenheit und in ihrer verzweifelten Liebe zu Philipp schenkte sie dieser Mär Glauben.

Ich trieb mich zu dieser Zeit als Söldner in den Diensten Kaiser Maximilians herum, der in Italien seine Macht gegen den Papst behaupten wollte und wo jeder gegen jeden kämpfte. Jung wie ich war, liebte ich das Leben und der Tod schreckte mich nicht. Die Kunde von Philipps Hinscheiden hatte sich in Windeseile verbreitet und war auch an meine Ohren gedrungen, aber von Johannas Schicksal erfuhr ich erst viel später.

Das Volk fragte immer drängender nach seiner Königin. Wann nahm sie endlich die Zügel der Regierung in die Hand? Noch befand sich ihr bei den Kastiliern verhasste Vater in Italien, aber man fürchtete mit Recht, er werde nach seiner Rückkehr die Herrschaft an sich reißen. Das Reich geriet in Unruhe, die kastilischen Granden belauerten einander. Staatsgeschäfte ruhten, Deputationen wurden nicht empfangen. Der Erzbischof von Toledo, der eigenmächtig im Sinne König Ferdinands regierte, hatte Johannas kleinen Sohn Ferdinand in seine Gewalt gebracht. Ihm stand der Erzbischof von Malaga zur Seite. König Philipps niederländische Gefolgsleute betrachteten Kastilien als rechtmäßigen Besitz ihres verstorbenen Königs, kurz, auch in Spanien kämpfte jeder gegen jeden, während der schlaue Ferdinand in gebührender Entfernung den rechten Zeitpunkt abwartete, bis ihm Kastilien wie eine reife Frucht in den Schoß fiel.

Die in Regierungsgeschäften unerfahrene Johanna hatte zehn Jahre fern von ihrer Heimat gelebt, in dieser Zeit sechs Kinder ausgetragen und war durch eine Ehehölle gegangen. Seelisch zerstört durch die Abhängigkeit von Philipp, körperlich geschwächt, fremd im eigenen Land, ohne treue Berater und Freunde, umgeben von Feinden, die alle nach ihrem Erbe gierten, schwankten in dieser entscheidenden Zeit ihre Stimmungen zwischen Apathie und energischem Zupacken. Johanna war zwar intelligent, aber sie besaß nicht die Vitalität und die Disziplin ihrer Mutter Isabella. Sie verstrickte sich in dem Spinnennetz politischer Intrigen. Als ein Jahr nach Philipps Tod endlich ihr Vater Ferdinand in Hornillos auftauchte, begrüßte sie den Erbschleicher wie einen Befreier. Vertrauensvoll erteilte sie ihm alle Vollmachten, die er wünschte, unter der einzigen Bedingung, den Gerüchten über ihre Geisteskrankheit entschlossen entgegenzutreten. Der Heuchler versprach alles, was sie wollte, um gleich darauf Gerüchte dieser Art mit neuer Nahrung zu versehen.

Immerhin brauchte es noch ein Jahr, bis er Johanna überredet hatte, sich nach Tordesillas zu begeben und von dort aus zu regieren. Als sich die Tore hinter der Getäuschten und Verratenen schlossen, war ihr Schicksal endgültig besiegelt.

Unter dem Vorwand, sie sei wahnsinnig, hält man sie nun das sechsundvierzigste Jahr hier gefangen und in dieser Zeit hat man alles versucht, die arme Frau in den Wahnsinn zu treiben. Ist es ein Wunder, dass sie jedem Menschen misstraut, ja, ihn hasst? Ihr Unglück besteht darin, dass sie die Menschen immer mehr geliebt hat als Gott. Das machte die klarsichtige Johanna blind und zur Gefangenen ihrer selbst."

Bis hierher hat Francisco aufmerksam und ohne Regung zugehört. Doch jetzt wirft er ein: „Verzeiht, aber Ihr redet in Paradoxien. In einem Satz sprecht Ihr von Johannas Misstrauen und ihrer Menschenliebe. Entweder sie misstraut den Menschen oder sie liebt sie. Beides gleichzeitig ist nicht möglich."

„Ich sagte: Sie liebte die Menschen mehr als Gott", erwidert der Alte, „und eine solche Menschenliebe macht töricht, hörig und sentimental. In jeder Seele brennt die Sehnsucht nach Gott, also nach grenzenloser Liebe. Nur ihre Hingabe an Gott ermöglicht es dem Menschen, seinen Nächsten – und sich selbst – in all seiner Unvollkommenheit zu lieben, ihm zu vertrauen, ohne sich zu verlieren. Und allein Gott kann sich einem Menschen so schenken, dass er dessen Wesen ganz ausfüllt. Wer aber von Menschen erwartet, was nur Gott vermag, wird sehr bald enttäuscht und verletzt.

Sich liebend hinzugeben, ganz Philipps Eigentum zu werden und ihn zugleich ganz zu besitzen, war Johannas tiefstes Verlangen. Doch eine solche Hingabe bedeutet Versklavung und enthält zugleich einen Anspruch, den weder Philipp noch irgendein Mensch erfüllen kann. Wenn sich die irdische Liebe nicht als Gleichnis auf die göttliche Liebe begreift und sich ihr verbindet, endet sie in Hass, Misstrauen und Verzweiflung. In Gottesferne."

Als habe die heruntergebrannte Kerze auf dem Tisch auf die Morgendämmerung gewartet, flammt sie noch einmal auf, ehe sie verlischt. Gegen das hereinflutende Licht erkennt Francisco nur noch die Umrisse des Besuchers. Um die Müdigkeit zu vertreiben, die ihn plötzlich überfällt, presst er die Handflächen gegen die Augen. „Was soll ich tun", murmelt er, „sag mir doch, was ich tun soll."

Das Schweigen im Raum ist tief und dauert lange, zu lange. Francisco lässt die Hände sinken und schaut sich um. Der Alte ist verschwunden.

Gründonnerstag/Karfreitag

Ein Klopfen reißt Francisco aus seinem Gebet. Er weiß nicht, wie viel Zeit vergangen ist, seit der Alte ihn verlassen hat. Es ist heller Tag und muss auf Mittag zugehen. Vor der Tür steht eine Zofe. Die Königin sei bei Bewusstsein und verlange nach ihm.

Beim Eintreten in das Sterbezimmer überschaut er mit schnellem Blick die Veränderungen im Raum. Die Kranke liegt in einem reinlichen Bett, der Fußboden blinkt vor Sauberkeit, Räucherwerk verströmt einen wohltuenden Duft, in einer Vase leuchten die ersten Frühlingsblumen. Die beiden jungen Zofen, die er wegen ihres ungehörigen Benehmens zurechtgewiesen hat, sehen ihn erwartungsvoll an. Er nickt freundlich und bedeutet ihnen, sich zurückzuziehen.

Auch das Gesicht der Königin hat sich verändert. Die roten Flecken sind verschwunden, von den tiefen Falten um Mund und Nase zeugen nur noch feine Linien, und als sie die Augen aufschlägt, erhellt ein Lächeln ihre Züge. Seine Erfahrung mit Sterbenden sagt Francisco, dass nun das Ende nicht mehr fern ist. Noch ein letztes Mal zeigt sich das Leben in seiner Kraft und Schönheit, ehe es verlischt. Jedesmal erstaunt Francisco dieses Phänomen der Natur, in dem die Hoffnung über den Tod triumphiert.

„Ich möchte beichten", flüstert Johanna und fügt verlegen hinzu: „Sagt mir, wie es geht, ich bin darin ungeübt."

Fragend und erwartungsvoll wie ein Kind schaut sie ihn an. Worum er so lange vergeblich gerungen hat, schon verzweifelnd an seiner Aufgabe, macht sie sich und ihm plötzlich zum Geschenk. Beschämt gesteht er sich ein, wie sehr er sich wieder einmal in seiner Ungeduld überschätzt hat. Gott selbst hat Johanna den Weg gewiesen. Sein, Franciscos, Teil ist es nur, da zu sein und zu hören.

Er schlägt das Zeichen des Kreuzes über Johanna und setzt sich an ihr Lager: „Sprecht, was das Herz Euch eingibt. Gott wird auch das hören und verstehen, was Ihr nicht ausdrücken könnt."

„Wo anfangen?", seufzt Johanna, „ich habe so vieles vergessen, selbst die Zehn Gebote könnte ich nicht mehr aufzählen."

Francisco hat in seinen Jahren als Priester schon viele Bekenntnisse gehört, von Fürsten und Soldaten, von Bauern und Bürgern, Männern und Frauen, Jungen und Alten. Sie kamen in sich gekehrt, bedrückt, uneins mit sich selber und sie gingen erleichtert und zuversichtlich. Pater Francisco gilt als streng, aber auch als einfühlsam. Das Leben hat ihn Unterscheidungsvermögen gelehrt. Die meisten Menschen sind nicht böse, sondern nur schwach und folgen in ihrer Schwäche gar zu leicht den Verführungen des Bösen. Er tut nichts anderes, als sie zu ermutigen, in den Spiegel ihres Gewissen zu blicken. Was auch immer er zeigt, die Menschen ertragen die Wahrheit über sich und sind zur Umkehr fähig, wenn sie auf Gottes Erbarmen vertrauen. Dann wissen sie nicht nur, sondern spüren es auch, dass sie keine Sklaven sind, sondern freie Menschen.

Aber noch nie ist Francisco eine so große seelische Not begegnet wie bei dieser Frau. Er müsste ihr sagen, dass er ein viel größerer Sünder ist als sie und dennoch von Gott angenommen und geliebt. Aber wie viel Zeit bleibt ihm noch? Bedrängt von Johannas Erwartung ringt er um die rechten Worte.

„Auf Gott hin sind wir geschaffen und ruhelos ist unser Herz, bis es Ruhe findet in Ihm. Uns ist aufgetragen, um

174

unseretwillen, Gott zu lieben und den Nächsten. Wo wir uns von dieser Liebe abwenden, verlieren wir uns wie ein Blatt, das sich vom Baume reißt.

Liebt Ihr Gott, vertraut Ihr seinem unendlichen Erbarmen? Ihm, der uns durch Christus sagen ließ: Nicht Knechte nenne ich euch, sondern Freunde. Er ist immer da mit seiner bedingungslosen Liebe, er nimmt Euch an, wie Ihr seid, selbst wenn sich alle von Euch abwenden, Euch verhöhnen und verraten. Öffnet ihm Euer Herz und seine Liebe wird einströmen wie ein Quell lebendigen Wassers. Er wartet auf Euch mit ausgebreiteten Armen."

„Aber wie kann Gott mich lieben, da er mich so gestraft hat?", widerspricht Johanna.

Francisco schüttelt den Kopf. „Gott straft nicht, er ist das Licht und in diesem Licht ist keine Finsternis. Er hat niemals Leid, Schmerz, Jammer erschaffen. Die kommen vom Fürsten dieser Welt, dem Satan, dessen Versuchungen wir erliegen. Wir selbst begeben uns aus freiem Willen in die Gottesferne, in jene Regionen des Hasses und des Selbstmitleids, auch Hölle genannt. Gott ist Liebe, die reine Liebe, und er gab uns den freien Willen, damit wir wählen können zwischen ihm und der Finsternis. Ohne diese Möglichkeit der Wahl wären wir wirklich nur Sklaven und Knechte. Stellten wir uns nicht taub und blind gegen ihn, sondern folgten seiner Stimme, gingen wir niemals fehl und kein Leid rührte uns an."

„Aber ich habe ihn doch geliebt, ihn, Philipp, ich habe ihn geliebt, mehr als mein Leben", unterbricht ihn Johanna. „Und ich liebe ihn noch, wie er da unten in der Kapelle in seinem Sarg liegt. Aber er war meiner Liebe nicht würdig, er hat mich verraten wie alle Menschen, die ich geliebt habe. Habe ich denn alles falsch gemacht?" Sie presst die zitternden Lippen aufeinander.

„Nein", spricht Francisco beruhigend auf sie ein, „Ihr habt nicht alles falsch gemacht. Ihr seid eine große Liebende gewesen, im Gegensatz zu den vielen Lauen und Gleichgültigen im Lande. Ein liebendes Herz wie das Eure ist ein kostbares Geschenk des Himmels. Vergeltet also Großzügigkeit mit Großzügigkeit und gebt Gott, was Gottes ist, und den Menschen, was des Menschen ist. Verzeiht Eurem Gemahl, wo er an Euch schuldig geworden ist, und fragt Euch, wo Ihr an Gott und damit an Euch selber schuldig geworden seid."

Johanna hat ihm aufmerksam zugehört. Nach einer Weile beginnt sie leise und stockend zu sprechen: von der Einsamkeit des Kindes, von der Sehnsucht nach Liebe und Zuwendung, von ihrer Eifersucht auf die Mutter, auf die Frauen, die Philipp umgaben, von Stolz und Demütigung, von ihrer Flucht in den Zorn und, als das Alter ihre Kräfte aufzehrte, in die Trägheit. Sie erzählt zusammenhanglos, unterbrochen von langen Pausen. Francisco fragt nicht nach, er versteht sie auch so. Als er sie am Ende ihres Bekenntnisses glaubt und ihr die Absolution zusprechen will, richtet sie sich plötzlich auf, ihre Augen gewinnen an Glanz und mit einer Kraft, die er ihr nicht mehr zugetraut hätte, bricht es aus ihr heraus:

„Warum, sagt mir, warum schickte mich Gott in diese fremde, kalte Welt, die mich verletzte, wo ich ihr auch begegnete? Warum konnte ich nie sein wie die gedankenlosen, vergnügungssüchtigen, raffgierigen Menschen bei

Hofe? Warum fehlte mir die Freude am Putz, am Getän-
del, an rauschenden Festen? Ich hatte doch nie wirklich die
Möglichkeit, meinen Charakter oder meine Umgebung
zu wählen. Nicht als Infantin, nicht als Königin, nicht als
geschlagene und gedemütigte Gefangene. Man verlachte
meinen Ernst, Priester verspotteten meine Frömmigkeit,
als ich sie noch besaß, und meine Kinder, die ich unter
Schmerzen ausgetragen und geboren habe, erklären mich
für wahnsinnig. Und ich soll an die Barmherzigkeit Gottes
glauben? Wo ist sie denn, wo?"

Johanna lässt sich in die Kissen zurückfallen. Ihre Hände fahren unruhig über die Decke, sie wirft den Kopf von
einer Seite auf die andere. Francisco streichelt unendlich
behutsam ihre Wange. Die Berührung beruhigt sie.

„Wollen wir später fortfahren?", fragt er.

Johanna fasst nach dem Ärmel seines Gewandes und
zieht ihn zu sich heran. Keuchend flüstert sie: „Ihr dürft
mich nicht verlassen, Pater, es dauert nicht mehr lange.
Aber findet mir noch eine Antwort auf die Frage nach der
göttlichen Barmherzigkeit."

Das Herz wird ihm heiß. Was für eine Frau! Im Ver-
gleich zu ihr sind viele Fromme die reinsten Pharisäer.
Sie ringt mit Gott bis zuletzt. Er könnte ihr sagen, dass
die göttliche Barmherzigkeit immer da war, da ist, da sein
wird und jedermann zugänglich, wenn er sich ihr nur öffnet; dass Johanna sich wie ein beleidigtes Kind Augen und
Ohren zuhält, um Gott nicht zu sehen und zu hören, und
seiner Barmherzigkeit das Selbstmitleid vorzieht.

Von der Natur mit allen Vorzügen des Leibes und des
Geistes ausgestattet, hat sie daraus den Anspruch abgelei-

tet, die Welt habe dafür zu sorgen, dass sie glücklich werde. Aber was ist Glück in dieser Welt der Vergänglichkeit? Die Liebe zum Unvergänglichen. Johanna hat einen sterblichen, unvollkommenen Menschen, Philipp, zum Gott erklärt. Dass er nicht so war, wie sie ihn haben wollte, lastet sie Gott und den Menschen an.

Herr, bittet Francisco tonlos, löse ihr doch endlich die Binde von den Augen und lass sie die Weite deiner Barmherzigkeit schauen! Auch er ist ja lange blind durch die Welt geirrt, durch Einsamkeit, Aufbegehren, Zerstreuung, Angst, Verzweiflung, bis er endlich sehend wurde und begriff, dass Christus die Erde nicht zum Paradies machen wollte, wie viele fälschlich meinen, sondern in den Jammer irdischen Lebens das verborgene Paradies eingepflanzt hat.

Darüber müsste er sprechen, über die himmlische und die irdische Liebe, aber nicht Worte werden sie erlösen, sondern der Gekreuzigte selbst wird es tun.

Francisco begegnet Johannas flehendem Blick. Wie armselig sind doch Worte angesichts einer solchen Pein und doch können wir ohne sie nicht leben, ohne sie nicht sterben. Schließlich sagt er: „Gibt es eine größere Barmherzigkeit als jene, in der Gott sich als Mensch offenbart und menschliches Schicksal getragen hat? Obwohl Jesus Christus ohne Sünde war und ohne Schuld, obwohl er so vielen Menschen geholfen hat, hat man ihn verraten, gedemütigt, geschlagen und gekreuzigt. Er hätte sich dem Spott, den Demütigungen und dem Verrat entziehen können, doch klaglos unterwarf er sich dem Leiden und nahm die Schuld der anderen, unsere Schuld, auf sich. Er starb allein und von allen verlassen, aber nicht, damit wir im Schatten dieses Ereignisses vor Jammer und Selbstanklagen vergehen, sondern aufsteigen in das Licht des Kreuzes und der Auferstehung. Noch am Schandpfahl streckt er seine Arme nach uns aus, um uns liebend zu umfangen, wenn wir es nur aus tiefster Seele wünschen. Größere Liebe hat keiner, als wer sein Leben hingibt für seine Freunde."

Francisco versagt die Stimme. Er weint – um den Sterbenden am Kreuz, um Johanna, über seine eigene Schwäche.

Johanna schweigt. Ihre Augen sind geschlossen. Sie lässt nicht erkennen, ob sie schläft oder nur in Ruhe gelassen werden will. Vor den Fenstern dunkelt es und Francisco bedeutet der Zofe, ihm eine Lampe zu bringen, damit er sich in sein Brevier vertiefen kann, während er bei der Sterbenden wacht.

Eine Weile leistet ihm der Arzt Gesellschaft, ein müder alter Mann. Hin und wieder greift er nach dem Puls der Kranken, schüttelt den Kopf und seufzt. „Es gibt keine menschliche Hilfe mehr", flüstert er und erhebt sich.

„Wie lange noch?", fragt Francisco. Der Arzt hebt die Schultern und weist mit der Hand nach oben.

Irgendwann erscheint der Verwalter, um zu einem Nachtmahl einzuladen. Francisco lehnt dankend ab. Er will in Johannas Nähe bleiben und sie so weit begleiten, wie es einem Lebenden nur möglich ist.

Als er die Augen vom Buch hebt, begegnet er Johannas Blick. Er weiß nicht, wie lange sie ihn schon so still anschaut. Ehe er sie ansprechen kann, sagt sie: „Pater, Ihr habt recht, ich war blind. Nun, da es finster um mich wird, werde ich sehend. Zu spät. Durch welche tiefe Dunkelheit bin ich geirrt. Denn ich habe nicht Liebe mit Liebe vergolten, sondern nur mein Unglück geliebt. Meine Seele ist davon dunkel und wund geworden wie mein Leib. Durch meine Schuld, durch meine große Schuld. Dort, wohin ich mich nun aufmache, werde ich zu den Verworfenen gehören."

Die Selbstanklagen brechen wie aufgestautes Wasser aus ihr heraus. Francisco lässt es zu, obwohl er merkt, wie sehr das Sprechen sie anstrengt, ja vielleicht ihr Leben verkürzt. Er versteht nur einzelne Worte im Fluss des Gestammels und der krampfhaften Bemühungen um Artikulation. In sein Hören hinein spricht sie mit Gott. Über ihr eingefallenes Gesicht rinnen Tränen. Weine, denkt Francisco, schleudere all das Dunkle, Belastende aus dir heraus und schwemme es fort mit dem Strom deiner Tränen. Allmächtiger Gott, betet er, wie groß ist deine Güte, dass du ihr noch in dieser Stunde die Kraft verleihst, den Ballast der Welt abzuwerfen, damit ihre Seele wieder fliegen lernt, hin zu dir.

Johanna verstummt. Francisco wartet noch eine Weile, dann fragt er, ob sie mit ihrer Beichte am Ende sei.

„Ein Wort noch, Pater. Ich habe von einer Nonne namens Teresa im nahen Kloster der Menschwerdung zu Ávila gehört. Einer Schwester, die unsäglich leidet aus Liebe zu Gott und ihren Weg noch nicht zu gehen wagt. Macht ihr Mut und bittet sie, für meine Seele zu beten."

Francisco erinnert sich, dass Pippo bei ihrer ersten Begegnung auf der Meseta von einer Nonne im Sarg gesprochen hat, die zum Leben bestimmt sei. Woher weiß die Königin von dieser Frau und warum spricht sie in dieser Stunde von ihr? Er will sie fragen. In diesem Moment erfasst ein Krampf die Sterbende, ihr Gesicht verzerrt sich, sie stöhnt. Francisco streckt, um göttlichen Beistand flehend, seine Arme über sie aus. Allmählich entspannt sich der gequälte Körper. Kaum vernehmbar fragt Johanna: „Sagt mir, Pater, gehöre ich zu den Verworfenen, den Verdammten?"

Francisco nimmt ihre schon abgestorbene Hand in seine warmen Hände. „Meine Tochter, lass endlich ab von deiner Angst, mit der der Satan dich schrecken will! Angst macht eng und verschließt dich vor Gott und der Weite seiner Liebe und seines Erbarmens. Nach seiner Auferstehung offenbarte sich Christus vor allen anderen einer Sünderin und nicht seinen Jüngern. Maria Magdalena durfte als Erste vom Sieg über den Tod erfahren. Und hat Jesus nicht dem Verbrecher am Kreuze neben ihm auf seinen Glauben hin zugesagt, noch heute werde er mit ihm im Paradiese sein? Du bist nicht verloren und nicht verdammt, sondern die geliebte Tochter der von Jesu Christus gestifteten Kirche. Deine Sünden sind dir vergeben im Namen des Vaters, des Sohnes und des Heiligen Geistes."

„Amen", erwidert Johanna mit fester Stimme und lächelt. Wie schön sie jetzt ist, denkt Francisco. Ergriffen schaut er in das unversehrte, helle Gesicht, das Gesicht eines jungen Mädchens. Auf ihr Bitten führt er ihr ein Glas Wasser an den Mund. Sie nimmt einen Schluck, um ihn gleich darauf auszuspeien. „Pippo hierher, sofort", keucht sie, unaufhörlich von Brechreiz gepeinigt.

Francisco eilt vor die Tür, wo die Zofen warten, und erteilt Anweisungen. Das Bettzeug muss gewechselt, der Arzt möge gerufen werden, ebenso der Hausgeistliche und der Verwalter, es geht zu Ende. Aber wo soll er Pippo suchen?

Während sich Mägde und Zofen um die Königin kümmern, der Arzt ihren Puls fühlt, der Hausgeistliche und der Verwalter im Hintergrund Gebete sprechen, steht Francisco am Fußende des Bettes und schaut unverwandt auf Johanna. „Wo ist Pippo? Hol Pippo!", flüstert sie immer ungeduldiger.

„Er kommt, er kommt ganz bestimmt", versichert Francisco und bittet Gott, er möge ihn nicht Lügen strafen. Der Zorn auf sich für sein leichtfertiges Versprechen und der Zorn auf Pippo, der sich nach Belieben unsichtbar macht, treibt ihm den Schweiß auf die Stirn.

Als Johannas Kräfte zusehends abnehmen und er schon alle Hoffnung aufgegeben hat, steht plötzlich der Alte am Bett. Verwundert treten die anderen einen Schritt zurück. Aus der Tasche seines Gewands holt Pippo ein kleines Kruzifix aus Ebenholz und Elfenbein hervor. Er kniet neben Johanna nieder und reicht es ihr. „Woher hast du das?", fragt sie überrascht. Verschmitzt lacht der Alte sie an. „Ich gestehe, dass ich dich einmal bestohlen habe. Als du zur Hochzeit nach Flandern aufbrachst und das Kreuz achtlos zurückließest, habe ich es an mich genommen. Irgendwann einmal, zum rechten Zeitpunkt, wollte ich es dir zurückgeben. Dieses Kreuz hat deine kindlichen Gebete gehört, und so oft ich es anschaute, erinnerte es mich an dich und ich hörte deine Stimme."

Johanna führt das Kruzifix an die Lippen und presst es dann an sich. „Danke, mein Freund", sagt sie. „Nun weiß ich, dass ich in der Gnade bin."

„Du bist es, meine Freundin", erwidert der Alte und beginnt mit anfangs brüchiger, doch dann fester werdender Stimme zu singen:

„Unser Leben gleicht den Flüssen,
die im Meer des Ewigen münden,
dort werden sie alle gleich:
die Ströme, die Flüsse, die Bäche,
im Meer werden sie alle gleich
die Armen und die Reichen."

Johanna hat aufmerksam zugehört. „Wie oft haben wir dieses Lied gesungen, Pippo, und ich habe uns dazu auf dem Clavicord begleitet. Damals, als Kind, habe ich schon alles gewusst. Wie konnte ich es nur vergessen?"

Ihr Blick wandert langsam über die Gesichter der Umstehenden. Jeden nennt sie beim Namen, dankt ihm und bittet um Vergebung und um ein Gebet für ihre Seele. Die Frauen weinen, am heftigsten die beiden jungen Zofen, auch die Männer wischen sich verstohlen die Augen.

„Es ist so dunkel. Was ist heute für ein Tag?", fragt sie.

„Karfreitag, seit ein paar Stunden", erwidert Francisco.

„Karfreitag?" Ein Anflug von Erschrecken gleitet über ihr Gesicht. Eine Weile starrt sie reglos an die Decke, dann winkt sie Francisco zu sich. „Hochwürdiger Vater, es ist Zeit für die Letzte Ölung." Ihre Lippen bewegen sich, während er die Sterbegebete spricht. Kaum hat er unter Mithilfe des Hausgeistlichen die Zeremonie beendet, bäumt sich Johanna um Atem ringend auf. Mit beiden Händen umklammert sie das Kruzifix und ruft mit letzter Kraft laut und deutlich: „Gekreuzigter Christus, erbarme dich meiner!"

Francisco schließt ihr die Augen und denkt: Sie, die von allen Verachtete, hat uns alle beschämt.

Ostern

Der Morgen ist noch jung. Auf der Straße, die dem Lauf des Duero folgt, sind nur wenige Fuhrwerke unterwegs. Francisco Borja hat in der vergangenen Nacht kaum geschlafen und fühlt sich doch überwach. Im Vorbeireiten segnet er die Grüßenden mit einem Kreuzzeichen, zügelt auch hin und wieder sein Pferd, um unter einer Wagenplane nach weiteren Reisenden zu spähen.

Während der Totengebete für die Königin hat er Pippo zum letzten Mal gesehen. Danach konnte keiner im Schloss mehr Auskunft über seinen Verbleib geben. Die Trennung ohne Abschied verwundert Francisco und er hofft insgeheim, den Alten doch noch einmal zu treffen.

Auf einer baumbestandenen Anhöhe mit einem schönen Blick auf Tordesillas sitzt er ab, holt sein Brevier aus der Satteltasche und beginnt im Auf- und Abschreiten zu lesen. Aber er ist nicht bei der Sache. Eine bleierne Müdigkeit erfasst zuerst die Beine, dann die Arme. Die Buchstaben beginnen vor seinen Augen zu tanzen. Er lehnt sich gegen einen Baum, um nicht unglücklich zu stürzen, wenn eine Ohnmacht ihn übermannt. Pater Ignatius hat recht, denkt er, mehr schlafen, weniger beten; er ist kein junger

Mann mehr, der unbegrenzt über seine Kräfte verfügen kann. Den Blick in die Weite gerichtet, fühlt er sich leichter werden, bis er schließlich seinen Körper nicht mehr spürt. Aus Zeit und Raum gleitend, ist er sich fremd und in dieser Fremdheit ganz bei sich. Es liegt nicht in seinem Belieben, an diesem Zustand etwas zu ändern, und es erstaunt ihn auch nicht, als er plötzlich eine Stimme hört: „Du reitest in die falsche Richtung. Man erwartet dich in Ávila."

Es ist Pippos Stimme, aber der Alte ist nirgendwo zu sehen.

„In Valladolid erwarten mich meine Brüder und die Feier des Auferstandenen", widerspricht Francisco.

„Die Königin hat dir aufgetragen, dich um die Nonne in Ávila zu kümmern."

„Ich habe ihre Worte nicht vergessen. Wenn es an der Zeit ist, werde ich in Ávila sein."

„Taub, blind und hartherzig bist du, Priester. Sieh doch!"

Vor Francisco tut sich eine Klosterzelle auf. Eine Nonne kniet auf dem Boden. Als er fragt, ob sie Teresa sei, wendet sie sich um.

„Endlich, Pater!", ruft sie. „Um Christi willen, helft mir, damit ich nicht wahnsinnig werde wie die arme Königin Johanna. Euch eilt der Ruf von Seelenkenntnis und scharfem Unterscheidungsvermögen voraus. Die Liebe verzehrt mich. Ist sie ein Trug des Teufels, wie alle sagen? Helft mir, ehe ich zugrunde gehe!"

Noch während sie spricht, gibt der Boden unter ihren Füßen nach. Im Versinken streckt sie die Arme flehend nach Francisco aus. Unfähig, sich zu bewegen, muss er zusehen, wie die Unterwelt sie verschlingt.

„Säume nicht länger", lässt sich nun wieder Pippos Stimme vernehmen, „wenn du nicht vor Gott und den Menschen eine große Schuld auf dich laden willst. Auf nach Ávila! Leb wohl und Gott sei mit dir."

Francisco möchte entgegnen, er fühle sich zu müde und bedürfe dringend der Erholung, aber er bringt keinen Ton heraus. Es kostet ihn große Mühe, die Hand zu heben und sich übers schweißfeuchte Gesicht zu streichen. Es braucht eine Weile, bis er weiß, wo er sich befindet. Zu seinen Füßen liegt aufgeschlagen das Brevier. Er bückt sich und liest: „Verlorene lässt dieser Tag das Licht der Hoffnung wieder sehen. Wer ist nicht von der Angst erlöst, wenn selbst der Schächer Gnade fand. Was könnte wunderbarer sein, als dass aus Schuld nun Gnade wird, dass Liebe von der Furcht befreit, und Tod das neue Leben schenkt!"

Francisco lässt das Buch sinken. „Danke, Pippo", murmelt er, „ich habe verstanden."

Als er der mauerbewehrten Stadt Ávila, wie Jerusalem auf einem Berg gelegen, im milden Licht des späten Nachmittags ansichtig wird, seufzt Francisco erleichtert auf. Er hat völlig das Gefühl für die Zeit verloren und weiß nicht, ob Jahre, Tage oder Stunden vergangen sind, seit er von Tordesillas aufgebrochen ist.

Der junge Jesuit Juan de Pradanos, erstaunt, seinen Oberen so überraschend wiederzusehen, beteuert überschwänglich seine Freude. Der Besucher wehrt die Fragen mit der Bemerkung ab, er brauche dringend eine Stunde

Schlaf, inzwischen möge Juan ihn im Kloster der Menschwerdung anmelden, er müsse mit Schwester Teresa sprechen.

„Welche Freude, Vater, welche Freude, und erst für Schwester Teresa!", ruft Juan ein ums andere Mal, während er dem Gast Wasser zum Waschen bringt und ihm ein Lager bereitet.

„Kennst Du sie denn?"

„O ja und ich darf mich ihres Vertrauens zu meiner Jugend und Unerfahrenheit rühmen. Doch Euer Wort, ehrwürdiger Vater, wird sie wirklich aufrichten."

Lange Schatten fallen übers Land, als sich Francisco Borja in Begleitung Juans auf den Weg zum Kloster außerhalb der Stadt begibt. Unterwegs erzählt der junge Jesuit in schnellen Sätzen von der Nonne. Sie stamme aus einer vornehmen Familie am Ort, ihr Großvater väterlicherseits sei ein zum Christentum bekehrter Jude gewesen. Zum Verdruss ihres Vaters habe sie sich sehr früh für ein Leben im Kloster entschieden und seither immer wieder gekränkelt, was dazu geführt habe, dass sie mehrmals außerhalb des Klosters bei Verwandten Genesung suchen musste. Dabei würden die Regeln im Kloster so locker gehandhabt, wie es in diesen Zeiten leider üblich geworden sei. Stundenlange Sprechzeiten, in denen die meist männlichen Besucher mit den jungen Nonnen scherzten, ihnen Geschenke und Leckerbissen brächten. Von Strenge, Armut und Weltabgewandtheit könne nicht die Rede sein, kaum dass die Gebetszeiten eingehalten würden. An äußerer Freiheit mangele es den Nonnen also kaum, eher an innerer.

Juan redet sich in Eifer und lässt seinen Unmut über die weltliche Verderbtheit, die auch die Klöster erfasst habe, freien Lauf, sodass ihn Francisco unterbrechen muss, er möge nicht abschweifen. Verlegen nickt Juan und fährt fort:

Trotz aller äußerer Freiheit habe sich Teresas Zustand von Jahr zu Jahr verschlimmert. Immer wieder fiel sie in lang andauernde Ohnmachten, litt unter monatelangen Lähmungen. Einmal hielt man sie sogar schon für tot und wollte sie begraben – bis vor etwa einem Jahr etwas Seltsames geschah. Beim Gang aus der Kapelle sei ihr Blick auf eine Statue des leidenden, blutüberströmten Christus gefallen, an der sie schon unzählige Male vorbeigegangen war. Aber diesmal ergriff sie der Anblick so sehr, dass sie in Tränen ausbrach. Blitzartig sei ihr bewusst geworden, welch unnützes oberflächliches Leben sie führte und dass sie dadurch täglich und stündlich den marterte, den sie durch ihr Gebet verherrlichen wollte. Christus hatte sich ihr gleichsam in den Weg gestellt und sie konnte ihm nicht mehr ausweichen. Seitdem sei eine Verwandlung mit Teresa vorgegangen. Sie lese viel, vor allem in den „Bekenntnissen" des heiligen Augustinus, in denen sie nach ihren eigenen Worten sich selber und ihre Sehnsucht nach Gott wiedergefunden habe. Stundenlang versenke sie sich ins wortlose Gebet. Immer wieder erlebe sie Entrückungen, während derer sie auch Stimmen vernehme. Sie kämen mit einer Macht über sie und in den unpassendsten Momenten, sodass sie auch den anderen nicht verborgen blieben. Diese Entrückungen seien zum beliebten Gesprächsthema im Kloster und außerhalb geworden, man mache sich darüber lustig. Die Beichtväter, denen sie sich anvertraut habe, seien zu dem Ergebnis gekommen, ihre Visionen und Auditionen seien ein Werk des Teufels.

Er, Juan, glaube das aber nicht. Teresa sei eine vierzigjährige Frau voller Humor und Lebensklugheit, sie habe nichts Exaltiertes, Gekünsteltes an sich. Nur sei das, was ihr widerfahre, so einzigartig und der Widerstand durch ihre Umwelt so heftig, dass sie immer wieder bezweifle, ob es wirklich Gott sei, der zu ihr spreche.

Francisco hat zugehört, ohne Bruder Juan ein weiteres Mal zu unterbrechen. Schweigend betritt er das Kloster und nur mit einem abwesenden Lächeln beantwortet er die ehrerbietige Begrüßung der Mutter Oberin. Im Sprechzimmer erwartet er die Nonne. Er spürt den Schlag seines Herzens. Wird er einer Hochstaplerin begegnen oder einer nervösen, im religiösen Wahn befangenen Frau? Welche Verbindungen bestehen zwischen der armen Königin Johanna und dieser Teresa? Was hat ihn hierher geführt? Doch nichts als Traumgespinste. Pater Ignatius hat ihn oft genug gewarnt, nicht so leicht an Wunder und Erscheinungen zu glauben. Oftmals entsprängen sie einem kranken Hirn, dessen Übel durch übertriebene Gebetsübungen noch verschlimmert würden. Und doch: Johannas Beispiel zeigt, dass der Herr die Mächtigen zuschanden macht, damit sie Seine Liebe erkennen. Und Pippo hat ihn gelehrt, dass der Herr die Kleinen an sein Herz zieht, damit sie aufsteigen in Seinem Licht.

Francisco erkennt die Nonne sofort wieder, nur hat sie geweint, als sie ihm erschienen ist. Ihr Anblick überwältigt ihn: die wachen prüfenden Augen unter den geschwungenen Augenbrauen, die fein geformte Nase, die weiche

Rundung der leicht geröteten Wangen, die vollen Lippen. Er meint, ein junges Mädchen vor sich zu sehen, auch in dem schnellen Schritt, mit dem sie den Raum betreten hat, und in der Anmut, mit der sie das Knie beugt. In seinem Leben ist er vielen Frauen jeglichen Alters und aller Stände begegnet. Diese Frau aber, das spürt er sofort, ist etwas ganz Besonderes. Mit ihr scheint es hell geworden zu sein im Raum. Ein Glanz geht von ihr aus, der nicht von dieser Welt ist, und zugleich eine Demut, die sich dieser Kraft erst versichern muss, um ihr zu gehorchen.

Es bedarf nicht vieler Einleitungsworte zwischen der Nonne und dem Priester. Sie wissen voneinander und sind sich vertraut, als kennten sie sich schon seit Ewigkeiten. Zwischen ihnen steht nicht der welterfahrene Herzog von Gandia, der Ehemann und Familienvater, nicht einmal der asketische Priester, der von vielen wie ein Heiliger verehrt wird, und auch nicht die unbekannte Nonne mit den jüdischen Vorfahren, die kaum etwas anderes als dieses Kloster gesehen hat. Hier begegnen sich zwei Seelen in der Sehnsucht nach Gott und beide spüren es.

Teresa klagt sich an: ihre Lauheit, ihre Neigung zu Zerstreuungen und zur eleganten Welt, in der sie jahrelang gelebt habe, ihr klatschsüchtiges oberflächliches Wesen. „Auf der einen Seite rief mich Gott, auf der anderen folgte ich der Welt; während ich große Freude an göttlichen Dingen hatte, fesselten mich die weltlichen. Zur Liebe geschaffen, verriet ich die Liebe. Ich weigerte mich, das zu werden, was ich hätte sein sollen."

Sie hält mir einen Spiegel vor, denkt Francisco, während er Teresa zuhört. So redet keine hysterische, seelisch kranke Frau, die sich wichtig machen will. Ihre Entrückungen und Visionen deutet sie nur zurückhaltend und mit mädchenhafter Scheu an. Als ihr das Wort Ekstase entfährt, errötet sie und verstummt.

Francisco bittet sie, ihm zu beschreiben, wie es zu einer Entrückung komme, was sie dabei empfinde und wie es ihr danach ergehe.

Sie denkt eine Weile nach und wägt dann sorgfältig jedes Wort ab, während sie spricht: „Es liegt nicht in meiner Macht, es zu verhindern, und es ist mir unangenehm, wenn es im Beisein anderer geschieht. Wie oft habe ich den Herrn angefleht, mir die Gnade der Entrückung nicht vor anderen zuteilwerden zu lassen, die nur dummes Zeug darüber verbreiten! Was die Entrückung selbst betrifft, kann sie unmöglich in ganz klare Begriffe gefasst werden. Der Seele wird gleichsam der Atem entzogen, dann wird sie erhoben und fast immer folgt ihr, ohne dass ich es verhindern kann, das Haupt, manchmal der ganze Körper nach, sodass dieser frei über der Erde schwebt. Manchmal fühle ich den Leib aber auch erkalten. Wenn die Seele wieder zu sich kommt, scheint es ihr, in einem anderem Land gewesen zu sein und ein vom Diesseits verschiedenes Licht gesehen zu haben. In der Entrückung lernt die Seele in einem Augenblick weit mehr, als sie sich sonst in vielen Jahren mühsam aneignet. Bisher Unverstandenes wird klar, Dunkles hell."

Teresas Augen leuchten, bei den letzten Worten hat sie die Arme weit geöffnet, als wolle sie die ganze Welt umarmen. Dann lässt sie sie plötzlich sinken und schaut zu Boden, als schäme sie sich ihrer Begeisterung.

Ihre Gesten lassen Francisco an einen Vogel denken, der zum Fliegen anhebt und durch Gitterstäbe daran gehindert wird. Auch die arme Königin Johanna muss einmal ein so feuriger Geist gewesen sein, beseelt von einer Liebe, die sich dann verirrte. Ist es ihm nicht ähnlich ergangen? Ein glanzvolles weltliches Leben, das in tiefe Bedrückung mündete bis hin zu dem Gedanken, seinem Leben ein Ende zu setzen? Erst der Tod der schönen Isabella bewirkte seine Umkehr. Die Zustände, die Teresa beschreibt, mit so einprägsamen Worten, wie sie ihm nie zur Verfügung ständen, sind ihm nicht fremd. Auch er ersehnt und fürchtet sie zugleich. Er kennt die Anfechtungen des Zweifels. Doch als Mann und Priester besitzt er genug Selbstbewusstsein, vor allem aber Möglichkeiten, seine religiösen Erfahrungen im Austausch mit Gleichgesinnten und tätig in der Welt zu prüfen und einzuordnen. Kaum jemand würde den einstigen Herzog von Gandia und Vertrauten des Kaisers für hysterisch halten. Aber eine Nonne unterliegt schnell dem Verdacht, die Ehelosigkeit vernebele ihr den ohnehin schwachen Verstand. So, wie man einst der betrogenen, eingekerkerten Johanna vorwarf, sie sei wahnsinnig, weil sie bedingungslos geliebt hatte.

Als hätten sich ihr Franciscos Überlegungen mitgeteilt, fährt Teresa fort: „Alle halten mich für verrückt, selbst meine Beichtväter, weil Jesus Christus und die Engel zu mir sprechen. Zwanzig Jahre lang habe ich Gott mit meinen Eitelkeiten und Gedankenlosigkeiten gekränkt, ihn gesucht, mich gewehrt gegen ihn, ihn verleugnet, bis ich dem Tode nahe war. Er hat geduldig gewartet, mich aus dem Sumpf gezogen, meinen tauben Ohren gepredigt,

ihm zu folgen. Und jetzt, da ich endlich seine Liebe erkannt habe und ihn mehr als alles auf der Welt liebe, sagt
man, ich sei des Teufels, wie so viele fromme Weiber, die
sich Geschichten von einem himmlischen Geliebten ausdenken, weil ihnen auf Erden keiner beschieden ist. Aber
ich vermag wohl zu unterscheiden zwischen Fantasie und
den Erscheinungen, die mich bei völlig klarem Verstand
heimsuchen. Doch auch der klügste Verstand, und gerade
er, kann narren. Deshalb frage ich mich, ob allein ich recht
habe und alle anderen sich irren. Wenn mich der Zweifel wie mit glühenden Zangen peinigt, dann meine ich sogar, man wird mich rechtens aus dem Kloster und aus der
Mutter Kirche verstoßen, wenn der Herr nicht vorher ein
Einsehen hat und mich zu sich nimmt in seine liebende
Allgegenwart." Ihr Stimme klingt traurig, aber unberührt
von Selbstmitleid.

Wie sie sich nach solchen Entrückungen fühle, forscht
Francisco noch einmal, interessiert wie ein Arzt, der eine
Patientin nach den Symptomen ihrer Krankheit befragt.
Ermattet, niedergeschlagen, wieder im Kloster zu sein,
unruhig, zerfallen mit sich und der Welt?

Teresa richtet sich auf. „Keineswegs, Pater. Nach einer
Entrückung bin ich so voller Dankbarkeit und Glück über
das, was ich ohne Augen geschaut und ohne Ohren gehört
habe, dass ich den Menschen zurufen möchte, sie mögen
wenigstens ihre leiblichen Ohren und Augen öffnen, um
die Wunder der Schöpfung wahrzunehmen. Aber ich gestehe, dass ich auch wütend bin über meine Beichtväter,
die mich und das, was mir widerfährt, so verkennen. Mit
ihren ängstlichen Bedenken hindern sie mich daran zu

verstehen, was Gott von mir will. Denn dessen bin ich nun ganz sicher: Der Herr hat einen Auftrag für mich, aber ich erkenne ihn noch nicht genau und weiß den Weg nicht."

Ob sie des Klosterlebens überdrüssig sei, ob sie sich gefangen fühle?, fragt Francisco weiter.

Zögernd erwidert Teresa: „Ja und nein. Gefangen in der Oberflächlichkeit dieses Lebens, das doch ganz dem Herrn geweiht sein sollte. Gott ist so groß, von solcher Weite und Tiefe, doch wir beleidigen ihn durch Kleinmut, Egoismus und Trägheit unseres Klosterlebens. Wahre Freiheit eröffnet sich erst in der bedingungslosen Liebe zu Christus und in seiner Nachfolge, nicht im Tändeln mit dem Fürsten dieser Welt. Wie sollen das die Menschen begreifen, wenn wir es ihnen nicht vorleben? Immer wieder habe ich nach neuen Beichtvätern gesucht, die das verstehen. Aber alle fürchten sie die Liebe mehr als den Teufel. Statt in die Weite Gottes aufzubrechen, lassen sie ihr Schiff und damit das Schiff der Kirche im schlammigen Hafen der Selbstgenügsamkeit vor sich hindümpeln."

Hingerissen von ihrem Temperament, lächelt Francisco die Nonne an. Schwester Teresa hat ein kühnes Herz, kühn genug, Gottes Anruf gegen alle Widerstände zu folgen, sobald sie ihn verstanden hat. Wenn ihre Zeit gekommen ist, wird sie in See stechen und mit ihrer Kraft das Schiff der Kirche wieder ins offene Fahrwasser ziehen. Er beugt sich ihr entgegen und sagt beschwörend: „Lasst Euch nicht irre machen, Schwester. Ihr scheint mir eine mutige Streiterin des Herrn zu sein. Jesus Christus liebt jene, die den Gehorsam gegen Ihn höher stellen als eine sklavische Rücksicht auf menschliche Autoritäten. Ihr werdet Euren Weg finden. Habt keine Angst, der Herr wird Euch nicht ohne Beistand lassen!"

Francisco ist, als hätte ein anderer aus ihm gesprochen. Auch Teresa schaut ihn verwundert an.

„Was ich gesagt habe, habe ich gesagt", bekräftigt er entschieden seine Worte. „Ich werde Euch einen Franziskanerpater schicken, der im Ruf der Heiligkeit steht und der Euch als Beichtvater auf Eurem Weg bestärken wird. Stört Euch nicht an seinem etwas seltsamen Gebaren. Er sieht aus wie eine Baumwurzel, redet nicht viel und antwortet meist nur auf Fragen. Er wird sich – wie ich – von der Echtheit Eurer Visionen überzeugen. Und noch ein dringender Rat: Schreibt auf, was Euch widerfährt."

„Bitte verlangt das nicht", widerspricht Teresa, „ich bin nur eine ungebildete Frau und verstehe mich besser darauf, das Spinnrad zu treten, die Kapelle zu besuchen und die Regeln des Ordenslebens zu befolgen, als zu schreiben."

„Schreibt, wie Ihr sprecht, und stellt Eure von Gott verliehene Fähigkeit in den Dienst der Menschen. Ihr werdet damit viele zum Glauben führen", entgegnet Francisco mit einer Stimme, die keinen weiteren Widerspruch duldet.

Jede andere Nonne hätte bei diesem Ton den Blick gesenkt, doch Teresa blickt ihn nachdenklich an. Dann blitzt ein Schalk in ihren Augen auf. „Auch die Väter von der Heiligen Inquisition?", fragt sie.

„Eure himmlische Liebe wird selbst den Teufel bekehren", erwidert Francisco.

Beide lachen.

Nach einem gemeinsamen Gebet scheiden sie voneinander. Zu dem vor der Klosterpforte wartenden Juan sagt Francisco, noch ganz erfüllt von der Begegnung: „Diese Schwester Teresa von Avila ist aus dem Stoff, aus dem Heilige gemacht werden. Zu gegebener Zeit werde ich König Philipp bitten müssen, seine schützende Hand über sie zu halten."

Wortlos reiten die Männer auf Avila zu. Über den trutzigen Mauern der Stadt leuchtet hell der Mond. Es ist die Nacht der Auferstehung.

Die Heilige

Caterina von Siena (1347–1380)

Im 14. Jahrhundert vollzog sich in Italien der Übergang vom Mittelalter zur Neuzeit. Die Stadtstaaten trugen untereinander blutige Fehden aus. Vergeblich versuchten die Kaiser Heinrich VII., Ludwig der Bayer und Karl IV., ihren Herrschaftsanspruch als römische Könige mit Waffengewalt aufrechtzuerhalten. Die von ihren Kriegszügen in Italien zurückbleibenden Landsknechte sammelten sich unter dem Kommando von Abenteurern und traten in die Dienste der meistbietenden Fürsten. Die Bevölkerung litt bittere Not. Wer die Pestepidemien überlebte, von Überfällen und Plünderungen verschont blieb, dem raubten die Steuereinnehmer der Kurie in Avignon die letzte Habe. Jegliche Autorität verfiel, es galt nur das Recht des Stärkeren.

In diese Zeit fällt das Wirken der Färberstochter Caterina von Siena. Ähnlich wie fünfzig Jahre später das Bauernmädchen Jeanne d'Arc, griff sie, von Visionen getrieben, in die politischen Kämpfe ein. Ihre Waffe war das Wort, ihr Ziel die Befriedung Italiens und eine Reform der Kirche. Im Ton hart und streng, unerschrocken und von glühendem Glaubenseifer, besaß sie eine Ausstrahlung, der sich die Mächtigen nicht entziehen konnten. Caterina von Siena kritisierte die moralische Verkommenheit weltlicher und geistlicher Fürsten mit einem Freimut, der noch heute erstaunt. Durch ihre Briefe wurde sie zum „schreibenden Gewissen" der Zeit. Persönlich lauter und diplomatisch befähigt, gelang es ihr immer wieder, verfeindete Parteien auszusöhnen.

Caterina von Siena war Mystikerin. Sie handelte aus tiefem religiösen Empfinden. Die Denkkategorien routinierter Politiker blieben ihr fremd, sie verließ sich allein auf Intuition und Erfahrung. 1376 ermutigte sie Papst Gregor XI. (1370–1378), nach Rom zurückzukehren und damit das Exil des Papsttums in Avignon zu beenden. Doch ihr Traum, dass nun ein Zeitalter des Friedens begänne, erfüllte sich nicht. Die Kämpfe zwischen den Stadtrepubliken und dem Kirchenstaat dauerten an. Nach Gregors Tod erhoben zwei Kardinäle Anspruch auf die Nachfolge. Urban VI. behauptete sich in Rom, Clemens VII. (Robert von Genf) residierte in Avignon. In den nächsten Jahrzehnten (1378–1418) spaltete das Große Abendländische Schisma die Christenheit.

1461 sprach Papst Pius II., der sich als humanistischer Gelehrter einen Ruf erworben hatte, Caterina von Siena heilig.

* * *

Die Sonne stand fast im Zenit, als Mona Lapa den steilen Anstieg von Ronciglione bewältigt und die Passhöhe erreicht hatte. In der Tiefe schimmerte der Wasserspiegel des Lago Vico. Der Frühling war spät ins Ciminische

Bergland gekommen. In den Tälern blühte der Ginster, doch über die Höhe strich noch ein kalter Wind.

Mona Lapa hob die Augen nicht von dem beschwerlichen Weg. Erst als sie das Plätschern einer Quelle hörte, schaute sie um sich. Die Lichtung schien ihr der geeignete Ort für eine Rast. Sie legte ihr Bündel auf einen flachen Stein, entknotete es und breitete die Mahlzeit aus – ein Stück Schafskäse, gesalzene Oliven und Hirsefladen. Seit Sonnenaufgang hatte sie nichts mehr gegessen. Sie bekreuzigte sich und murmelte ein Gebet. Als sie einige Bissen zu sich genommen hatte, überwältigte sie Müdigkeit. Ihr Kinn sank auf die Brust. So erblickte sie ein Reiter, der die Via Cimina entlangritt. Er sprang von seinem Maultier.

Mona Lapa schrak auf. Gegen die Sonne sah sie nichts als Schatten. Sie hob die Hand über die Augen.

„Gute Frau, was tut Ihr hier allein? Ist Euch etwas zugestoßen?"

Die Alte musterte den Fremden. Sein Gewand war einfach, doch aus feinstem Tuch, auf dem schwarzlockigen Haar saß ein rotes Barett. Das bartlose Gesicht ließ ihn jünger erscheinen, obwohl er auf die Dreißig zugehen mochte.

„Setz dich zu mir, wenn dich die Gesellschaft einer alten Frau nicht langweilt."

Lächelnd verbeugte sich der Fremde und nannte seinen Namen: Antonio di Bartolo, auf dem Weg von Rom in seine Heimatstadt Florenz.

Mona Lapa winkte ab. „Was sind schon Namen! Nenn mich Mutter und setz dich nieder!"

Antonio band das Maultier an einen Baum. Aus der Satteltasche nahm er Wein, Oliven und Brot. Bedächtig aßen und tranken sie.

„Fürchtet Ihr Euch nicht, ohne Begleitung zu reisen? Es soll Banditen in den Wäldern geben", begann Antonio das Gespräch.

„Es fürchtet sich nur, wer etwas zu verlieren hat. Was habe ich zu verlieren? Nur das Leben und das neigt sich ohnehin dem Ende zu. Achtzig Jahr bin ich alt." Mona Lapa nahm den Becher Wein, den Antonio ihr reichte, trank und fuhr fort: „Drei Stunden Weg von hier sprangen zwei Männer aus dem Gebüsch, etwa so alt wie du, die Gesichter von Haar bewachsen, dass sie kaum zu erkennen waren. Da seid ihr bei mir falsch, sagte ich. Ich habe nur mein Leben, wenn ihr etwas damit anfangen könnt. Wenn ihr es nicht wollt, dann betet mit mir für die Seele meiner verstorbenen Tochter, die ich eben in Rom begraben habe, und Gottes Segen wird mit euch sein.

Du wirst es nicht glauben, aber die Burschen knieten mit mir nieder, wir beteten gemeinsam ein Vaterunser. Sie begleiteten mich noch ein Stück, dann verschwanden sie wie gekommen. Banditen sind auch Menschen."

Mona Lapa wandte sich Antonio zu. In den altershellen Augen tanzten Lichtpünktchen. Der Mann wusste nicht, ob er über die Schläue oder die Einfalt der Alten lachen sollte.

„Ihr brächtet es wohl auch fertig, Banditen zu Mönchen zu machen, wie?"

Die Alte schüttelte den Kopf. „Da blieben sie ja, was sie sind."

„Ihr habt keine hohe Meinung von den frommen Brüdern."

„Es gibt gute und schlechte", wich Mona Lapa aus. Sie
ging zur Quelle und wusch sich die Hände. Ihre Bewegungen waren rasch und nicht ohne Anmut. Als sie wieder neben Antonio saß, strich sie eine Haarsträhne aus dem Gesicht und band das Kopftuch fester. Antonio mutete diese
Geste vertraut an. Wo hatte er sie schon einmal gesehen
und bei wem?

„Euch ist die Tochter gestorben?"

Mona Lapa nickte. „In meinem Alter wird der Tod zu
einem treuen Begleiter. Jedesmal, wenn er eines der Kinder oder Enkel holt, frage ich: Warum nicht mich? Sie war
meine jüngste Tochter, kaum älter als du. Mir ist, als hätte
ich sie eben erst geboren. Wer soll das begreifen."

Antonio berührte mitfühlend Mona Lapas Hand. „Wie
gut ich Euch verstehe. Auch ich habe in Rom eine Tote be-
weint. Man hatte sie schon begraben, als ich kam. Der Gedanke, sie nie wiederzusehen, macht mich krank. Sie war
noch so jung ..."

Ihm brach die Stimme. Das Maultier hielt im Grasen
inne, hob den Kopf und ließ ein Schnauben hören.

„Sie war eine Heilige, wie es sie nur alle hundert Jahre
einmal gibt", sagte Antonio, als er sich gefasst hatte.

„Warum trauerst du dann?", fragte Mona Lapa. „Heilige sterben nicht wirklich. Sie sind bei Gott. Du kannst
zu ihnen beten, sie um Hilfe bitten, mit ihnen Zwiespra-
che halten. Aber – wer sagt dir, dass deine Tote eine Heilige war?"

„Ich weiß es. Sie war wie ein Engel mit dem Flammenschwert. Menschliche Gemeinheit vermochte nichts gegen sie. Sie lebte und sie starb wie eine Heilige."

Mona Lapa räusperte sich unwillig. Die Schwärmerei des jungen Mannes missfiel ihr. Sie passte nicht zu ihm. Einem Mönch konnte man solche Worte hingehen lassen, aber dieser da war kein Mönch. Freilich, in seinem Alter neigt man noch zum Überschwang. Das Mädchen mochte seine Liebste gewesen sein, und weil er sich mit ihrem Tod nicht abfinden wollte, verklärte er sie zu einer Heiligen. Irgendwann würde er eine neue Liebste finden und die Tote vergessen. Aber das konnte sie ihm jetzt nicht sagen, traurig, wie er war.

Mona Lapa schaute hinunter zum See, der wie ein großes Auge inmitten der waldigen Hänge lag. Der Wind hatte sich gelegt. In der Wärme des Mittags verstummten die Vögel. Reglos stand das Maultier. Mona Lapas Gedanken glitten hinüber in die Zeit der Kindheit, wenn sie, vom Spiel ermattet, auf einer Wiese gelegen hatte. Das Gras wuchs zu Wäldern, der ferne Himmel schien zum Greifen nahe. Die Wolken verwandelten sich in Engel, die Bäume in Riesen.

Mona Lapa lächelte still. Wenn man nur lange genug lebt, erscheint das Leben am Ende so wunderbar wie am Anfang. Nur in der Mitte, wenn Haus und Kinder einem keine Zeit zum Träumen lassen, meint man alles zu wissen und alles zu verstehen. Vielleicht hatte Caterina nicht erwachsen werden wollen, um sich von ihren Wundern und Gesichten nicht trennen zu müssen. Aber als sie starb, wirkte sie älter als die älteste Frau, der Mona Lapa je begegnet war. Von einem Tag zum anderen wurde dieses

Kind zur Greisin, dabei zählte sie erst dreiunddreißig Jahre ...

Ein Brennen in der Brust ließ Mona Lapa aufstöhnen. Immer, wenn sie an Caterinas Sterben dachte, stellte sich dieser Schmerz ein. „Zugrunde gerichtet hat sie sich", murmelte sie.

Antonio sah die Alte erstaunt an. Wen meinte sie?

„Es gibt Leute, die nennen auch meine Tochter eine Heilige. Gott vergib ihnen, sie wissen nicht, was sie sagen. Redet einer wirres Zeug, tut er unverständliche Dinge, dann schreien sie gleich: Ein Heiliger! Ein Heiliger! Ich frage dich, kann jemand eine Heilige sein, die Gottes Gebote verletzt?"

„Verzeiht ihr", erwiderte Antonio. Er spürte, dass die Alte nur aus Gram so sprach, und wollte sie beruhigen.

„Ich habe ihr längst verziehen, aber ob auch Gott ihr verzeihen wird, weiß ich nicht."

„Erzählt mir von ihr", sagte Antonio.

Mona Lapa war froh, den Kummer loszuwerden, der ihr das Herz verbrannte.

Vierundzwanzig Kinder hatte sie geboren und jene, die von Krankheiten nicht in frühem Alter hinweggerafft wurden, wuchsen zu ordentlichen und geachteten Bürgern heran. Bis auf die Jüngste, die nun in Rom gestorben war. Als die Zeit herankam, da sie wie alle Mädchen heiraten und eine ehrbare Hausfrau werden sollte, sträubte sie sich. Zuerst glaubte Mona Lapa, der Bräutigam, den sie ausgesucht hatte, gefiele der Tochter nicht. Mona Lapa gab nach. Immerhin zählte der Bräutigam fast fünfzig Jahre, und sie verstand schon, dass die Fünfzehnjährige solch eine Verbindung schreckte. Aber auch die jungen Burschen, die sich nach ihr umdrehten, wenn Mona Lapa mit ihr zur Kirche ging, beachtete die Tochter nicht.

Endlich meinte Mona Lapa den Richtigen für sie gefunden zu haben – Messer Sandro, den Sohn eines Lederhändlers, jung, schön, ein Mann, wie ihn sich ein Mädchen nur erträumen konnte. Doch die Tochter erklärte, sie würde weder Messer Sandro noch einen anderen heiraten.

Mona Lapa und ihr Ehemann Giacomo hielten nichts von dem Gerede, in diesem Alter schwätzten die Mädchen oft dummes Zeug. Aber bevor sie Messer Sandros Eltern aufsuchen konnten, den Heiratsvertrag abzuschließen, schnitt sich Caterina die langen Haare ab, ihre Zierde und Mona Lapas Stolz. Wie ein kleiner kahlgerupfter Vogel stand sie vor ihr, schaute sie sanft an und sagte mit fester Stimme: „Ich werde niemals heiraten!"

Mona Lapa überwältigte der Zorn. Sie schlug auf die Tochter ein, trat mit den Füßen nach ihr, schrie sie an: „Die Haare wachsen wieder, dann verheirate ich dich doch." Das Mädchen antwortete nur: „Eher sterbe ich."

Mona Lapa beschloss, den Widerstand auf andere Weise zu brechen. Caterina war verwöhnt und deshalb aufsässig. Sollte sie durch Arbeit zu Vernunft kommen! Die Magd wurde entlassen und Caterina musste deren Dienste verrichten. Von Tagesanbruch bis zum späten Abend gönnte Mona Lapa ihr keine Ruhe. Sie wollte das Beste für Caterina, wollte, dass sie wie ihre Schwestern, wie alle Mädchen ihres Alters einen Mann nahm, Kinder gebar.

Eines Nachts entdeckte sie, dass die Tochter nicht in ihrem Bett schlief, sondern auf den blanken Dielen kniete und betete. Mona Lapa fragte sie, ob sie Nonne werden wolle. „Nein, ich glaube nicht", antwortete Caterina. „Gott hat mir meinen Weg noch nicht gezeigt."

Mona Lapa hielt plötzlich inne. Warum erzählte sie das alles dem Fremden? Er konnte sie doch nicht verstehen, musste glauben, sie verurteile die Tochter. Verlegen sagte sie: „Sie war kein schlechtes Mädchen, nur – etwas wirr im Kopf. Vielleicht lag es daran, dass ich schon auf die Fünfzig zuging, als ich sie gebar."

Antonio wollte die Alte trösten. „Aber die anderen Töchter haben Euch doch sicher Enkelkinder geschenkt."

„Mehr als ich zählen kann", erwiderte Mona Lapa stolz.

„Und Eure Jüngste, ist sie eine Nonne geworden?"

„Nein." Es bedrückte Mona Lapa, weiter von Caterina zu sprechen. Deshalb forderte sie Antonio auf: „Erzähl mir von dir, von deiner Liebsten, um die du trauerst! Oder war sie deine Schwester?"

Antonio schaute nachdenklich zu Boden. Wie konnte er erklären, was jene ihm bedeutet hatte? Mutter? Schwester? Liebste? Diese Worte trafen es nicht. Wie sollte man jemanden nennen, der nicht von dieser Welt war und ihr doch so zugehörig, dass er sie veränderte? Vielleicht nicht die Welt, aber die Menschen, mit denen er zusammentraf.

Zum ersten Mal begegnete er der zierlichen Frau im schwarzweißen Gewand des dritten Ordens der Dominikaner vor vier Jahren in Avignon, der Papststadt an der Rhône. Florenz, seine Heimatstadt, hatte sich der Antipäpstlichen Liga angeschlossen und es stand jeden Tag zu befürchten, dass Papst Gregor das Interdikt über sie verhängte. Dann durfte jeder florentinische Händler als vogelfrei angesehen werden. Straflos konnte man ihm sein Geld nehmen, seine Waren, ihn sogar töten. Antonio di Bartolo, von seinem Vater nach Avignon geschickt, war Tag und Nacht auf den Beinen, um die auf Lager liegenden Tuche zu verkaufen und Schulden einzutreiben, denn die Kardinäle beeilten sich nicht, ihren Verbindlichkeiten nachzukommen. Hofften sie doch auf den Bannstrahl des Papstes gegen Florenz, der ihnen das Geld sparen würde.

Da ging die Nachricht durch die geschwätzige Papststadt, eine Nonne, mit übernatürlichen Kräften begabt, würde nach Avignon kommen, um zwischen Florenz und dem Papst zu vermitteln. Die Regierung der toskanischen Stadt hätte sie gebeten, den Heiligen Vater freundlich zu stimmen. Auch eine Gesandtschaft aus Florenz sei auf dem Wege.

Als die Nonne eintraf, hielt Antonio sich bei Freunden in Beaucair auf. In der Hoffnung, Neuigkeiten aus Florenz zu erfahren, begab er sich sofort nach Avignon. Er traf die Nonne vor der Kirche Saint Agricol. Begleitet von einigen Männern und Frauen, trat sie aus dem Tor. Ihre unscheinbare Gestalt enttäuschte ihn. Nach dem, was man von ihrem Mut und ihrer Sprachgewalt berichtete, hatte er eine andere erwartet. Ihr Gesicht war durchscheinend bleich, zwei Gefährten stützten sie. Neben Antonio meinte jemand, Gottes Hand ruhe schwer auf diesem Mädchen. Während des Gottesdienstes sei sie ohnmächtig geworden. Antonio folgte der kleinen Schar. Endlich überwand er seine Scheu, trat vor die Nonne, nannte Namen und Herkunft und fragte, wie die Dinge in Florenz stünden.

„Gut, mein Freund. Wenn Florenz den Frieden wirklich will, wird auch der Heilige Vater den Mut zur Gerechtigkeit haben." Sie schaute aus großen klaren Augen zu ihm auf, alles durchdringend. Noch nie hatte eine Frau ihn so angesehen. Sie bat ihn, von sich zu erzählen.

Er sprach von seinen Geschäften und Erfahrungen in dieser Stadt, von seiner Verbitterung. Seien doch die Florentiner nicht weniger gute Söhne und Töchter der Kirche als die Römer und Neapolitaner. Warum verhänge der Heilige Vater das Interdikt über sie? Wenn Florenz und andere Städte Italiens das rote Banner des Aufruhrs erhöben, dann hätte dies seinen Grund im Hochmut und in der Ungläubigkeit der Prälaten und in der Raffgier der päpstlichen Legaten.

Antonio fühlte die Hand der Nonne auf seinem Arm. Es strömte eine Ruhe von ihr aus, die den Sturm in seinem Inneren besänftigte.

Sie werde dem Heiligen Vater die Nöte Italiens vor Augen führen, versprach sie.

Ganz Avignon redete von dieser Italienerin, die gekommen war, den Papst zur Rückkehr nach Rom zu bewegen und Italien den Frieden zu bringen. In den Schänken schloss man Wetten ab, ob es ihr gelingen würde. Es bildeten sich zwei Parteien, eine für die Nonne, meistens Italiener, und eine gegen sie. Die Italiener priesen die Klugheit und den Mut des Mädchens aus Siena, die Franzosen nannten sie eine Hexe und beriefen sich dabei auf das Urteil des Franziskaners Peter von Aragon. Alle verfolgten gespannt die Vorgänge im Papstpalast.

Papst Gregor galt als schwacher, unentschlossener Mann, der immer der stärkeren Seite zuneigte. Die stärkere Partei in der Kurie bildeten die französischen Kardinäle, an ihrer Spitze der junge Robert von Genf. Sie wollten die Rückkehr des Papstes nach Rom um jeden Preis verhindern und erinnerten den furchtsamen Gregor an das Schicksal seines Vorgängers Urban. Dieser war neun Jahre zuvor nach Rom gereist und hatte, entsetzt über die verfallene Stadt und den kriegerischen Widerstand des römischen Adels, Italien überstürzt wieder verlassen. Kurz nach seiner Ankunft in Avignon starb er.

Doch jetzt geschah etwas, das an ein Wunder grenzte. Mächtiger als alle Kardinäle schien diese kleine Italienerin zu sein. In ihren Briefen an den Papst nannte sie dessen Legaten verfaulte Glieder der Kirche, beschwor Gregor, nach Rom zurückzukehren und Frieden in Italien zu schaffen, warnte ihn vor Nachlässigkeit, Selbstsucht und Feigheit. „Überwinden Sie die Bosheit Ihrer Gegner mit Ihrer Güte", bat sie, „haben Sie Nachsicht mit der Republik Florenz, die glaubte, sich angesichts der vielen Strafen, Ungerechtigkeiten und Schändlichkeiten, die schlechte Hirten und Statthalter über sie brachten, nicht anders wehren zu können, als die Fahne des Aufruhrs zu hissen. Die Menschen dort sahen ja die abscheuliche Lebensweise der päpstlichen Gouverneure, die – Sie müssen es wissen – eingefleischte Teufel sind. Bringen Sie uns den Frieden wieder!"

Noch nie hatte jemand so zu Gregor gesprochen. Die Kardinäle und Theologen schmeichelten ihm und suchten dabei nur ihren eigenen Vorteil. Gregor wusste es, doch er war zu schwach, sich dagegen aufzulehnen. Caterina aber rief ihm zu: „Mut, Vater, Mut! Ich möchte Sie als echten Hirten sehen, der seine ihm anvertrauten Schafe den Wölfen entreißt." Aus ihren Briefen wehte ein frischer Hauch, der die stickige Luft Avignons zerteilte.

Gregors Berater spotteten über das einfältige Mädchen, das behauptete, im Namen Jesu Christi zu sprechen, und rieten ab, sie zu empfangen. Gregor verwies auf Franz von Assisi. Hatte der einfältige Mönch der Kirche nicht einen großen Dienst erwiesen? Die Berater widersprachen. Man könne den Kaufmannssohn Franz nicht mit der Färberstochter Caterina vergleichen. Caterina sei ungebildet und obendrein ein Weib.

„Gott bediente sich des ungebildeten Weibes Maria, um der Welt den Erlöser zu schenken", antwortete Gregor eigensinnig. Er wollte Caterina sehen. Die Kardinäle prophezeiten das fromme Schauspiel einer Landstreicherin, über das ganz Avignon lachen würde.

Gregor lud Caterina vor das Konsistorium. Zum Reden aufgefordert, begann sie den Verfall der Kirche und die Laster der Kurie zu beklagen. „Blind ist der Kranke, der nicht sehen will, was ihm nottut. Blind ist der Hirt, der Arzt sein soll und nur auf seine eigene Bequemlichkeit achtet und, um sie nicht zu verlieren, weder das Messer der Gerechtigkeit gebraucht noch das Feuer brennender Liebe."

Staunend hörte man ihr zu. Diese Frau musste eine Teufelin oder eine Heilige sein. Woher nahm sie den Mut, so zu sprechen? Als Gregor sie ungehalten fragte, wie sie dazu komme, über Zustände zu urteilen, die sie doch erst seit ein paar Tagen kenne, erwiderte sie ohne Zögern: „Ich bekenne furchtlos, da es um die Ehre des allmächtigen Gottes geht, dass die Sünden des päpstlichen Hofes bis nach Siena stinken und mir noch dort mehr Ekel einjagen als den Leuten hier, die sich mit ihnen besudelt haben und sich noch jeden Tag weiter besudeln."

Frater Raimondo, der die Worte der lateinunkundigen Nonne wie im Traum übersetzte, fürchtete, die Mauern des Konsistoriensaales würden über ihm zusammenstürzen. Aber es geschah nichts weiter, als dass die Gesichter einiger Kardinäle rot anliefen. Papst Gregor schaute die Nonne erstaunt an und bedeutete ihr, mit der Rede fortzufahren. Erst da ging ein Raunen durch den Saal.

Unbeirrt sprach das Mädchen von der Sehnsucht nach Frieden in Italien und von dem Wunsch aller Christen, den Heiligen Vater als das Oberhaupt einer Kirche zu sehen, die sich allein um die Ehre Gottes und das Heil der Seelen kümmere.

Der Papst, beeindruckt von der Glut ihrer Worte und ihrer Furchtlosigkeit, sagte zum Entsetzen der Kardinäle: „Damit du erkennst, dass ich den Frieden will, lege ich ihn in deine Hände. Aber bewahre die Ehre der Kirche!"

Von einer Frau erwartete Gregor, was all die gelehrten und weltklugen Kleriker nicht zustande brachten – eine gütliche Einigung zwischen der Kurie und den aufständischen Städten Italiens. Den wortgewandten Kardinälen verschlug es die Sprache.

Die Nonne kniete vor Gregor nieder. An der Seite Frater Raimondos verließ sie den Saal in so anmutiger Selbstverständlichkeit, als ginge sie täglich bei dem Papst aus und ein.

Antonio war außer sich vor Freude. Nun würde alles gut werden, die Gefahr für Florenz schien gebannt. Doch er jubelte zu früh.

Die florentinische Regierung bewies weniger Mut als Gregor und wagte nicht, das Schicksal ihrer Stadt einer Frau anzuvertrauen. Entgegen den Zusagen an Caterina und trotz des Interdikts befahl sie den Geistlichen in Florenz, Gottesdienste abzuhalten und die Sakramente zu spenden.

Die Ankunft der florentinischen Gesandten verzögerte sich. Als sie in Avignon eintrafen, besaßen sie keine Vollmacht zu Verhandlungen. Caterina, die von Florenz beauftragt worden war, in dem Streit zu vermitteln, wollten sie nicht einmal sehen.

Die Kardinäle frohlockten, Gregor empfand Scham, dass er Caterina vertraut hatte. Von einer baldigen Rückkehr des Papstes nach Rom war keine Rede mehr.

Die Briefe des Vaters riefen Antonio immer dringlicher nach Florenz, doch er blieb. Er hatte das Gefühl, die kleine Sienesin brauche seine Hilfe. War er doch in der Kirche Zeuge gewesen, wie Elyse Beaufort-Turenne, die Nichte des Papstes, ihr eine Nadel in den Fuß gestoßen hatte, um aller Welt zu beweisen, dass die Ekstase der Nonne während der heiligen Kommunion nur gespielt war. Caterina hatte reglos verharrt, wo jede andere vor Schmerz aufgeschrien hätte. Erst eine halbe Stunde später, als sie, zu sich gekommen, die Kirche verließ, stöhnte sie auf und fragte verwundert: Was ist mit meinem Fuß?

Die Kardinäle hassten sie, der Heilige Vater schickte Theologen, die ihre Rechtgläubigkeit prüfen sollten. Die Damen des päpstlichen Hofes machten sich über sie lustig, die Florentiner Gesandten mieden sie. Caterina sprach vom Frieden, wo jedermann nur an Krieg dachte. Da niemand ihren Worten vernünftige Gründe entgegenzusetzen wusste, stimmte man ihr ins Gesicht zu und lachte hinter ihrem Rücken. Doch diese erstaunliche Frau focht das alles nicht an. Sie verfolgte zäh die Mission, die sie ihr von Gott aufgetragen nannte.

Antonio hatte einmal nach ihrem Diktat einen Brief an Gregor geschrieben. Caterina sprach schnell, die Augen halb geschlossen. Er musste sie oft bitten, langsamer zu diktieren oder einen Satz zu wiederholen. Es verwirrte, ja ängstigte ihn, mit welcher Kühnheit sie zum Oberhaupt der Christenheit sprach. Noch heute wusste er den Brief auswendig.

„Ich möchte Sie ohne alle Menschenfurcht sehen, denn ich glaube, dass der furchtsame Mensch seinen heiligen Vorsätzen und seinem Verlangen nach dem Guten alle Wirkkraft nimmt. Deshalb bitte ich beständig den süßen guten Jesus, er möchte Ihnen diese knechtische Furcht nehmen und Ihnen die heilige Furcht schenken und eine brennende Liebe, die Sie nicht auf die Einflüsterungen der fleischgewordenen Teufel hören und den Ratschlägen verderbter, selbstsüchtiger Räte folgen lässt. Soviel ich vernehme, wollen sie Ihnen Furcht einjagen, um so Ihre Abreise nach Rom zu verhindern, indem sie sagen: Das wird Ihr Tod sein! Ich aber sage Ihnen im Auftrag des gekreuzigten Christus: Fürchten Sie sich nicht im Geringsten, liebster Heiliger Vater! Kommen Sie vertrauensvoll, im Vertrauen auf Christus Jesus! Denn wenn Sie Ihre Pflicht erfüllen, wird Gott über Ihnen wachen und niemand wird gegen Sie sein. Tapfer auf, mein Vater! Ich sage Ihnen, dass Sie nichts zu befürchten haben. Nur wenn Sie Ihre Pflicht nicht tun, hätten Sie Grund zur Furcht. Sie müssen kommen. Tun Sie es also in Milde, ohne alle Furcht! Wenn Ihre Umgebung Sie daran hindern will, sagen Sie ihnen kühn wie einst Christus zu Petrus, als ihn dieser in seiner Besorgnis vom Leidensweg zurückhalten wollte: Zurück, Satan, du bist mir zum Ärgernis, du hegst nicht Gottes Gedanken, sondern Menschengedanken. Willst du nicht, dass ich den Willen meines Vaters erfülle? Handeln Sie auch so, bester Vater! Folgen Sie ihm als sein Stellvertreter. Bleiben Sie fest in Ihrem Entschluss, nach Rom zurückzukehren, und sagen Sie ihnen: Wenn es mich tausendmal das Leben kostet, ich will den Willen meines Vaters erfüllen. Aber es kostet Sie das Leben nicht, es bleibt Ihnen erhalten und auch die Gelegenheit, sich fortwährend das Leben der Gnade zu erwerben. Ermutigen Sie sich also! Fürchten Sie sich nicht; es ist kein Anlass dazu. Lassen Sie die Leute reden, was sie wollen, halten Sie nur an Ihrem Vorsatz fest. Mein Beichtvater Frater Raimondo bat mich in Ihrem Auftrag, ich möchte für Sie wegen der Hindernisse zu Gott beten. Ich habe es schon immer getan, vor und nach der heiligen Kommunion. Ich sah weder Tod noch sonst eine Gefahr, wohl aber Gefahren vonseiten Ihrer Ratgeber. Glauben und vertrauen Sie doch der Milde Jesu Christi! Ich hoffe, dass Gott so viele Gebete, so viel brennendes Verlangen, so viele Tränen und Schweißtropfen nicht missachten wird ..."

Als sie geendet hatte und Antonio den Kopf hob, blickte er in ein totenblasses Gesicht. Gerade noch rechtzeitig sprang er hinzu, Caterina aufzufangen.

Frater Raimondo beruhigte ihn. Es ergehe ihr nach jedem Brief so, sie werde bald zu sich kommen. Später sagte sie zu Antonio, als er sie bat, sich zu schonen: „Wer tun will, was Gott ihm aufgetragen hat, muss in jedes Wort seine ganze Kraft legen, und koste es ihn das Leben. Ich will!"

Zweieinhalb Monate noch rang Caterina in Avignon gegen die französischen Kardinäle, die kein Mittel unversucht ließen, Gregor von der Rückkehr nach Rom abzuhalten. Jede Woche erschien ein neuer Prophet vor dem Papst: Wenn er Avignon verlasse, werde man ihn vergiften, entführen, erschlagen ... Doch Caterina wusste von der Sehnsucht Gregors, ein guter Hirte zu sein und ein mutiger Mann. Unter ihrem Zuspruch überwand er die Ängste des Fleisches. Im Oktober 1376 bestieg er in Marseille ein Schiff nach Italien. Mit ihm kehrte der päpstliche Thron an seinen angestammten Platz in Rom zurück.

Antonio blickte verstohlen auf die alte Frau. Sie schien tief in Gedanken, vielleicht war sie sogar eingeschlafen. Laut sagte er: „Ich finde kein anderes Wort, sie war eine Heilige."

Mona Lapa öffnete die Augen und fragte: „Was hat sie denn Besonderes getan, dass du sie so nennst?"

Antonio hob ratlos die Schultern. Wie sollte er das erklären? Er wusste von keinen Wundern zu berichten, die sie überzeugen würden. Caterina hatte niemanden vom Tode auferweckt, kein Wasser aus dem Stein geschlagen. Endlich sagte er: „Weniger durch das, was sie tat, als durch das, was sie bewirkte, war sie ungewöhnlich. Dem Papst hielt sie vor, dass er schwach und feige sei. Aber sie sagte es so, dass er Mut fasste, stärker zu werden. Ihr ist es zu verdanken, dass der Heilige Vater endlich nach Rom zurückkehrte."

Unwillig unterbrach ihn Mona Lapa: „Halte mich nicht zum Narren! Als ob der Heilige Vater auf ein Weib hören würde, das, statt im Kloster zu beten, in der Welt herumzieht. Der Papst sitzt wieder in Rom, das ist wahr, aber er wäre auch so zurückgekommen. Blieb ihm ja gar nichts anderes übrig, wenn er die reichen Pfründe hier in Italien nicht verlieren wollte. Und außerdem: Wozu war seine Rückkehr gut? Gregor ist vor Heimweh nach seinem Avignon gestorben und nun streiten sich zwei Päpste um seine Nachfolge. Urban in Rom und Clemens in Avignon. Jeder behauptet, der rechtmäßige Papst zu sein. So führen sie Krieg gegeneinander und das Unheil ist größer als zuvor."

Mona Lapas Stimme hatte an Kraft gewonnen. Auf ihren Wangen brannten rote Flecke. Antonio schaute die Alte erschrocken an. Er verstand ihre Erbitterung nicht.

Mona Lapa senkte den Kopf. Sie war mit sich unzufrieden. Warum fiel sie dem jungen Mann in die Rede, kränkte ihn sogar? Er war verständig, wenn auch nicht ohne Überschwang. Sie hatte längst bemerkt, dass Antonio von ihrer Tochter sprach. Aber aus seinen Worten trat ihr eine andere Caterina entgegen. Wie viele Caterinas gab es und welche war die richtige?

Natürlich wusste Mona Lapa von Caterinas Aufenthalt in Avignon, aber sie wusste auch, dass Papst Gregor auf dem Totenbett bereut hatte, den „Einflüsterungen eines Weibes" nachgegeben zu haben. Caterina wollte immer nur das Beste. Hatte sie das Beste auch getan? Sie mischte sich in die Geschäfte der großen Herren, ohne etwas davon zu verstehen. Was Antonio an ihr pries, schien Mona Lapa nicht rühmenswert. Konnten es nicht Versuchungen des Teufels gewesen sein, die Caterina von Heim und Herd weggelockt hatten? Wenn der Herr im Himmel wirklich ein liebender Gott war, warum legte er seine Hand so schwer auf sie?

Als die Tochter starb, hatten ihre Freunde und Bewunderer sie, die Mutter, nicht einen Augenblick allein mit ihr sprechen lassen. Sie umlagerten die Sterbende, lasen ihr gierig jedes Wort von den Lippen, schrieben jeden Seufzer auf. Knieten vor ihr nieder, beteten sie an, aber keiner, nicht einer begriff, wie einsam sie war. Sie glich einem aus dem Nest gefallenen Vögelchen. Doch bis zuletzt täuschte ihr Wille über ihre Hilflosigkeit hinweg.

Nicht die Liebe, mit der Giacomo und sie das jüngste ihrer Kinder umgaben, nicht die Züchtigung, mit der sie ihren Eigensinn brechen wollten, hatten Caterina aus ihrem selbst gewählten Kerker befreien können. Das Mädchen blieb freundlich, still, geduldig und doch bemerkte Mona Lapa, wie es litt. Nacht für Nacht rang Caterina, fast noch ein Kind, im Gebet. Sie aß kaum, schlief wenig. Mehr als einmal fand man sie bewusstlos. Es schien, als wollte sie ihren Körper vernichten, um mit dem Fleisch von allen Leiden befreit zu sein. Wenn Mona Lapa ihr Vorhaltungen machte, schaute die Tochter sie nur mit glänzenden Augen an. Vor diesem Blick verstummte sie.

Eine unsichtbare Mauer umgab Caterina, sie konnte die Menschen nie auf geradem Wege erreichen, sondern nur über den Himmel. Niemand verstand ihre Visionen. Nur die Mönche gaben vor, es zu tun, wie dieser Frater Raimondo, und stürzten sie dadurch noch tiefer ins Unglück.

Mona Lapa war eine fromme Frau. Nie hatte sie ohne Not die Messe versäumt. Sie lebte ganz der Familie, half auch, wenn ein Fremder ihrer Hilfe bedurfte. Aber Tagediebe gab sie keinen Soldo. Wer zwei Hände besaß und gesund war, sollte sein Geld selbst verdienen. Die meisten Mönche waren für sie Tagediebe. Sie arbeiteten nicht und verdrehten armen Geschöpfen wie ihrer Caterina den Kopf.

Mona Lapa hörte Antonio nur mit halbem Ohr zu. Sie hatte schon zu viel gesehen und erlebt – die großen Herren waren gekommen und gegangen, aber die Lasten und Mühen des Alltags blieben immer die gleichen –, als dass sie sich über die Rückkehr des Papstes nach Rom freuen konnte. Junge Leute wie Antonio ließen sich schnell begeistern. In ein paar Jahren würde er merken, dass die Welt sich immer nur im Kreise dreht.

Mochte Antonio ihre Tochter eine Heilige nennen, sie wusste es besser. Caterina war ein Mensch wie jeder andere, nur trieb sie alles bis zum Äußersten – Frömmigkeit, Nächstenliebe, Mut. Verzehrte sich in der Pflege von Aussätzigen und Pestkranken, begab sich in die Gesellschaft von Raubgesindel und Landsknechten, um sie zu bessern. Auf Vorwürfe ehrbarer Bürger, sie beleidige Gott durch ihr herausforderndes Verhalten, antwortete sie: Es ist das schlechte Gewissen, das euch so sprechen lässt.

Feindschaft und Verachtung fochten sie nicht an, der Tod schreckte sie nicht. Jedes Geschöpf klammert sich ans Leben. Warum nicht Caterina? Ihre Zwillingsschwester war eine Totgeburt gewesen. Hatte Caterina das Grauen vor dem Tod schon im Mutterleib erfahren – und über-

217

wunden? Wie sonst ließ sich ihr Einfluss auf Niccolo Tuldo erklären?

Der Jüngling hatte sich in der Öffentlichkeit verächtlich über die Stadtregierung geäußert. Unbedachtes Gerede, wie es der Jugend so schnell über die Lippen geht. Die Regenten, erst wenige Monate im Amt und noch unsicher, fürchteten Aufruhr. Ihre Büttel ergriffen Niccolo, man verurteilte ihn zum Tode. Jedermann hielt das Urteil für ungerecht. Die Bürger bestürmten die Regierung mit Bitten um Gnade. Vergeblich, denn der Schwache will durch Härte beweisen, dass er stark ist.

Niccolo Tuldo gebärdete sich im Gefängnis wie ein Wahnsinniger. Er war noch zu jung, um zu begreifen, dass der Tod eine Erlösung sein kann. Leben wollte er, nichts als leben. Den Priester, den man zu ihm schickte, damit er dem Verurteilten die Beichte abnehme und ihn auf den Tod vorbereite, trieb er mit Faustschlägen hinaus.

Caterina, damals kaum älter als Niccolo, besuchte ihn. Stunden später kehrte sie erschöpft nach Hause zurück und sagte: „Er fügt sich in den Willen Gottes." Was sie mit dem Todgeweihten gesprochen hatte, erfuhr niemand.

Am nächsten Tag drängten sich die Einwohner von Siena auf dem Marktplatz, dessen sanftes Ansteigen jedem einen freien Blick auf den Richtblock vor dem Stadthaus ermöglichte. Ehe der Verurteilte kam, kniete Caterina nieder und legte ihren Kopf auf den Block, als wollte sie selbst enthauptet werden. Als Niccolo, zwischen zwei Bütteln, ohne Fesseln, aufrecht und gefasst auf die Piazza trat, ging ihm Caterina mit ausgebreiteten Armen entgegen. Er lächelte. Sie machte das Zeichen des Kreuzes über ihn und sagte mit ihrer hellen Stimme: „Wohlan, zur Hochzeit, mein süßer Bruder, denn bald wirst du zum ewigen Leben gelangt sein!"

Er kniete vor dem Richtblock nieder, Caterina entblößte seinen Nacken und sprach mit ihm. Willig legte er den Kopf auf den Block. Während sie mit beiden Händen sein Haupt umfasste, schlug der Henker zu.

Caterina, die kleine zarte Caterina, zitterte nicht, sie schrie nicht, als sie, über und über mit Blut bespritzt, das Haupt des Jünglings in den Händen hielt.

Entsetzt stöhnten die Zuschauer auf. Woher nahm das Mädchen die Kraft, so etwas zu tun? Die Regenten der Stadt verließen fluchtartig den Platz.

Mona Lapa hörte Antonio sagen: „Etwas Zwingendes ging von ihr aus, dem sich jeder beugen musste."

Sie sah ihre Tochter wieder auf dem Totenbett, bräunlich verfärbt und uralt. Schaudernd hatte Mona Lapa gedacht: Das ist nicht meine Caterina, das ist eine Fremde. Sonst würde sie aufstehen und weiterleben. Wie kann der Tod solch einen Willen brechen?

Oder war es Starrsinn gewesen, der Caterina taub für Vorhaltungen machte, der sie in die Welt hinaustrieb, allein und schutzlos, eine Frau?

Auch Mona Lapa besaß einen starken Willen, alle in der Familie gehorchten ihr. Giacomo war ein Träumer, selbst wenn er in der Werkstatt stand und Stoffe färbte. Aber durch Träume werden die Kinder nicht satt, bestellt sich nicht das Haus. So hielt Mona Lapa das Heft in der Hand und es ging ihnen gut dabei, den Kindern, dem Mann. Nur Caterina widersetzte sich. Sie hatte Mona Lapas Unerbittlichkeit geerbt und die von Träumen umflorten Augen Giacomos, die etwas zu sehen schienen, was anderen verborgen blieb. Immer wollte sie das Unmögliche und tat es auch. Sie heiratete nicht, weil sie sich als Braut Christi fühlte, aber sie lehnte zugleich ab, in ein Kloster einzutreten. Wenn Mona Lapa auch keine hohe Meinung von Klöstern hatte, glaubte sie doch dort ihre Tochter besser aufgehoben als in schmutzigen Hospitälern und auf Straßen. Kein Wunder, dass man Caterina unerlaubter Beziehungen zu Männern verdächtigte, ein Vorwurf, der Mona Lapa schwer traf.

Einmal schleppte man Caterina an den Haaren aus der Kirche, weil ihre Anwesenheit angeblich den heiligen Ort entweihte. Als die Mutter sie zur Rede stellte, hatte Caterina nur geantwortet: „Auch unser Herr Jesus musste das ertragen. Lass sie, Mutter, kümmere dich nicht darum!"

Wie sollte Mona Lapa schweigend hinnehmen, dass die Tochter den guten Ruf der Familie ruinierte!

Giacomo verteidigte Caterina bis zu seinem letzten Atemzug. Ein Geschenk Gottes an die Welt nannte er seine Jüngste. Mona Lapa hatte ihn aufgebracht zurechtgewiesen. Alle ihre Kinder waren Geschenke Gottes!

„Gott wollte mich für die Sünde des Hochmuts strafen, als er durch Caterina meinen Willen brach." Mona Lapa sagte es laut in Antonios Worte. Er sah sie irritiert an. „Wie meint Ihr?"

Mona Lapa winkte ab. Antonio spürte ihr Widerstreben. Warum konnte er die Nonne nicht beschreiben, wie sie vor seinem inneren Auge stand: kindlich und mütterlich, naiv und scharfsinnig, nüchtern und ekstatisch zugleich? Würde er je den Abstand finden, ihr Bild so zu erfassen und mitzuteilen, dass es auch für andere lebendig wurde?

Die Alte hielt ihn für einen religiösen Schwärmer. Sie tat ihm unrecht. Er war Kaufmann. Die Tuchhandlung, die er von seinem Vater übernommen hatte, florierte. In diesen wirren Zeiten, da Florenz von Unruhen geschüttelt wurde, da der Krieg zwischen der Antipäpstlichen Liga und dem Kirchenstaat die Lande unsicher machte, erforderten die Geschäfte mehr denn je Tatkraft, Umsicht und gesunden Menschenverstand.

Diese Eigenschaften hatte Caterina besessen. Wenn sie bereit war, um des Friedens willen zu sterben wie damals in Florenz, so handelte sie nicht anders als ein guter Kaufmann, der die wertvollere Ware der minderen vorzieht.

Antonio lächelte bei dem Gedanken, was für eine tüchtige Händlerin Caterina abgegeben hätte. Als sie vor zwei Jahren nach Florenz kam, besuchte sie ihn in seinem Kontor. Eingehend erkundigte sie sich nach seinen Geschäften, prüfte die Tuche. Erst gegen Ende des Besuches erfuhr er, dass der Papst sie nach Florenz geschickt hatte. Sie sollte die Wogen des Hasses gegen die Kirche glätten und zwischen Rom und der Stadtregierung vermitteln.

Schreckliches war inzwischen geschehen. Nur drei Wochen nach der Rückkehr des Heiligen Vaters in die Ewige Stadt richtete der Kardinallegat Robert von Genf ein Blutbad in der romagnolischen Stadt Cesena an. Die Bürger hatten sich gegen die bedrückende Herrschaft päpstlicher Truppen erhoben und einige Söldner getötet. Das diente dem Kardinal als Vorwand, ein Exempel zu statuieren. Die Rückkehr des Papstes nach Rom, dessen vermeintliche Nachgiebigkeit gegenüber der Antipäpstlichen Liga, zu der Mailand, Florenz, Pisa, Siena und andere norditalienische Städte gehörten, hatten seinen Zorn aufs Äußerste gereizt. In Cesena wollte er nicht nur die Gegner einschüchtern, sondern vor allem Gregor zur Härte zwingen. Drei Tage und drei Nächte dauerte das Gemetzel. Kardinal Robert von Genf, das Schwert in der Hand, feuerte die Soldaten an: „Blut, Blut, tötet alles Leben, alles!" Tausende lagen erschlagen in den Straßen, füllten die Getreidehalle und zwei große Zisternen. Der Schlächter von Cesena aber ließ sich ein Jahr später, als Gregor gestorben war, in der Stadt Fondi als Gegenpapst zu Urban wählen und nannte sich Clemens, also der Milde.

Deutlicher konnte das Papsttum nicht zeigen, wie tief es gesunken war. Dem schwachen Gregor folgten zwei Päpste, die sich an Grausamkeit und Bedenkenlosigkeit im Kampf um die weltliche Macht in nichts nachstanden. Ganz Europa schaute hilflos der Balgerei um den päpstlichen Thron zu.

Aber noch lebte Gregor, als die Nonne nach Florenz kam. Antonio und seine Freunde wussten, wie hart sie die feindselige Haltung Gregors gegen Florenz tadelte, wie inständig sie ihn zur Milde und Güte mahnte. Es gelte nicht, verloren gegangene Städte wiederzuerobern; die Seelen der Menschen zu heilen sei Aufgabe der Kirche. Männer wie Robert von Genf bezeichnete die Nonne als fleischgewordene Teufel. Keiner fand schärfere Worte für die Untaten der Päpstlichen als sie, aber sie schrie sie nicht auf den Straßen heraus, sondern sagte sie dem Papst ins Gesicht. Sprach von den „stinkenden Blumen im Garten der heiligen Kirche, die schmutzig und gierig, vom Stolz aufgebläht" seien. Beschwor Gregor, seine Macht zu gebrauchen, „diese Blumen auszureißen und hinauszuwerfen, damit sie nichts mehr zu regieren haben". Warf ihm Furchtsamkeit gegenüber den sichtbaren und unsichtbaren Teufeln vor.

Kühner ward niemals vor einem Thron gesprochen. Die Nonne tat es ungestraft, weil sie lieben konnte, wo andere, angewidert von den Verbrechen im Namen Christi, nur noch zu hassen vermochten. Hatte das Volk doch den Glauben an den Papst und die Kardinäle verloren. Viele Florentiner sahen in Caterina eine Handlangerin des Papstes und seines Kardinals Robert von Genf.

Aber Caterina fürchtete nicht Missverständnisse und nicht Intrigen. Sie forderte die Florentiner zum Gehorsam gegenüber der heiligen Kirche auf, wie sie den Geistlichen vorhielt, Schmarotzer und Blutsauger zu sein. Nur wenige wollten sie verstehen, denn sie verlangte schier Unmögliches: Vertrauen zu wagen und auf Gewalt zu verzichten.

Antonio bangte um ihr Leben. Einige Mitglieder der Stadtregierung lehnten die Verständigung mit Rom ab und sannen auf Mittel, Caterina auszuschalten. Er bot ihr bewaffneten Schutz an. Lachend lehnte sie ab. „Eine seltsame Friedensstifterin wäre ich, wenn ich für meine Mission Kriegsknechte brauchte!"

Eines Abends stürzte Antonios Gehilfe atemlos in das Kontor. „Schnell, Messer Antonio, sie wollen Caterina töten!"

Antonio schickte den Jungen, Hilfe zu holen, und lief zu dem Haus, wo die Nonne wohnte. Er fand die Tür offen, hörte Gebrüll. „Wo ist die Hexe? Heraus mit ihr!"

Ehe er eingreifen konnte, erschien Caterina. „Ich bin, die ihr sucht. Macht mit mir, was Gott will, doch lasst meine Begleiter in Ruhe." Ihr Gesicht war weiß wie das Tuch, das Kopf und Hals verhüllte. Zum Zeichen, dass sie wehrlos war, öffnete sie weit die Arme. Sie lächelte. Die Männer wichen einen Schritt zurück, sahen sich unentschlossen an. Antonio flehte zum Himmel, die Freunde möchten bald kommen, zugleich fürchtete er, es würde dann ein blutiger Kampf entbrennen.

In die Stille hinein sagte Caterina: „Es ist unmenschlich, wenn Christen, die Glieder des Leibes der heiligen Kirche, einander bekriegen und verfolgen. Friede, Friede bei der Liebe des gekreuzigten Christus und Ende dem Krieg. Versteht doch, Brüder, dass es keine andere Rettung gibt."

Die Männer, stadtbekannte Raufbolde, schlugen die Augen nieder. Ihr Anführer stieß mit belegter Stimme hervor: „Verzeiht die Störung, Schwester, wir wünschen eine gute Nacht."

Später meinte Caterina: „Wie gern hätte ich mein Leben hingegeben, um das ewige Leben zu gewinnen. Vielleicht diente ich damit dem Frieden mehr als durch Worte, auf die doch keiner hört." Sie wirkte müde und traurig. Antonio begriff, dass sie keine Illusion über den Erfolg ihrer Friedensbemühungen hegte. Die Regierung in Florenz und die Kurie in Rom glichen Wölfen, die sich gegenseitig belauerten, um im geeigneten Moment dem anderen ein Stück seiner Beute zu entreißen. Die Sprache des Lammes: „Nur durch den Frieden ist der Krieg zu besiegen", verstanden sie nicht.

Antonio sagte es ihr, bat sie, nicht länger ihr Leben aufs Spiel zu setzen. Den Intrigen der großen Herren sei sie nicht gewachsen.

Caterina hörte ihm aufmerksam zu.

„Ich kann nicht", erwiderte sie schließlich. „Befiehl dem Regen, nicht zu fallen, dem Feuer, nicht zu brennen. Ich bin nur ein einfaches Mädchen, aber Gott hat mir befohlen: Geh, davon hängt das Heil vieler ab. Du wirst unter der großen Menge leben, indem du die Ehre meines Namens vor die Laien wie die Kleriker und Ordensleute trägst. Ich werde dich den Päpsten vorstellen, die meine Kirche leiten. Denn ich will mit dem, was schwach ist, den Stolz der Starken zunichtemachen. Wenn ich auch unwürdig bin, so schulde ich doch Gott Gehorsam. Er allein weiß, welchen Sinn mein Tun hat, das dir unverständlich erscheint."

Während sie sprach, schien ihre ganze Gestalt in Licht getaucht. Mit einem Arm hätte er sie aufheben und davontragen können. Es war ihm ein Rätsel, wie dieser zerbrechliche Körper einen so unbändigen Willen nähren konnte.

„Sie glich einer Kerze, die sich selbst verzehrt." Antonio sagte es laut und befreit, dass er endlich das rechte Wort gefunden hatte, die Heilige zu beschreiben. Triumphierend wiederholte er: „Einer brennenden Kerze glich sie."

Mona Lapa hob den Kopf, dabei verrutschte das Tuch. Mit einer raschen Handbewegung zog sie es in die Stirn. Wieder mutete Antonio diese Geste vertraut an, doch in seiner Erregung dachte er nicht weiter darüber nach.

„So, so, eine Kerze", murmelte die Alte. Das Bild ge-
fiel ihr. Eine Wachskerze verströmt süßen Duft, und wenn
ihre Flamme auch nur wenig wärmt, so gibt sie doch einen
hellen Schein. Was aber in ihren Strahlenkranz gerät, ver-
brennt. Ihre Caterina war zwar keine Heilige, aber mit einer Kerze ließ sie sich vergleichen. Zuletzt zuckte ihr Le-
benslicht nur noch, dann war sie ausgebrannt, ihr Gesicht
ähnelte bräunlichem Wachs. Bei der Totenmesse drängten
sich die Menschen, die Leiche zu berühren, und noch am
gleichen Tage erzählte man sich von Wundern.

Mona Lapa runzelte ärgerlich die Stirn. Sie war vor dem
Trubel geflohen. Nicht einmal im Tod fand die Tochter
Ruhe. Als ob dieses gepeinigte Menschenkind, das nicht
einmal sich selbst zu helfen vermochte, als Tote gicht-
brüchige Glieder heilen konnte.

Jetzt stellte Mona Lapa die Frage, die sie beschäftigte,
seit ihr junger Gefährte von seiner Heiligen sprach. „Sag
mir, wer lebt gottgefälliger? Jene, die unter Schmerzen
Kinder gebärt, sie unter Mühen aufzieht, rastlos für die
Familie sorgt, Undank erträgt und dennoch Tag für Tag
ihre ganze Kraft dem Wohlergehen anderer opfert, ohne je
darüber zu reden? Oder jene, die ruhelos durch die Welt
zieht, sich in Männergeschäfte einmischt und ihren Körper durch Gebet und Askese abtötet?"

Antonio lächelte. Er spürte die Eifersucht der alten
Frau auf die junge, von der er sprach, vielleicht auch auf
die Tochter, die so ganz anders gewesen sein musste als
sie selbst.

„Ich könnte euch mit der Geschichte von Marta und
Maria, den Schwestern des Lazarus, antworten. Aber viel-

leicht mögt Ihr die nicht. Dann frage ich Euch: Schuf Gott den Büffel, der den Pflug zieht, nicht ebenso wie die Nachtigall, die ihre Lieder singt? Brauchen wir nicht beide? Oder wolltet Ihr auf die Nachtigall verzichten?"

„Ich bin kein Büffel und eine Heilige ist keine Nachtigall", erwiderte Mona Lapa trocken. Dabei dachte sie, dass sie sich nur wehrte, aber nicht meinte, was sie sagte. Niemals hätte sie mit ihrer Tochter tauschen wollen. Was hatte Caterina gezwungen, sich solchen Härten zu unterwerfen? Drei Jahre lang lebte sie in ihrer Kammer wie in einem Kloster, in einem Alter, da andere Mädchen nach einem Bräutigam Ausschau hielten, ihr erstes Kind bekamen. Sie verließ das Haus nur, um hinauf nach San Domenico zu gehen, zu beichten und die Kommunion zu empfangen.

Die Mutter empfand es wie eine Befreiung, als Caterina eines Tages erklärte, sie wolle das Kleid des dritten Ordens der Dominikaner, der Mantellate, nehmen. Diese außerhalb des Klosters lebenden Frauen waren ältere Witwen. Sie lehnten Caterinas Bitte ab, weil sie glaubten, sie brächte in diesem Alter noch nicht die Kraft auf, wie eine Nonne in der Welt zu leben.

Mona Lapa machte den Willen der Tochter zu ihrem eigenen. Wie sie einst den Heiratskandidaten die körperlichen Vorzüge der Tochter – ihr schönes Haar, die biegsame Gestalt – gepriesen hatten, verwies sie jetzt auf das von einer Krankheit narbige Gesicht, die schwächliche Figur. Kein Mann würde sich nach ihr umsehen. Mona Lapa erreichte, dass die frommen Frauen Caterina in ihre Gemeinschaft aufnahmen. Doch ihre Hoffnung auf ein ruhigeres Leben erfüllte sich nicht. Caterina pflegte Kranke,

227

denen sich aus Furcht vor Ansteckung und wegen des üblen Geruchs niemand zu nähern wagte. Sie mischte sich in Streitigkeiten ein, scharte Gleichaltrige um sich, die wie sie zur höheren Ehre Gottes Vater und Mutter verließen. Das schuf böses Blut und setzte Caterina Verleumdungen aus. Immer öfter reiste sie in andere Städte, verschwand für Wochen und Monate aus Siena. Wenn sie zurückkehrte, war sie noch schmaler und durchsichtiger als vorher, kaum hielt sie sich auf den geschwollenen Füßen.

Vor einem halben Jahr machte sie sich auf den Weg nach Rom. Papst Urban bedürfe ihrer, erklärte sie. Mona Lapa konnte sich nicht vorstellen, wozu.

Nun war Caterina tot. Urban würde weiter gegen alle Welt Krieg führen – gegen Robert von Genf, gegen Königin Johanna von Neapel, gegen die Städte ...

Was hatte Caterina bewirkt, worin bestand der Sinn ihres Tuns? Weil keiner eine Antwort darauf fand, so viel Aufopferung aber nicht sinnlos gewesen sein durfte, nannte man sie eine Heilige. Als sie noch lebte, war sie vielen unbequem, jetzt priesen sie alle. Was es aber für eine Mutter bedeutete, die eigene Tochter ins Verderben laufen zu sehen, konnten nur wenige ermessen. Sie hatte Caterina geliebt.

Mona Lapa weinte. Antonio sagte erschrocken: „Hab ich Euch gekränkt? Verzeiht mir!" Er begegnete Mona Lapas Augen, die dunkel vor Trauer geworden waren. Genauso hatte ihn Caterina beim Abschied aus Florenz angesehen. Als ahnte sie ihren nahen Tod, sagte sie: „Ich wünsche, dass Gott meine Seele bald von den Schmerzen dieses Körpers befreit. Du, mein Bruder, bete für den Frieden in der Christenheit, und wenn Gott dich ruft, verschließe deine Ohren nicht."

Mehr als ihre Worte traf ihn ihr Blick. Schwer von abgrundtiefem Leid, wie es nur jemand ertragen kann, der grenzenlos liebt. Von einer Dringlichkeit, wie sie aus einem unbändigen Willen kommt. Dieses Mädchen lebte allein aus dem Licht ihres Gewissens und niemand konnte sie abhalten, ihm zu folgen.

„Ist es nicht traurig", fragte Mona Lapa, „dass Gott solche Heilige braucht wie deine Nonne, um von den Menschen gehört und dann doch nicht verstanden zu werden?" Sie wischte mit dem Zipfel des Kopftuches die Tränen von den Wangen.

Antonio wollte widersprechen, doch die Alte hieß ihn schweigen.

„Hast du eine Frau, Kinder?" Antonio verneinte. „Aber du wirst sie einmal haben. Dann möge dir Gott gesunde Kinder schenken und keines davon zu einem Heiligen bestimmen", sagte Mona Lapa in einem Ton, der keinen Widerspruch duldete.

Antonio lächelte. „Ich muss weiter. Wollt Ihr nicht ein Stück auf meinem Maultier reiten? Wohin führt Euch der Weg?"

„Nach Siena. Aber heute will ich nur bis Viterbo, wo mich ein Schwestersohn für einige Tage aufnimmt. Danke für dein Angebot, aber meine eigenen zwei Beine sind mir lieber als vier fremde. Sorge dich nicht um mich!"

Als Mona Lapa Siena erwähnte, konnte Antonio kaum erwarten, dass sie ihre Rede beendete. „Aber da müsst Ihr doch die Nonne kennen, sie stammte aus Siena!"

Mona Lapa sagte so leise, dass er Mühe hatte, sie zu verstehen: „Ich kannte Caterina ... Einige bewunderten sie, viele lachten sie aus, die meisten verstanden sie nicht. Zu denen gehörte ich."

Antonio starrte die Alte bestürzt an. Erst jetzt begriff er. „Caterina ist also ..."

Mona Lapa nickte. „Lass es gut sein. Du kennst meine Tochter so wenig wie ich deine Heilige. Bewahre die Erinnerung an deine wunderbare Nonne wie ich sie an mein unglückliches Kind. Jeder liebt, was seinem Herzen am nächsten ist."

Nach diesen Worten stand sie auf, auch Antonio erhob sich. Das Maultier schnaubte ungeduldig. Antonio packte gedankenverloren den Mantelsack. Als er ihn am Sattel festgebunden hatte, ging er noch einmal zu der Alten.

Sie schlug das Kreuzeszeichen über ihn. „Gott segne dich." Antonio hätte gern noch mehr gesagt. Er wollte für seine Blindheit um Verzeihung bitten, doch Mona Lapa legte mahnend den Zeigefinger auf den Mund. Da beugte er sich nieder und küsste sie.

„Ich danke dir, Mutter."

Mona Lapa blickte dem Reiter nach. Sie trank noch einen Schluck von der Quelle und machte sich gleichfalls auf den Weg.

Canossa

Matilde von Tuscien (1048–1115)

Matilde stammte aus der Ehe des mächtigen Langobardenfürsten Bonifatius mit Beatrix von Oberlothringen und war durch ihre Mutter mit dem deutschen Kaiserhaus verwandt. Nach dem Tode des Bonifatius heiratete Beatrix Herzog Gottfried den Bärtigen. Dieser machte Kaiser Heinrich III. die Oberhoheit in Italien streitig. Der Kaiser nahm Beatrix und Matilde gefangen und führte sie als Geiseln nach Deutschland. 1056 starb Heinrich III., er hinterließ die Herrschaft über das Reich seinem erst sechsjährigen Sohn Heinrich IV., Beatrix und Matilde kehrten nach Italien zurück. Um das Erbe des Bonifatius seiner Familie zu erhalten, verheiratete Gottfried die junge Matilde mit seinem Sohn aus erster Ehe, Gottfried dem Buckligen, einem Gefolgsmann Heinrichs IV. Für kurze Zeit lebte Matilde wieder in Deutschland. Ihre Ehe war unglücklich und wurde durch die Flucht Matildes nach Italien gelöst. Nach dem Tod ihres Mannes, der Mutter und des Stiefvaters herrschte Matilde ab 1075 allein über weite Gebiete Italiens vom Po bis zum Liris.

Zu jener Zeit regierte in Rom Papst Gregor VII. (1073 bis 1085). Er nutzte die schwache Stellung Heinrichs IV., um

Kirche und Papst vom Reich unabhängig zu machen. Nicht länger sollten Könige und Kaiser Bischöfe einsetzen und die Papstwahl beeinflussen dürfen. Scharf wandte sich Gregor gegen Ämterverkauf und Priesterehen. Der junge Heinrich forderte Gregor auf, von seinem Amt zurückzutreten. Auf einem Konzil in Worms erklärten die deutschen Bischöfe am 24. Januar 1076 den Papst für abgesetzt. Gregor antwortete darauf im Februar 1076 mit dem Bann gegen Heinrich.

Die deutschen Fürsten, von Heinrich im Interesse der Zentralgewalt in ihren Rechten beschnitten, sahen die Stunde der Rache gekommen. Sie versagten dem König den Gehorsam. Sollte der Bann gegen ihn nicht binnen Jahresfrist aufgehoben werden, wollten sie einen neuen König wählen. Zugleich luden sie Papst Gregor für den 2. Februar 1077 zu einem Reichstag nach Augsburg ein, das oberste Richteramt im Streit zwischen dem König und den Fürsten auszuüben.

Der von allen Seiten bedrängte König entschloss sich zu einem unerwarteten Schritt. Begleitet von seiner Gemahlin Berta von Turin und dem dreijährigen Sohn Konrad, zog er im Januar 1077 dem Papst entgegen. Durch Selbstdemütigung, aber ohne politische Zugeständnisse, wollte er die Lösung des Banns erreichen.

Gregor, bereits auf dem Weg nach Augsburg, suchte Zuflucht bei der Markgräfin Matilde auf der Burg Canossa. Hier erreichte die Auseinandersetzung zwischen Papsttum und Reich, die in der Folge die Einheit des christlichen Europa sprengen sollte, ihren ersten Höhepunkt.

***

Matilde stand am Fenster und schaute hinüber zur Burg Rossena, an der vorbei der Weg aus dem Val d'Enza hinauf nach Canossa führte. Von dorther musste Heinrich kommen. Tiefblau wölbte sich der Winterhimmel über die braunen Hügel bis zu den fernen schneebedeckten Gipfeln des Apennin. Seit Tagen wehte ein kalter Nordwind, drang durch alle Ritzen des Mauerwerks. Die Holzkohlenfeuer in den Becken wärmten kaum.

Bis gestern hatte Matilde gehofft, Heinrich gäbe sein Vorhaben auf. Da ritt ein Abgesandter des Königs durch den dreifachen Mauerring von Canossa und meldete die Ankunft seines Herrn für den folgenden Tag. Gregor hatte nur die Augenbrauen gehoben und den Mann ohne Antwort entlassen. Während der Morgenmesse war er sehr bleich gewesen, doch seine Worte hallten so kraftvoll im Gewölbe der Kapelle wider, dass Matilde einen leichten körperlichen Schmerz empfand. Sie liebte Gregors Stimme, in der sich seine Seele offenbarte: stark und empfindsam zugleich. Aber heute Morgen hatte in ihr ein metallischer Ton geklungen, der sie beunruhigte.

Was würde Gregor tun?

Einen falschen Mönch hatte Heinrich ihn genannt. Ein Jahr war seither vergangen. Nun bat der König um Verzeihung, nicht, weil er ehrlich bereute, sondern weil er um seine Krone fürchtete.

Matilde erinnerte sich an Heinrich, wie er an der Hand seiner Mutter, der frommen Kaiserin Agnes, am Totenbett Heinrichs III. gestanden hatte, schüchtern, doch schon in der Pose des Herrschers – ein Kind, das nichts begriff. In ihrer Vorstellung war er noch immer dieses Kind. Was sie von ihm hörte, ließ ihn unüberlegt und unreif erscheinen. Ihm fehlte der Ernst seines Vaters. Matilde dachte ungern an Kaiser Heinrich und seine Familie.

Es hatte ihr und der Mutter während der Haft in der Kaiserpfalz Bodfeldt an nichts gefehlt, doch die Düsternis und Wildheit der Harzlandschaft lagen bis heute wie ein Alp auf ihr. Die Menschen dort lachten wenig und tranken viel. Der Tod des strengen Kaisers war wie eine Erlösung gewesen, der Ritt nach Italien wie ein Aufbruch ins Gelobte Land. Nur wenige Jahre später hatte sie als Gemahlin Gottfrieds wieder nach Norden reisen müssen. Sie verabscheute den Mann, hasste das Land. Als ihr kleiner Sohn starb, wurde die Sehnsucht nach der Heimat in ihr übermächtig – nach den lichtübergossenen Ebenen, den blauen Bergen, den reichen Städten, der klingenden Sprache. Sie floh nach Mantua, wo die Mutter sie freudig und ohne Vorwürfe in die Arme schloss.

Und nun kam Heinrich. Die Schatten der Vergangenheit schienen sie einzuholen. Matilde hüllte sich fester in ihren Umhang.

Die Markgräfin stand im zweiunddreißigsten Lebensjahr. Die Ehe mit Gottfried und die kurze Mutterschaft hatten sie nicht erblühen lassen. Sie wirkte zart wie ein junges Mädchen. Die blassen Lippen, voll noch und schön geschwungen, verrieten die Pein vieler Nächte, da körperliches Verlangen mit dem Stolz auf ihre Unabhängigkeit rang. Der hochmütige beherrschte Blick ließ die Leidenschaften, von denen die Markgräfin gequält wurde, nicht ahnen. Nach dem Tode ihrer Mutter wagte nur noch einer, Matilde lange und prüfend in die Augen zu sehen – Papst Gregor.

Matilde wandte sich nicht um, als man ihr meldete, König Heinrich nähere sich der Burg. Schon längst hatte sie die Gruppe von Reitern erblickt. Aber sie konnte, sie wollte noch immer nicht glauben, dass ein deutscher König, der eben noch dem Papst sein „Steige herunter!" entgegengeschleudert hatte, nun im Büßergewand heranzog. Was ist das für ein Herrscher, dachte sie, der so unüberlegt spricht und so würdelos handelt! Sie empfand keine Genugtuung über den Bußgang Heinrichs, nur Scham. Gab es etwas auf dieser Welt, das solche Selbstüberhebung und, wenn sie auf Widerstand stieß, solch eine Selbsterniedrigung rechtfertigte?

Nördlich der Alpen schien dies nicht ungewöhnlich zu sein. Ihr Gemahl Gottfried hatte einmal gesagt: Stolz ist ein Mantel, mit dem man sich schmückt; man wirft ihn ab, wenn er lästig wird. Was tut's, sich zu demütigen, wenn man dadurch bekommt, was man will?

Jeder toskanische Bauer besaß mehr Ehrgefühl als diese Fürsten.

Was würde Gregor tun? Er hatte ebensowenig wie sie vorausgesehen, wozu der König fähig war. Der offene Kampf musste Gregor willkommener sein als dieses schändliche Spiel.

Wies er Heinrich zurück? Wenn er ihm verzieh – um welchen Preis?

Die Reiter befanden sich auf der Anhöhe, die zum Burgtor führte. Helme und Schilde blitzten in der Morgensonne. Matilde konnte Heinrich nicht erkennen, zu groß war die Entfernung. Sie presste die Hand gegen die Brust und schloss die Augen. Hier geschah etwas Unerhörtes. Wusste Heinrich, was er tat, welche Folgen er heraufbeschwor?

Matilde hielt es nicht mehr am Fenster. An Priestern und Dienern vorbei eilte sie in das obere Stockwerk der Burg, wo Gregor und seine Gäste wohnten. Ein deutscher Bischof trat ihr in den Weg. Sie schob ihn wortlos beiseite.

Gregor stand mit Abt Hugo am Fenster. Als Matilde den Raum betrat, kam er mit ausgestreckten Armen auf sie zu. Die vertraute Geste beruhigte sie.

„So habt Ihr ihn gesehen."

Gregor nickte und führte Matilde zu einem Stuhl neben dem Kamin. Seine warme Hand umschloss fest die ihre. Sie spürte, wie ihre Erstarrung sich löste.

Nach dem Papst setzten sich auch Abt Hugo und Bischof Anselm zu der Markgräfin, während die Sekretäre in der Tiefe des Raumes verharrten.

„Werdet Ihr ihn empfangen?", fragte Matilde. Gregors Miene wurde undurchdringlich und abweisend. Mehr zu sich als zur Markgräfin sagte er: „Gott wird mir den rechten Weg weisen."

Matilde, enttäuscht von Gregors Wortkargheit, ließ ihre Blicke forschend über die Gesichter gleiten. Abt Hugo lächelte ihr zu. Ein weißer Haarkranz umgab seinen Kopf. Hugo wirkte wie ein in die Kutte gesteckter Bauer – breitschultrig, von untersetzter Gestalt. Er war seit dreißig Jahren Gregors Freund, seit jener Zeit, da Gregor unter seinem Taufnamen Hildebrand viele Monate in Cluny verbracht und sich mit dem Gedanken getragen hatte, dort Mönch zu werden. Damals regierte der weise Odilo das Kloster. Mit sicherem Gespür erkannte er, dass Hildebrand zu mehr berufen war, als die Ehre von Cluny zu mehren. Er schickte ihn nach Rom zurück und trug ihm auf, dort das Reformwerk von Cluny fortzuführen.

Als Odilo starb, folgte ihm Hugo im Amt. Er mochte mit Gregor gleichaltrig sein. Während ein starker Wille und schier unerschöpfliche Energie die Züge des Papstes prägten und nur der Bart die kantigen Linien milderte, lagen in Hugos Gesicht die Trauer und die Güte eines Menschen, der mehr zum Meditieren als zum Handeln neigt. Das verrieten auch seine Hände, die, schmal und feingliedrig, nicht zu seiner bäuerlichen Gestalt passen wollten.

Matilde machte es plötzlich froh, Hugo in der Nähe Gregors zu wissen. Sie erwiderte sein Lächeln.

Anselm wandte den Blick nicht vom Kaminfeuer. Seit vier Jahren war er der Beichtvater der Markgräfin. Damals hatte Matilde den Schleier nehmen wollen, aber ihre Mutter Beatrix und Gregor hinderten sie daran. Wer sollte das Erbe des mächtigen Bonifatius von Canossa verwalten, wenn Beatrix einmal starb? Gregor besaß im Norden Italiens keine besseren Verbündeten als diese Frauen. Er wollte, dass sich Matilde den Geschäften der Welt ebenso tatkräftig zuwandte wie ihre Mutter. So bestellte er Bischof Anselm, auch er ehemals Mönch von Cluny, zum geistlichen Beistand Matildes. Ihm gelang es, ihre Frömmigkeit wieder ins Leben und zur Tat zurückzuführen.

Anselm war auch als Bischof der Mönch geblieben, der sich am liebsten gelehrten Studien widmete. Tagsüber studierte er die Seelen der Menschen, viele Stunden der Nacht verbrachte er über Büchern. Seine kurzsichtigen Augen schienen zu sehen, was anderen verborgen blieb.

Gregor hatte eine gute Wahl getroffen, als er diesem Mann die geistliche Führung Matildes anvertraute.

Auf Anselms Stirn spielte der Widerschein des Kaminfeuers, er schwieg.

Matilde schaute wieder auf Gregor. Ihre Blicke trafen sich, lange und schwer. Sie fragte: „Werdet Ihr Heinrichs Gemahlin Berta, ihren kleinen Sohn Konrad und ihre Mutter Adelheid empfangen?"

„Braucht Heinrich den Beistand von Frauen und Kindern?" Gregor unterdrückte nur mühsam seinen Unmut.

Abt Hugo zuckte mit den Schultern. Niemand kannte länger als er den jungen Heinrich und über keinen fiel es ihm schwerer, ein Urteil abzugeben. Er hatte ihn aus der Taufe gehoben. Vor Jahren war er nach Goslar gefahren, ihm ins Gewissen zu reden, als er seine angetraute Gemahlin Berta von Turin verstoßen wollte. Heinrich, der Sohn eines starken Vaters und einer schwachen Mutter, besaß beider Erbteile. Mutig war er bis zur Tollkühnheit, von hochgespanntem Herrscherstolz, schwankend zwischen Überhebung und Kleinmut. Ihm fehlte Ausgewogenheit. Vaterlos aufgewachsen, von der Mutter verwöhnt, von ehrgeizigen Fürsten im Alter von zwölf Jahren entführt und zum Werkzeug ihrer Wünsche gemacht, konnte er nicht reifen wie Matilde.

Von Cluny aus hatte Abt Hugo all die Jahre sorgenvoll die Entwicklung des Königs verfolgt. Als Heinrich, mündig geworden, den sächsischen und thüringischen Adel unter die Reichsgewalt zwang, schien es Hugo, als trete er endlich in die Fußstapfen seines Vaters. Zur Taufe des Thronerben Konrad reiste Hugo wieder nach Goslar. Dort fand er einen jungen König, der zwar andere, aber nicht sich selbst zu besiegen verstand. Seine Erfolge ließen ihn seine Möglichkeiten überschätzen. Statt sich mit Gregor im Kampf gegen die Missstände in der Kirche zu verbünden, griff er den Papst an. Vergeblich warnte Hugo den König, Gregor zu reizen. Mit düsteren Vorahnungen hatte er Goslar verlassen. Er fürchtete Heinrichs zu wildem Begehr neigendes Temperament ebenso wie die Unnachgiebigkeit Gregors. Als er von der ausweglosen Lage des Königs hörte, brach er sofort nach Rom auf. Unterwegs erfuhr er von dem überraschenden Schritt des Königs und eilte nach Canossa. Er beschwor den Freund, Heinrich nicht in die Enge zu treiben, und bot seine Vermittlung an. Doch Gregor bestand darauf, die Auseinandersetzung bis zum bitteren Ende zu führen.

Abt Hugo bewunderte die Energie und den Mut Gregors, unterstützte ihn in seinem Bestreben, die Kirche aus den Fesseln weltlicher Gewalt zu befreien und sie von Laster und Entartungen zu reinigen. Doch dass Gregor sich zum Herrn über den König erheben wollte, erfüllte ihn mit Unbehagen. Hieß es nicht bei Paulus, die Obrigkeit sei Gottes Dienerin und trage ihr Schwert nicht umsonst? Das geistliche und das weltliche Schwert sollten für die gleiche Sache kämpfen, nicht gegeneinander.

Außerdem konnte Abt Hugo dem jungen Heinrich sein Mitgefühl nicht versagen. Wenn man den König auch unberechenbar, arglistig und lasterhaft nannte, so war er es doch nicht mehr als andere Fürsten dieser Zeit. Seit dem Tode seines Vaters von Feinden umgeben, die ihn zuerst ausnutzten und ihm dann die Krone streitig zu machen versuchten, wehrte Heinrich sich tapfer. Wenn er in der Wahl seiner Mittel oftmals königliche Würde vermissen ließ, musste man die Gründe dafür in einer unglücklichen Kindheit, seiner Jugend und in seiner Verzweiflung suchen. Wer so wenig Liebe erfahren hatte wie Heinrich, gegen den nun der Papst und die deutschen Fürsten standen, kämpfte mit dem Rücken zur Wand. Ob Gregor das verstand? Und wenn er es verstand – was bedeutete ihm die menschliche Tragödie des jungen Heinrich gegenüber dem Schicksal der Kirche?

Hugo sah in das verschlossene Gesicht des Freundes und pries sich glücklich, dass Gott ihn zum Abt von Cluny und nicht zum Papst ausersehen hatte.

Leise sagte er: „Berta, Konrad und Adelheid bitten nicht für den König, sondern für den Gemahl, Vater und Schwiegersohn."

Jäh erhob sich Matilde. „Was macht das für einen Unterschied? Heinrich behandelt Berta schlechter als seinen Hund. Er schickt sie fort, wenn er ihrer überdrüssig ist, er zwingt sie, ihn mit dem kleinen Sohn bei Schnee und Eis über die Alpen zu begleiten, wenn er sich einen Vorteil davon erhofft. Und Adelheid tut alles ihrer Tochter zuliebe."

Ihre Stimme hatte heftig geklungen. Anselm wandte das Gesicht vom Kaminfeuer zu Matilde. Mild sagte er: „Richtet nicht zu schnell, Markgräfin. Könnte Berta nicht ihrem Gemahl verziehen haben und ihn, vielleicht uns alle, durch ihren Großmut beschämen?"

Matilde biss sich auf die Lippen, erwiderte dann: „Ich rechte nicht mit Berta, wenn ich sie auch nicht verstehe. Aber Heinrich sollte selbst Manns genug sein, seine Sache zu führen, und nicht Frauen und Kinder vorschicken."

Anselm wechselte einen Blick mit Hugo und schaute wieder auf Matilde. Er las in ihrem Herzen wie in einem offenen Buch. Die Liebe machte sie unversöhnlich, eine Liebe, die über alle Verdächtigungen kleiner Geister erhaben war. Zu Gott strebte Matildes Seele in schwärmerischer Sehnsucht, doch ihr praktischer Sinn gab sich mit der Anbetung des Wesenlosen nicht zufrieden. In Gregor hatte sie einen Menschen gefunden, der tiefe Frömmigkeit mit unermüdlicher Tatkraft vereinte. Der Bauernsohn Hildebrand, der unter neun Päpsten Demut lernte, bis er unter dem jubelnden Zuruf der Römer selbst zum Papst wurde, besaß jene Kühnheit, die einer Frau wie Matilde gefallen musste. Der Papst, der Mann, die Sache Gottes waren in ihm eins. Matilde gestand es sich vielleicht nicht ein, aber sie liebte Gregor, wie sie Gott liebte, ohne dass Gregor Gott für sie war. Sie träumte den gleichen Traum wie er – ein erneuertes Papsttum, das Italien einigte und all die brandschatzenden, plündernden Fremdlinge von dem Land fernhielt: die deutschen Kaiser, die normannischen Fürsten, die Sarazenen und die Byzantiner.

Matildes jugendliche Leidenschaft vereinte sich mit Gregors Willen. Ihr riesiger Besitz gab ihm die Mittel an die Hand, seine Pläne zu verwirklichen.

Nur Dummköpfe, Heuchler und Verleumder konnten behaupten, Gregor ließe sich von einem Weibe beherrschen und unterhalte unerlaubte Beziehungen. Matilde war trotz der Ehe mit Gottfried im Geiste keusch geblieben und Gregor lebte wie ein Asket. Wenn sie Anfechtungen des Fleisches verspüren mochten, dann überwanden sie diese in harter Selbstzucht.

Auf der Reichsversammlung in Worms hatte man Gregor vorgeworfen, dass er die ganze Christenheit mit einem Weibersenat regieren wolle und die Kirche mit dem Gestank bösen Ärgernisses erfülle, weil er mit einer fremden Frau Tischgemeinschaft halte und sie beherberge, vertrauter als notwendig. Gregor, der sein Leben lang gegen Priesterehen und Hurerei in den Klöstern angekämpft hatte, lächelte nur über diese Verleumdungen.

Matilde dagegen empörte sich. Als wenig später ihr Gemahl Gottfried in Deutschland ermordet wurde und ihre Mutter Beatrix starb, vermochte auch Anselm nichts mehr gegen ihren Wunsch, ins Kloster zu gehen und ihr Erbe der Kirche zu überlassen.

Papst Gregor sprach ein Machtwort, er verbot Matilde den Nonnenschleier. Gehorsam verwaltete sie das riesige Erbe des Bonifatius, zu dem die Städte Mantua, Modena, Parma, Reggio, Ferrara gehörten, Gebiete wie die liebliche Toskana und das fruchtbare Spoleto.

Matilde sah Gregor nur noch selten, aber die Vertraulichkeit blieb bestehen. Niemand verstand besser als sie, welcher Aufgabe sich Gregor verschrieben hatte. Sie vermochte ihm auf seinen Höhenflügen zu folgen und besaß zugleich die Nüchternheit einer regierenden Fürstin.

Matilde richtete sich an der niemals wankenden Entschlossenheit ihres Freundes auf. Sie war stolz, aber ihr fehlte die Selbstsicherheit ihrer Mutter. Hatte diese die Urkunden unterzeichnet mit den Worten „Beatrix, von Gottes Gnaden, was ich bin", so schrieb sie: „Matilde, von Gottes Gnaden, wenn sie überhaupt etwas ist."

Anselm seufzte leise, als er in das abweisende Gesicht

der Markgräfin sah. Die Unversöhnlichkeit, die sie zur Schau trug, mochte dem Papst wohl anstehen, aber nicht ihr, einer Frau. Gewiss, Heinrichs Vorgehen durchkreuzte Gregors Pläne, sich in Augsburg mit den Feinden Heinrichs zu vereinen und die Absetzung des Königs zu betreiben. Aber war es nicht des Königs gutes Recht, sich zu wehren, auf welche Weise auch immer?

Der Kastellan meldete, der König begehre den Heiligen Vater zu sprechen. Fragend schaute Matilde auf Gregor. Es war an ihr, der Herrin von Canossa, Befehle zu erteilen. Gregor flüsterte ihr etwas zu. Sie nickte. Man solle dem König die Tore der ersten beiden Mauerringe öffnen, das dritte Tor jedoch, den unmittelbaren Zugang zur Burg, verschlossen halten.

Als der Kastellan gegangen war, trat Matilde an eines der Fenster. Die Priester folgten ihr. Gregor und Matilde standen nebeneinander, das junge Weib und der um ein Vierteljahrhundert ältere, noch immer kraftvolle Mann. Ihre Schultern berührten sich. Mit brennenden Augen starrten sie in die Tiefe, nicht, um sich an der Demütigung des Königs zu weiden, sondern wider allen Anschein hoffend, Heinrich zöge doch noch ab. Sie sahen ihn den steilen Hang hinaufkommen – barhäuptig, in ein graues Büßergewand gekleidet, ohne Schuhe –, sahen, wie er vor dem verschlossenen Tor auf die Knie fiel, die Arme zum Himmel erhoben.

Matilde umklammerte erschrocken Gregors Arm. Der Papst führte sie zu ihrem Sitz, während Anselm und Hugo an den Fenstern stehen blieben. „Markgräfin", sagte Gregor beschwörend, „das ist eine Stunde der Prüfung für uns alle – für Heinrich, für Euch, für mich. Wir müssen fest bleiben, um der Sache der Kirche willen."

Matilde blickte Gregor erstaunt an. Er verstand sie nicht. Sie empfand kein Mitleid für Heinrich, nur Scham, und es quälte sie die Sorge um Gregor. Wie konnte, wie sollte er diesem unberechenbaren Jüngling begegnen? Nun sprach er ihr Mut zu, wo er selber Zuspruch brauchte.

Sie strich sich über die Stirn, warf den Kopf zurück und lächelte. Gregor glaubte, Beatrix vor sich zu sehen, die große Mutter einer wunderbaren Tochter. Er lächelte zurück. Beide fassten neuen Mut.

In der Burg war es ungewöhnlich still. Die Stunden vergingen, es wurde Mittag und noch immer wartete der König. Es warteten die Gäste und Diener, dass etwas geschehen würde. Aber der Papst und die Markgräfin hatten sich in ihre Gemächer zurückgezogen.

Endlich sank die bleiche Sonne unter die Bergkette. Schatten um Schatten warf die Dämmerung auf das umliegende Land, da sah man im letzten Lichtstrahl Heinrich sich vom Tore abwenden und mit steifem Gang den Abstieg vom Felsen beginnen. Ein Seufzen durchwehte die Burg, bewegt von Mitleid, Erleichterung, Enttäuschung.

An der Tafel im großen Rittersaal kam die Unterhaltung nur schleppend in Gang. Matilde hatte vorausgesehen, dass niemand Appetit haben würde, solange Heinrich hungernd und frierend vor dem Tore stand, und deshalb spät auftragen lassen. Sie zwang sich, einige Bissen zu nehmen. Ihr Beispiel wirkte auf ihre Gefolgsleute und die jungen Geistlichen. Anselm und Hugo rührten die Speisen nicht an. Wegen eines Fastengelübdes entschuldigten sie sich verlegen bei der Markgräfin. Gregor trank nur einen Becher Wein, dann verließ er den Saal, um zwei deutsche Bischöfe zum Gespräch zu empfangen.

Abt Hugo verwickelte Anselm in eine Disputation über eine Stelle im zweiten Korintherbrief des Apostels Paulus: „Was sichtbar ist, das ist zeitlich; was aber unsichtbar, das ist ewig."

Matilde hörte zu, ohne zu verstehen. Mit halbem Ohr vernahm sie, wie man am anderen Tafelende die Schlachtordnung der Normannen mit der der Deutschen verglich und darüber stritt, welcher von beiden der Vorzug zu geben sei.

Jeder vermied, über das zu sprechen, was ihn am meisten beschäftigte – der Ausgang des Kampfes zwischen Papst und König. Keiner wollte durch ein unvorsichtiges Wort die allenthalben spürbare Erregung vermehren.

Während der Abendmesse dachte Matilde, dass in dieser Kapelle noch niemals so kraftvoll gebetet worden war. Kraft ist immer auch Not, sann sie. Ein schwächerer Geist als Gregor würde triumphieren, einen König niedergezwungen zu haben. Doch Gregor schrie zu Gott, ihn vor einem Irrtum zu bewahren. Kniend, die Arme erhoben, erinnerte er die Betenden in der Kapelle an den büßenden Heinrich vor dem Burgtor und alle beugten sich schaudernd unter der Schwere dieser Stunde. Und als sie sangen „Hilf mir Gott durch deinen Namen und schaff mir Recht durch deine Kraft", schien ihnen, man müsse die Worte noch hören in fernen Ländern und allen Zeiten.

Matilde fand keinen Schlaf. Der Wind tobte um den Felsen und das Schloss von Canossa. Er schob schwere Wolken vor sich her. Die Sterne verloschen, eine weiche Dunkelheit legte sich über das Land. Matilde schmerzten die Glieder. Es wird schneien, dachte sie sorgenvoll. Als Kind hatte sie sich auf den Schnee gefreut, weil er die Welt verzauberte. Einmal fand man sie halb erfroren unter einem Baum. Nur der Mutter erzählte sie später, dass ihr gewesen war, als wurzelten ihre Füße in der Erde, aus den Armen wüchsen emporstrebende Äste und vom Himmel herab fiele ein Gewand auf sie, das niemals seine Reinheit verlieren würde.

Auch jetzt noch liebte sie den Anblick der weißen, stillen Winterlandschaft, doch sie hatte ihre trügerische Schönheit auch fürchten gelernt. Vor acht Jahren waren in einem harten schneereichen Winter Olivenbäume und Weinstöcke erfroren, in der Ebene konnten die Bauern nicht rechtzeitig die Saat ausbringen. Im darauffolgenden Jahr ging der Hunger um. Die Bauern griffen zu Gabeln, Spießen, Sensen und stürmten Burgen und Abteien.

Matilde nahm sich vor, die Verwalter ihrer Güter zur Milde zu ermahnen, wenn dies alles hinter ihr lag. Wenn ... Wann ...?

Im Traum saß sie in einer ihr unbekannten Kirche in Rom. Am Altarkreuz hing ein Mann, in Hüfthöhe mit einem Lederriemen am Holm festgebunden. Die Beine gegen das Holz drückend, hielt er den Oberkörper unter Mühen aufrecht, dass er aussah wie der Gekreuzigte. Es war Gregor ...

Durch das schmale Fenster gegenüber ihrem Lager sickerte die Morgendämmerung. Matilde erhob sich und trat fröstelnd ans Fenster. Der Wind war über Nacht schwächer geworden, doch besaß er noch genügend Kraft, die schneeschweren Wolken weiterzutreiben.

Matilde wandte den Blick vom Himmel zur Erde. Eine Schwäche überkam sie. Taumelnd sank sie auf die Fensterbank. Vor dem Tor stand Heinrich, als habe er diesen Platz nie verlassen.

Heiß wallte Zorn in ihr auf. Die Hunde hätte sie auf ihn hetzen mögen, damit sie ihn dorthin trieben, wo er nach Geburt und Stand hingehörte, auf den Thron oder an die Spitze eines Heeres. Wenn Heinrich nicht selbst merkte, welch unwürdiges Spiel er der Welt bot, wenn seine Ratgeber ihn nicht davon abhalten konnten oder wollten, dann musste man ihn wie einen aufdringlichen Bettler von der Pforte prügeln.

Matilde raste vor Empörung. Ihr, der sonst so Beherrschten, Kühlen, brannten rote Flecken auf Wangen und Stirn, als sie vor Gregor trat.

„Befehlt mir, ihn fortjagen zu lassen."

„Einen König jagt man nicht wie einen Hund davon."

„Aber so tut doch etwas!", forderte sie.

Gregors Gesicht blieb unbewegt, seine Stimme klang leidenschaftlos: „Anselm und Hugo raten mir, ihm zu verzeihen."

„Dann verzeiht ihm und schickt ihn wieder weg, damit dies hier ein Ende habe."

„Unmut ist ein schlechter Ratgeber", erwiderte Gregor zurechtweisend.

Matilde fasste sich. „Ihr habt Recht", sagte sie. „Ich bewundere Eure Kraft, Geduld und Klugheit und dennoch

– ich verstehe Euch nicht. Worauf wartet Ihr? Mit jeder Stunde, die Heinrich vor dem Tor ausharrt, sinkt Euer Ansehen, da Ihr tatenlos dieser Entwürdigung zuseht. Ein Schatten von Heinrichs Erbärmlichkeit fällt auf Euch. Worauf wartet Ihr?"

„Auf Gottes Stimme." Wie Hammerschläge fielen die Worte Gregors in den Raum. Er schloss die Augen und senkte das Kinn auf die Fingerspitzen seiner gefalteten Hände. Matilde betrachtete ihn – die zerfurchte Stirn, die eingefallenen Wangen, den grauen Bart. Gregor war kein schöner Mann. Die Augen standen zu dicht beieinander, die breite Nase beherrschte das Gesicht. Seine hohe Gestalt war durch die Jahre gebeugt.

Er stammte wie sie aus dem Volke der Langobarden, das vor Jahrhunderten nach Italien gekommen war. Matilde blickte auf eine glänzende Ahnenreihe zurück.

Hildebrand war in einer Bauernhütte aufgewachsen. Jetzt regierte er die Christenheit und die Markgräfin rechnete es sich zur Ehre an, mit ihm befreundet zu sein.

Sie war noch ein kleines Mädchen, als sie ihm zum ersten Mal begegnete. Eben aus Deutschland zurückgekehrt, flößte ihr der hochgewachsene ernste Mann Furcht ein. Sie klammerte sich an Beatrix und weinte. Die Mutter lachte. Hildebrand beugte sich zu Matilde nieder und begann eine toskanische Weise zu singen. Seine Stimme klang einschmeichelnd, seine Augen lächelten. Er erzwang ihre Zuneigung nicht, er konnte warten. So gewann er sie.

Vielleicht hat seine Stärke immer darin bestanden, warten zu können, dachte Matilde. Nach dem Tode des gro-

ßen Papstes Leo forderten viele den vierunddreißigjähri-
gen Hildebrand als Papst. Auch Beatrix reiste eigens nach
Rom, ihm ihren Beistand anzubieten. Sie drängte ihn, das
Amt anzunehmen. Hildebrand aber sang der kleinen Matilde ein toskanisches Liedchen vor und sagte zu Beatrix:
Gott hat mich noch nicht berufen. Dabei gab es unter den
Anwärtern auf den Stuhl Petri keinen, der in so hohem
Maße Charakterstärke und Sittenstrenge in sich vereinig-
te, der die Machtverhältnisse beiderseits der Alpen so gut
kannte wie Hildebrand. Er reiste gern und oft. Wenn er aus
Cluny oder vom deutschen Königshof nach Rom zurückkehrte, machte er jedesmal in Mantua Station. Er beriet
sich mit Beatrix, scherzte mit Matilde. Je älter sie wurde,
desto mehr bewunderte sie Hildebrand – seinen uner-
müdlichen Kampf gegen das lasterhafte Leben des Klerus,
die Zähigkeit, mit der er um eine unabhängige, von weltlicher Einmischung freie Kirche rang. Als Matilde mit Gottfried verheiratet wurde, fiel ihr die Trennung von dem vä-
terlichen Freund beinahe schwerer als von der Mutter.

Nach ihrer Flucht aus Deutschland traf sie gerade an jenem Tag in Rom ein, als der dreiundfünfzigjährige Hildebrand unter dem begeisterten Zuruf der Kardinäle und
dem Jubel des Volkes in der Kirche San Pietro in Vincoli
zum Papst erhoben wurde. Atemlos wartete sie auf Hilde-
brands Zustimmung. Als er die Hände vors Gesicht schlug
und lange schwieg, wusste sie, dass dies keine eitle Schau-
stellung war. Hatte sie ihn doch einmal sagen hören, die
Macht sei für ihn das Kreuz, das Gott vor die Auferstehung gesetzt habe. Endlich richtete er sich auf und sprach
sein Ja. Ganz Rom feierte diesen Tag.

Gregors Stimme unterbrach Matildes Gedanken. „Wie sich die Ereignisse gleichen. Vor einem Jahr war ich der Gefangene des Cencius. Nur ließ Gott mich damals nicht so lange warten."

Überrascht schaute ihn Matilde an. Die Situation war damals eine andere gewesen. Der Römer Cencius hatte Gregor während der Weihnachtsmesse in Santa Maria Maggiore am Altar überfallen, unter Misshandlungen aus der Kirche geschleift und gefangen gesetzt. Ursprünglich wollte er Gregor an König Heinrich ausliefern, doch die Verlockung, dem Papst Kirchenschätze abzupressen, erwies sich größer als die unsichere Hoffnung auf die Belohnung durch Heinrich. Cencius und seine Mitverschworenen bedrohten Gregor mit dem Tode, aber selbst die Folter entrang ihm kein Zugeständnis. Schon knotete einer der Knechte die Schnur, um ihn zu erdrosseln, da stürmte das Volk den Kerker.

Der bedrängte Cencius bat den Papst um Gnade. Gregor gewährte sie ihm. Mit seinem Leib schützte er Cencius vor dem Volkszorn. Die Römer führten den befreiten Papst im Triumphzug nach Santa Maria Maggiore zurück. Dort las er die Messe an der Stelle weiter, wo er sie am Abend zuvor hatte unterbrechen müssen.

Cencius lohnte Gregors Milde nicht. Statt wie versprochen nach Jerusalem zu wallfahrten, verschanzte er sich in einer seiner Burgen in der Campagna, versammelte die Feinde Gregors um sich und verwüstete die Kirchengüter.

„Ihr seid nicht der Gefangene Heinrichs", widersprach Matilde. „Noch heute könnt Ihr nach Augsburg aufbrechen. Meine Streitmacht wird Euch begleiten und die lombardischen Parteigänger Heinrichs niederwerfen."

Gregor lächelte nachsichtig. „Aus dir spricht die Unbekümmertheit der Jugend, die glaubt, alles mit dem Schwert erzwingen zu können. Ich bin Papst und kein Feldherr. Den Kampf fürchte ich nicht. Doch niemals werde ich den Anblick des großen Papstes Leo vergessen, als er nach der vernichtenden Niederlage des päpstlichen Heeres durch die Normannen bei Civitate gebeugt und von Zweifeln gepeinigt über das Schlachtfeld irrte und die Toten beweinte. Ich höre noch sein Bekenntnis auf dem Sterbebett, dass ein Papst nicht berufen sei, das Blut der Gläubigen für weltliche Zwecke zu vergießen und die Palme des Heiligen mit dem Schwert des Kriegers zu vertauschen. Ich segne keine Waffen, dazu hat Gott mich nicht bestimmt."

„Dann löst Heinrich vom Bann."

„Nein!", sagte Gregor hart. Seine Augen flammten zornig auf. So musste er vor einem Jahr dem Abgesandten Heinrichs entgegengetreten sein. Matilde erinnerte sich, was Markgraf Azzo von Este von der Fastensynode in Rom erzählt hatte: Der königliche Emissär endete seine Botschaft an den römischen Klerus mit den Worten: „Euch aber, Brüder, lade ich auf kommende Pfingsten vor des Königs Angesicht, wo ihr aus seinen Händen einen Papst empfangen werdet, denn dieser hier ist nicht Papst, sondern ein reißender Wolf."

Wutentbrannt sprangen die Kardinäle auf und forderten den Tod des Redners. Der Stadtpräfekt von Rom zog das Schwert. Gregor entriss ihm die Waffe und rief der Versammlung zu: „Das Wort Gottes ist schärfer als jedes Schwert!"

Noch am gleichen Tag schleuderte Gregor den Bann gegen Heinrich. „... untersage ich im Namen Gottes König Heinrich die Regierung des ganzen Königreichs der Deutschen und Italiens, befreie alle Christen von den Fesseln des Eides, den sie ihm geleistet haben oder leisten werden, und verbiete jedermann, ihm als König zu dienen ...“

Auf diese Nachricht war Matilde nach Rom geeilt und hatte Gregor beschworen: „Bedenkt, Heinrich ist deutscher und römischer König, das weltliche Oberhaupt der Christenheit. Sät Ihr mit dem Bann nicht Hass und Rebellion?“ Gregor erwiderte nur: „Als Christus zu Petrus sprach: ‚Weide meine Schafe‘, nahm er da etwa die Könige aus?“

Ihre Einwände, dass der Apostelfürst allein durch Liebe regiert hatte, wies er zurück. Wenig später schrieb er ihr: „Die römische Kirche ist von Gott allein gestiftet. Der Papst allein hat das Recht, neue Gesetze zu erlassen, neue Gemeinden zu gründen ... Er allein hat das Recht, sich der kaiserlichen Insignien zu bedienen. Sein Name wird in allen Kirchen angerufen. Sein Name, Papst, ist einzig in der Welt. Er hat das Recht, Kaiser abzusetzen. Er kann die Untertanen ihrer Treue gegen ungerechte Obere entbinden ...“

Matilde erschien die Kühnheit Gregors zum ersten Mal als Anmaßung. Durfte ein Sterblicher so über die Ewigkeit gebieten? Ihre Zweifel verstummten vor dem unbändigen Willen des Papstes und seinem Mut, dem Schwert mit dem Bannstrahl zu begegnen.

Jetzt erschreckte sie die Unversöhnlichkeit Gregors. Ein undeutliches Gefühl sagte ihr, dass der Freund vergeblich auf Gottes Stimme warten würde. Der König erwies sich ihm mit seiner Eingebung, waffenlos vor Canossa zu ziehen und die Barmherzigkeit des Papstes anzurufen, als überlegen. Und Gregor wusste es! Nun verstand Matilde seine Bemerkung über Cencius. Er war ein Gefangener. Doch wollte Matilde nicht glauben, dass er hilflos sei. Sie vertraute darauf, dass seine Erfahrung und seine Klugheit ihm einen Ausweg weisen würden.

„Ich werde für Euch beten", sagte sie. Als Gregor sie fragend anblickte, setzte sie hinzu: „Wie Ihr auch entscheidet, Ihr könnt auf mich zählen." Ihre Stimme zitterte.

In der Burg von Canossa schien alles Leben erstorben. Es begann sacht zu schneien. Immer noch stand Heinrich vor dem Tor. Die ihn aus der Nähe gesehen hatten, empfanden Mitleid mit ihm und Erbitterung über Gregor, der sich so hartherzig dem Flehen des Königs verschloss.

Um die Mittagsstunde bat Abt Hugo die Markgräfin um eine Unterredung. Matilde hatte seit heute Morgen den Blick aus dem Fenster vermieden. Unruhe peinigte sie, die sie kaum noch beherrschen konnte. Abt Hugo bemerkte ihr bleiches angestrengtes Gesicht und wog seine Worte sorgfältig ab, ehe er zu sprechen begann. Er pries die Gastfreundschaft Matildes und ihre Verdienste um die Kirche, erzählte dann von Cluny und der Zeit, da er Gregor kennengelernt hatte. Als er spürte, dass die Markgräfin ruhiger geworden war, brachte er, noch immer im Plauderton, das Gespräch auf Heinrich. Matilde mochte den Abt aus Ehrerbietung nicht unterbrechen und hörte widerwillig zu, als er von der Kindheit und Jugend des Königs sprach. Allmählich fesselten sie seine lebhaften Schilderungen. Manchmal lachte sie, wenn Hugo komische Begebnisse erzählte, die er in Goslar erlebt hatte. Sie erinnerte sich an ihre Zeit in der Kaiserpfalz und meinte, die Schwerfälligkeit der Nordländer sei unübertroffen. Finge ein Toskaner eine Fliege, hätte ein Deutscher sie noch nicht einmal gesehen.

„Langsam sind sie", stimmte Hugo zu, „doch es ist ein ernstes und begabtes Volk." Ohne Übergang fuhr er fort: „Heinrich möchte Euch sprechen."

Matilde fuhr auf. Bittend legte ihr Hugo die Hand auf den Arm. „Hört mich an, bevor Ihr antwortet." Er schilderte Heinrichs Reue über sein unbesonnenes Vorgehen gegen den Papst und des Königs Absicht, ein neues gottgefälliges Leben zu beginnen. Wenn er schon Gregor nicht davon überzeugen könne, so hoffe er doch auf Gehör bei seiner bewunderten Cousine.

„Stoßt ihn nicht zurück. Seht in ihm den Menschen, der wie jeder andere nach Liebe und Verständnis hungert. Steht nicht geschrieben: Was ihr dem geringsten meiner Brüder getan habt, habt ihr mir getan?" So dringlich war Hugos Stimme, von so milder Gewalt sein Blick, dass Matilde nicht widersprechen konnte. Wenn sie Hugos Drängen nachgab, überlegte sie, würde Heinrich heute nicht länger vor dem Burgtor stehen. Ihr bot sich die Gelegenheit, etwas zu tun, auszubrechen aus der Lähmung von Canossa. Gut, sie wollte Heinrich anhören, heute Nachmittag in Montezane. Sie nannte die Stunde und fügte hochmütig hinzu: „Dorthin braucht er nicht zu laufen, er kann zu Pferde kommen."

Hugo nahm ihre Hände in die seinen und sagte: „Ihr seid eine Frau von hoher Bildung und großem Mut, Markgräfin, aber Eure Güte übertrifft alle anderen Vorzüge. Gregor muss sich glücklich schätzen, Euch an seiner Seite zu wissen."

Matilde unterrichtete Gregor von ihrem Vorhaben, ehe sie aufbrach. Der Papst sah sie forschend an, fragte nicht weiter, sagte nur: „Gott segne Euch und öffne Euch weit das Herz."

Sie dachte über diese Worte noch nach, als sie mit Abt Hugo und Anselm nach Montezane ritt. Wem sollte Gott ihr Herz weit öffnen – Heinrich oder Gregor? Wozu? Verlangte Gregor von ihr Mitleid, wo er selbst Härte zur Schau trug? Hielt er sie für engherzig? Der bleigraue Himmel beschwerte ihre Gedanken, die Bewegung zu Pferde erleichterte sie nicht so, wie sie gehofft hatte.

Als sie Montezane erreichten, war der König bereits eingetroffen. Man berichtete der Markgräfin, Adelheid von Turin und der kleine Konrad befänden sich in seiner Begleitung.

Während die Diener die Burgkapelle herrichteten, Matilde sich vom Ritt ausruhte und Adelheid von Turin empfing, sprach Abt Hugo mit dem König. Er beschwor Heinrich, die Markgräfin von seiner aufrichtigen Reue zu überzeugen, denn sie sei der einzige Mensch, der Gregors Herz rühren könne. „Habt Ihr sie gewonnen, habt Ihr Gregor gewonnen und der für die Christenheit unheilvolle Streit zwischen dem Stuhl Petri und der Krone findet ein Ende."

Zwischen den beiden Markgräfinnen wollte sich keine Vertraulichkeit einstellen, obwohl sie sich schon lange kannten. Adelheid, Mitte Vierzig und noch immer eine schöne Frau, gelang es nicht, den Wall von Kälte und Abweisung zu durchbrechen, der Matilde umgab. Kein Wort des Bedauerns fand Matilde für die in Reggio krank darniederliegende Berta. Ihr Gesicht verschloss sich, als Adelheid für Heinrich um Hilfe und Verständnis warb. Endlich sagte Matilde gereizt: „Ich verstehe nicht, warum Ihr so warm für einen Mann sprecht, der die Ehre Eurer Tochter und damit die Eure so schändlich mit Füßen trat."

Wenig später betrat die Amme mit dem kleinen Konrad auf dem Arm das Gemach. Adelheid nahm ihr den Knaben ab und stellte ihn vor sich hin. Doch Konrad hielt es nicht bei der Großmutter. Er hatte an Matildes Gewand eine Schließe entdeckt, die im Kerzenschein blitzte. Aufjauchzend, mit noch unsicheren Schritten lief er zur Markgräfin, lehnte sich an ihr Knie und streckte begehrlich die Hände aus. Matilde hob ihn zu sich auf, und als sie Konrad die Schließe gegeben hatte, schmiegte er sich zufrieden in ihren Schoß. Sie strich dem Knaben über den Kopf. Seine braunen Locken fühlten sich noch seidig wie das Haar eines Neugeborenen an.

„Er mag Euch, weil ..." Erschrocken hielt Adelheid im Satz inne. Matilde verhüllte das Gesicht, ihre Schultern zuckten. Der Knabe, der glaubte, sie spiele mit ihm, versteckte sich ebenfalls in dem weiten Übermantel und kreischte vergnügt. Matilde spürte den warmen Körper des Kindes, sie umschlang ihn heftig und lächelte unter Tränen. Ihr Sohn, lebte er noch, wäre nur wenig älter als dieser Knabe. Wenn sie den Vater auch nicht geliebt hatte, so war das Kind ihr doch beglückende Gegenwart und ein Versprechen auf die Zukunft gewesen.

„Ich verstehe Euch", sagte sie zu Adelheid, als sie sich

gefasst hatte. Da ging die Ältere auf die Jüngere zu und umarmte sie. Der kleine Konrad, noch immer auf Matildes Schoß, zog eifersüchtig an den Gewändern der beiden Frauen und spitzte die Lippen. Matilde lachte und küsste ihn auf den Mund.

Ein Lächeln lag noch auf ihren Zügen, als sie in der Kapelle König Heinrich erwartete. Ihre Augen glänzten fiebrig. Besorgt erkundigte sich Abt Hugo, ob die Markgräfin krank sei. Matilde versicherte, sie fühle sich wohl. Anselm maß sie mit erstauntem Blick. Die Stimme sagt mehr über die seelische Verfassung eines Menschen aus als sein Gesicht. Matilde, das hörte er, war weich und versöhnlich gestimmt. Wer hatte dieses Wunder vollbracht?

Der Eintritt Heinrichs enthob Anselm der Mühe, eine Antwort zu finden. Der junge König glich in nichts mehr dem Büßer von heute Morgen. Angetan mit kostbaren, doch nicht prunkenden Gewändern, schritt er rasch auf die Markgräfin zu. Er verbeugte sich, grüßte dann Hugo und Anselm.

Heinrich hätte Matilde lieber allein gesprochen. Sie hatte das als gegen die Regeln des Anstandes verstoßend abgelehnt und zugleich gebeten, dass der König ohne Gefolge erscheine.

Heinrich wandte sich an Abt Hugo. „Ich bitte dich, Taufpate, öffne mir das Ohr meiner strengen Cousine. Bezeuge meine ehrliche Reue und meine gute Absicht."

Hugo wies auf Matilde. „Sprecht selbst zu ihr."

Die Markgräfin schaute Heinrich unverwandt an. Der König setzte sich nicht. Im Stehen fühlte er sich stärker. Aber selbst jetzt noch, als er, den rechten Fuß vorgeschoben und die linke Hand auf die Hüfte gestützt, zu reden begann, konnte er seine Erregung nicht verbergen. Zuerst befiel ihn ein nervöses Zittern, dann wippte er mit der Fußspitze, dann wieder wechselte er schnell hintereinander seine Stellung. Die dunklen Augen wanderten unstet durch den Raum.

Er ist unbeherrscht, dachte Matilde. Sie hörte keine Hoffart aus seinen Worten, auch kein Selbstmitleid. Papst Gregor nannte er seinen lieben Vater, den er schwer gekränkt habe. Nun klopfe er, der verlorene Sohn, an die Pforte des Vaters, um sein Unrecht zu gestehen und wieder in den Kreis der Familie aufgenommen zu werden. Heinrich warf sich Matilde zu Füßen. „In deine Hände, teure Verwandte, lege ich mein Schicksal. Bei unseren gemeinsamen Ahnen beschwöre ich dich: Erweiche den Sinn meines geliebten Vaters Gregor! Bedürfen wir denn nicht alle der Vergebung?"

Hugo und Anselm zuckten zusammen, Matilde schloss die Augen, um nicht die Tränen des Königs sehen zu müssen. Was sollte sie auf dieses ungestüme Verlangen antworten? Nicht der König kniete vor ihr, sondern ein erbarmungswürdiger Mensch, der Vater des kleinen Konrad. Wer gab ihr das Recht, einen Verzweifelten zurückzustoßen? Wuschen seine Tränen ihn nicht von den Sünden der Vergangenheit rein?

Für einen Augenblick tauchte das Gesicht Gregors vor ihr auf. Auch der Heilige Vater litt, freilich auf andere Weise als Heinrich.

Der König kniete noch immer gesenkten Hauptes vor Matilde. Das Haar hat Konrad von ihm, dachte sie. „Ihr seid bereit, Euch auf einem Reichstag dem Urteil des Papstes zu beugen, selbst wenn es Euch die Krone kostete?"

Heinrich sprang auf und beteuerte seinen Willen, sich in allem dem Papst zu unterwerfen, wenn er nur den Bann von ihm nehme.

Nach langem Schweigen sagte Matilde: „Ich werde bei Gregor für Euch sprechen." Den Dank Heinrichs wies sie kühl zurück. „Dankt Eurem Sohn und Adelheid."

Heinrich hob die Brauen und verzog leicht die Lippen. Anselm sah es mit Befremden. Der jähe Wechsel im Gesicht des Königs missfiel ihm. Anselm war von Heinrichs ehrenhaften Absichten nicht so überzeugt wie Hugo und Matilde. Mochte der König jetzt auch glauben, was er sagte, schon morgen konnte sich sein Sinn ändern.

Der Bischof schob die Bedenken beiseite. Wie Hugo war er froh, dass die Markgräfin helfen würde, den Knoten zu lösen. Er kannte Matildes leidenschaftliche Natur, die, einmal von einem Gefühl ergriffen, diesem unbeirrbar folgte. Anselm misstraute Heinrich, doch er sah keinen anderen Weg, als dem König die Absolution zu gewähren, weil sonst das ganze Machtgefüge nördlich wie südlich der Alpen ins Wanken geriete.

Die Schlauheit erweist sich dem Genie allemal als überlegen, dachte er.

Wenig später ritt Matilde nach Canossa zurück. Adelheid und der kleine Konrad begleiteten sie. Die Markgräfin von Turin hatte um ihre Gastfreundschaft gebeten.

Es schneite. Früher als sonst brach die Dämmerung herein. Die Pferde tänzelten erschrocken, wenn der Boden neben dem Pfad jäh abfiel. Sie schnaubten, als würden sie von Geisterhand berührt. Kaum fiel ein Wort zwischen den Reitenden. Als der Fels von Canossa mit der Burg obenauf, einem Adlerhorst gleich, sichtbar ward, seufzte Adelheid laut auf. „Mein Gott, welch eine Feste! Die überwindet nur der Himmel." Matilde erwiderte nichts. Auch sie fühlte sich beklommen. Bald würde sie mit Gregor sprechen und sie wusste ihm nicht viel mehr entgegenzusetzen als ihr Gefühl.

Gregor erschien nicht bei Tische. Er ließ wissen, dass er faste und sich zum Gebet zurückgezogen habe. Markgräfin Adelheid war enttäuscht. Sie hatte sich dem Papst sofort zu Füßen werfen wollen. Matilde tröstete sie. Gregor war nicht der Mann, der sich drängen ließ.

Irgendwann an diesem Abend bat Abt Hugo Matilde: „Sprecht bald mit Gregor, denn Ihr habt Macht über ihn."

Abweisend erwiderte sie: „Eben deshalb will ich sie nie missbrauchen."

„Wollt Ihr, dass ein apostolischer Hirte als grausamer Tyrann gilt?" Auch Hugos Stimme klang scharf. Einen Augenblick standen sie sich wie Fremde gegenüber. Dann streckte der Abt seine Hand aus und sagte in versöhnlichem Ton: „Wir alle hungern nach Vergebung. Helft Gregor, das Rechte zu tun!"

Zu mitternächtlicher Stunde meldete eine Zofe, der Heilige Vater wünsche die Markgräfin zu sprechen. Matilde unterbrach ihren ruhelosen Gang. Ehe sie sich fassen konnte, trat Gregor durch die Tür. Verwirrt begrüßte sie ihn. Seit Gregors Feinde überall verbreiteten, der Papst unterhalte intime Beziehungen zur Markgräfin, hatte Gregor es immer vermieden, allein mit ihr zusammenzutreffen.

Mit einer Mönchskutte bekleidet, das Gesicht bleich und übernächtigt, ähnelte er einem asketischen Wanderprediger. Er ließ Matilde keine Zeit, sich von ihrer Überraschung zu erholen. „Ich musste dich sehen und hören. Gott spricht nicht zu mir."

Matilde erschrak. So außer sich hatte sie Gregor noch nie gesehen. Wie sehr er jetzt Heinrich gleicht, dachte sie.

Schwer ließ sich der Papst auf einen Stuhl fallen. Seine Schattenbilder zuckten an der Wand. Es schien Matilde, als bedrohten sie den gebeugten Mann. Leise sagte sie: „Ehe Euch die Schatten überwältigen – lasst Euer Licht leuchten vor den Leuten, damit sie Eure guten Werke sehen und Euren Vater im Himmel preisen."

„Matthäus fünf, Vers sechzehn", erwiderte Gregor, ohne den Blick zu heben, „aber es heißt auch: Wo viel Licht ist, ist viel Schatten." Er schaute auf. „Ich ahnte es – Heinrich hat dein Herz gerührt." Das klang nicht verstimmt, auch nicht anklagend, doch Bitterkeit schwang in Gregors Worten.

„Vergebt ihm", forderte Matilde, „er ist jung noch, unbesonnen. Stoßt ihn nicht von Euch in die Arme seiner schlechten Ratgeber. Reicht ihm die Hand und er wird künftig auf Euren Rat hören und das Reich als klügerer Herrscher regieren."

„Markgräfin", entgegnete Gregor in schneidendem Ton, „Ihr glaubt nicht an das, was Ihr sagt."

Matildes Wangen glühten, als hätte sie eine Ohrfeige erhalten. Seit ihren Kindheitstagen hatte Hildebrand unter vier Augen stets das vertrauliche Du gebraucht. Wie tief musste sie ihn gekränkt haben, wenn er sie jetzt Markgräfin nannte!

Nicht der Papst Gregor suchte ihren Rat, sondern der Mensch Hildebrand. Ein hartes Herz schmilzt nicht unter Hammerschlägen; wenn überhaupt, dann nur in der Wärme liebevoller Zuwendung. Der kleine Konrad hätte es sie lehren müssen.

„Ihr habt recht", sagte sie beschämt, „niemand weiß, was Heinrich tun wird, wenn Ihr ihn vom Bann gelöst habt. Aber seine Reue ist aufrichtig." Matilde erzählte von ihren Begegnungen mit Adelheid, Konrad und Heinrich. Behutsam suchte sie nach den richtigen Worten. Von der Härte sprach sie, die ins eigene Herz trifft, und von der Liebe, die alle Tore öffnet. Sie fühlte, wie ihr Zorn gegen Heinrich geschwunden war und wie es sie befreite, gütig und voller Verständnis für den Feind zu sein. Der kluge Gregor musste erkennen, dass Härte nur Härte, Liebe hingegen Liebe erzeugt.

Matildes braunes Haar, zu so später Stunde nicht mehr durch ein Tuch zusammengehalten, fiel über das erhitzte Gesicht. Sie warf es selbstvergessen zurück und schloss ihre Rede: „Um Christi willen, vergebt ihm. Steht nicht geschrieben: Dem, der an dir sündigt, ist's nicht genug, siebenmal zu vergeben, sondern siebzigmal sieben?"

Gregor hatte sie die ganze Zeit aufmerksam angesehen. Nun schloss er die Augen und flüsterte tonlos: „Ich kann nicht." Sein Atem traf die Kerzen auf dem Tisch, die Schatten an der Wand bäumten sich auf.

Matilde beugte sich Gregor entgegen und sagte drängend: „Mit welcher Großmut des Herzens habt Ihr dem Cencius vergeben, obwohl er Euch demütigte und Euer Leben bedrohte. Keines seiner Versprechen hielt er und dennoch bereutet Ihr niemals, ihm verziehen zu haben. Den Normannenfürsten strecktet Ihr die Hand entgegen. Wie oft brachen sie ihre Verträge, doch Ihr zeigtet eine fast übermenschliche Geduld. Warum wollt Ihr Heinrich nicht gewähren, was Ihr viel ärgeren und weniger reumütigen Feinden zugestandet?"

Gregor verschränkte die Hände, dass die Knöchel weiß hervortraten. „Es ist eine andere Sache, Matilde, Unrecht zu verzeihen, das uns selbst oder unseren Freunden angetan wurde. Aber hier geht es nicht um mich und meine Freunde, sondern um die Kirche, den Leib Christi. Gott kann Heinrich siebzigmal sieben vergeben. Aber wie kann ich, der Gottes Plan mit der Welt nicht durchschaut, Langmut üben, wo ich deutlich erkenne, dass Heinrich der Kirche Schaden zugefügt hat und weiterhin zufügen wird? Ist es nicht eine Bedingung seiner Macht, käufliche Bischöfe zu schützen, damit sie ihn stützen? Schreien seine Sünden nicht zum Himmel? Beleidigt er nicht den Namen Gottes, wenn er behauptet, er regiere von Gottes Gnaden und die Kirche habe ihm untertan zu sein? Wenn ich Heinrich vom Bann löse, wird er die Kirche wieder unter die königliche Gewalt bringen und am Ende zugrunde richten. Und er wird sich dabei auf mein apostolisches Wort berufen. Das kann er nicht, wenn ich ihn zwinge, vor die Versammlung der Fürsten in Augsburg zu treten und dort vor aller Welt zu versichern, dass er die Kirche aus der Knechtschaft des Reiches entlässt. In dieser Stunde, Matilde, wird nicht Heinrichs und nicht mein Schicksal entschieden, sondern das der Kirche. Die Tränen Heinrichs und meine Verzweiflung zählen nichts vor der Idee eines geistlichen

Imperiums, regiert vom Papst, dem alle Könige der Erde untertan sind."

Gregors Augen blitzten, seine Hände lösten sich aus der Verklammerung und beschrieben einen weiten Kreis.

Matilde fröstelte, sie zog den Mantel enger um sich. Die Vision eines Priesterreiches erschreckte sie, die unter Schmerzen darauf verzichtet hatte, Nonne zu werden. Was sollte das für ein Reich sein, in dem der Mensch nichts mehr galt, aber die Idee alles? Gregor strebte nicht die Freiheit der Kirche an, sondern ihre Herrschaft. Was Wunder, wenn Gott nicht zu ihm sprach, da er sich in frevelhafter Selbstüberhebung gegen ihn verging. Gregors Kühnheit, die ihn auf den Gipfel getragen hatte, trieb ihn nun dem Abgrund entgegen. Dunkle Ahnungen bedrängten sie, sie glaubte zu ersticken. Atemringend stieß sie hervor: „Eure Träume stürzen Euch ins Verderben."

Gregor hob erstaunt die Augenbrauen. „Das sagst du, Matilde?"

„Ihr erträumt Euch ein Reich des Geistes, nicht der Menschen. Ihr seid wie ein Baum, den der Sturm zerbricht, wie ein Fels, den schließlich das Gras zersprengt. Gras und Wind – das sind die Sterblichen, die hassen und lieben, sündigen und der Vergebung bedürfen, die nach dem Plan Gottes leben und nicht nach dem eines Menschen, sei er noch so groß wie ein Papst Gregor."

Jedes Wort, das Matilde herausschleuderte, schmerzte sie. Sie sprach wie unter Zwang und wusste dabei, dass sie den Menschen, der ihr am meisten auf der Welt bedeutete, tief verletzte.

Gregor hörte ihr reglos zu. Das Licht in seinen Augen

erlosch, dunkel und schwer ruhte sein Blick auf der Frau. Matilde, kaum noch Herr über sich, kniete vor Gregor nieder. „Verzeiht mir die anmaßenden Worte, Heiliger Vater, und verzeiht Heinrich – nicht um seinet-, nicht um meinetwillen, sondern um Euretwillen. Ihr werdet die Vergebung des Herrn einmal so brauchen wie Heinrich die Eure. Lasst Euer Herz nicht in Grausamkeit verhärten, öffnet Euch der Liebe. Gebt uns allen ein Beispiel des guten Hirten!"

Gregor sprang auf, durchquerte den Raum. Kehrte dann zu Matilde zurück und hob sie vom Boden auf. „Ich danke dir für deinen Freimut, Gott hat dir eine große Seele gegeben. Mir aber hat er ein Leid aufgebürdet, das ich kaum noch zu tragen vermag." Seine Hände brannten wie Eis in den ihren. Ohne ein weiteres Wort ging er.

Matilde sank auf den Stuhl, auf dem Gregor eben noch gesessen hatte. Plötzlich erschien ihr dieser Tag so unwirklich, als hätte sie alles nur geträumt – den weinenden König, den versteinerten Papst ... Jeder verlangte sein Recht im Namen eines Höheren. Sie nannten es Recht und meinten die Macht. Dafür litten sie, darum rangen sie mit allen ihnen zu Gebote stehenden Mitteln. Zwei Giganten, die kühl ihre Möglichkeiten erwogen und dort, wo ihre Rechnung nicht aufging, sich eines Weibes bedienten, um zum Ziele zu gelangen. Jeder rief ihr Verständnis, ihr Mitgefühl an, um den Gegner mit ihrer Hilfe niederzuringen. Wenn sie erreicht hatten, was sie wollten, vergaßen sie Tränen und Verzweiflung und traten die Menschlichkeit um einer Idee willen wieder mit Füßen. Sie, Matilde, stand dann frierend in einer kalten Welt.

In diesem Augenblick hasste Markgräfin Matilde den ihr von den Vätern vererbten Besitz, der sie zwischen die tränenreichen Bitten Heinrichs und das maßlose Verlangen Gregors stellte.

Es müsste, dachte sie im Einschlafen, eine Welt nach dem Bilde des Mannes aus Nazaret geben. Liebet eure Feinde ... Aber wie sollte das denn möglich sein, da wir nicht einmal unsere Freunde lieben können?

Matilde träumte, der kleine Konrad weine vor der Tür. Als sie den Knaben in die Arme nahm, erkannte sie in ihm ihren Sohn Gottfried. Das Kind herzend und küssend, lief sie zu Gregor. Er sollte wissen, dass Gottfried lebte, sollte ihn segnen.

Auf dem Weg durch endlose Gänge wurde Gottfried in ihrem Arm immer schwerer. Er entglitt ihr und war plötzlich verschwunden. Stattdessen stand Heinrich vor ihr. Wo ist mein Kind?, fragte sie. Heinrich führte sie zu Gregor. Sie warf sich vor dem Papst nieder und bat: Vergib ihm! Heinrich und Gregor gingen aufeinander zu und umarmten sich. Jeder hielt einen Dolch in seiner Rechten und richtete ihn auf den Rücken des anderen. Nein, um Gottes willen nein!, schrie Matilde. Beide stießen gleichzeitig zu. Im Niederfallen blickte Gregor sie vorwurfsvoll an. Sie warf sich über ihn, beteuerte weinend, das habe sie nicht gewollt. Die Hand des sterbenden Papstes wies auf Heinrich, der neben ihm lag. Mit Entsetzen erkannte sie das Gesicht ihres Sohnes, wie sie es schon einmal gesehen hatte – von einem Krampf verzerrt und im Tode erstarrt ...

Matilde erwachte von ihrem Schrei. Stöhnend setzte sie sich auf. Vor den Fenstern graute der Morgen. Als die Umrisse des Raumes aus der Dämmerung heraustraten, erinnerte sich Matilde an die Ereignisse des vergangenen Ta-

266

ges. Den heraufziehenden Tag fürchtete sie ebenso, wie in den Schrecken des Traumes zurückzufallen. Wem konnte sie ihre Ängste anvertrauen? Die Einzige, die sie vielleicht verstand, war Adelheid. Doch eine Markgräfin von Canossa, die mächtigste Frau nördlich des Apennin, durfte sich nicht schwach zeigen, nicht jetzt. Alle erwarteten Hilfe von ihr – Gregor und Heinrich, Adelheid und ihre Tochter, Anselm und Hugo. Aber was sie auch tat, es trug den Keim des Verderbens in sich.

Hier in Canossa, das fühlte sie mehr, als sie es in Worte fassen konnte, zerbrach eine Welt. Niemals mehr würden Kaiser und Päpste eine Sprache sprechen, an einem Reich bauen wie zu Zeiten des großen Franken Karl, des Sachsen Otto, des Saliers Heinrich III. König Heinrich würde die Demütigung von Canossa nicht vergessen, auch wenn Gregor ihm verzieh. Und Gregor würde sein von Priestern regiertes Reich nicht errichten können, weil es auf weltliche Macht abzielte. Was blieb, war ein unaufhörlicher Kampf um Gebiete und Einfluss. Ahnte Gregor, dass seine Verzweiflung die Gegenwart weit überstieg, wusste Heinrich, was er beweinte?

Mögen sie einander doch töten, dachte sie zornig, aber warum reißen sie die Welt mit in ihren Untergang? Wie sie auf ihrem Lager hockte, das Gesicht noch immer in den Händen vergraben, vernahm sie deutlich eine Stimme: Es wird Zeit, dass du endlich erwachsen wirst! Matilde lächelte. Bis ans Lebensende würden diese Worte der Mutter sie verfolgen. Beatrix hatte sich niemals fruchtlosen Grübeleien hingegeben. Sie tat immer, was der Tag von ihr verlangte, und ließ die Zukunft für sich selber sorgen.

Matilde rief nach den Bediensteten. Lange und sorgfältig wählte sie ihre Kleidung. Ein breiter goldfarbener Gürtel betonte ihre schlanke Figur. Um den Kopf wand sie ein rotgoldenes Tuch. Die Farben standen ihr gut zu Gesicht. Immer wieder schaute sie in den Spiegel, wies die Zofe an, dies und jenes noch zu ändern, bis sie zufrieden war.

Im großen Rittersaal der Burg saß Gregor im Gespräch mit den Gästen der Markgräfin von Canossa – Markgräfin Adelheid von Turin und Markgraf Azzo von Este, der am Morgen eingetroffen war. Obwohl es schon auf Mittag zuging, brannten Fackeln an den Wänden. Das Schneetreiben machte den Tag zur Nacht.

Matilde hatte etwas abseits Platz genommen. Gregor vermied, sie anzusehen, doch seine starre Miene sagte ihr genug. Was bedeuteten ihm schon das Flehen Adelheids, die Vorstellungen Azzo von Estes, wo ihn doch die Fürsprache seines Freundes Hugo und die Mahnungen Anselms nicht gerührt hatten! Sie trat ans Fenster. Die Augen aller folgten ihr und jeder ahnte, was zu sehen niemand mehr ertragen konnte: König Heinrich im Büßergewand vor dem Burgtor. Er breitete die Arme aus und hob das Gesicht empor. Wie ein schneebedeckter Baum, dachte Matilde. Gestern hätte sie ihn am liebsten von Hunden fortjagen lassen. Heute empfand sie keinen Zorn mehr, nur Trauer. Heinrich benahm sich in seiner Demut ebenso anmaßend wie Gregor in seiner Härte.

„Um Gottes willen, tut etwas, Markgräfin, ich bitte Euch", hörte sie Anselm neben sich sagen.

„Wie sollte ich, ein Weib, vermögen, was dem Freunde

268

Gregors nicht gelang?", erwiderte Matilde gequält.

Anselm blickte an ihr vorbei. Nach einer Weile sagte er von weither: „Gott in seiner Güte gleicht eher einer Frau als einem Mann. Die Mutter ist gütiger als der Vater."

Erstaunt sah Matilde auf, flüsterte: „Das solltet Ihr aber nicht den Heiligen Vater und die Theologen wissen lassen."

Der Bischof lächelte. „O bewahre, das bleibt ein Geheimnis zwischen Gott, Euch und mir." Jetzt erst trafen sich ihre Blicke. „Verzeiht", sagte Anselm.

Matilde kehrte in den Saal zurück. Auf ihre Bitte um ein Gespräch nickte Gregor nur. In einer Fensternische nahmen sie Platz. Entschlossen begann Matilde: „Ihr wisst, dass Reichtümer mir wenig bedeuten. Ich betrachte mich nur als Verwalterin irdischer Güter. Mein Herz und alles, was ich besitze, gehört der Kirche. Welchen Sinn aber hat meine Hingabe, wenn diese Kirche von einem Mann regiert wird, der nicht die Härte apostolischer Strenge, sondern die Grausamkeit einer gleichsam tyrannischen Wildheit zeigt? Die Härte, mit der Ihr vorgebt, die Kirche zu schützen, zerstört sie. Sollte nicht das Oberhaupt der Christenheit in besonderem Maße das Gleichnis vom verlorenen Sohn bedenken? Wenn Ihr mir antwortet, die Reue des verlorenen Sohnes dort unten sei erheuchelt, dann frage ich Euch, ob Ihr Gott seid, in den Herzen der Menschen zu lesen.

Seid mutig und wagt es, Heinrich zu vertrauen! Furcht ziemt dem Tyrannen, nicht dem Papst. Von jener Stunde an, da Ihr Heinrichs Flehen erhört, wird Euch die Christenheit als einen Heiligen feiern, der sich selbst überwand, um dem barmherzigen Gott zu dienen. Wenn Ihr aber in dieser unchristlichen Härte verharrt, werdet Ihr bald von allen verlassen sein – von Gott und den Menschen."

„Auch von dir?"

„Wie sollte ich jemanden Vater nennen, der die Botschaft des Jesus von Nazaret verleugnet?"

Gregor zuckte zusammen, sagte scharf: „Du schuldest dem Stellvertreter Christi auf Erden Gehorsam!"

Sie warf den Kopf zurück. „Nur einen Gehorsam, der aus der Liebe erwächst. Der Gott, den uns Jesus Christus verkündet hat, ist ein Gott der Liebe und Barmherzigkeit."

Zum ersten Mal seit der vergangenen Nacht schaute Gregor Matilde in die Augen. Sie widerstand seinem Blick. Es war ein stummes verzweifeltes Ringen.

Die Menschen im Saal hielten den Atem an. Jeder spürte, dass hier etwas Unerhörtes geschah. Die junge Markgräfin und der gewaltige Papst standen in einem Kampf, dessen Ausgang so schwerwiegend war wie die Mittel ungewöhnlich. Gregor berief sich auf die Gerechtigkeit, Matilde auf die Barmherzigkeit Gottes.

Kaum noch ertrug Matilde das gespannte Schweigen, doch sie wusste, Tränen und Bitten waren jetzt fehl am Platz. Gregors Herz schrie nach Vergebung, nur sein Wille gab nicht nach. Diesen Willen musste sie zwingen. „Lasst Euch fallen. Ihr fallt nicht tiefer als in Gottes Hand."

„Matilde", stöhnte Gregor und senkte den Kopf. Nur mühsam unterdrückte sie das Verlangen, ihm über die grauen Locken zu streichen, seine durchfurchte Stirn zu glätten.

Ich liebe ihn, dachte sie erschüttert, ich liebe ihn, wie er sich auch entscheidet.

Als er sie wieder ansah, erschrak sie vor der wilden Trauer in seinen Augen. Er sprach so leise, dass sie Mühe hatte, ihn zu verstehen. „In der Stunde, da ich den König vom Bann löse und ihn umarme wie der Vater seinen verlorenen Sohn, wird alles vergeblich gewesen sein, wofür ich ein Leben lang gestritten habe. Noch stehe ich vor der Welt als Sieger da, mit der Macht, den König zu unterwerfen. Aber dieser Jüngling", Gregor wies mit einer müden Handbewegung aus dem Fenster, „wird nicht ruhen, bis er mich vom Stuhle Petri gestoßen hat. Die Demütigung, die er sich selbst auferlegte, gibt ihm Grund genug dazu. Man muss nicht Gott sein, um Heinrich zu durchschauen. So verzweifelt er sich in seiner Reue gebärdet, so rachsüchtig wird er im Triumph sein.

Obwohl ich dies alles voraussehe, will ich jener Stimme gehorchen, durch die Gott zu mir spricht – der deinen. Und ich will Trost suchen in der Hoffnung, dass Er seiner Kirche beisteht."

Matilde schwieg bedrückt. Sie erinnerte sich an den Traum von heute Nacht. Ihr graute vor dem, was Gregor prophezeite und was ihre Ahnungen bestätigte. Zwischen dem Reich und dem Stuhl Petri würde ein furchtbarer Kampf entbrennen. Aber dass ein Papst und ein König hier und jetzt das Evangelium höher stellten als ihr Recht, ermutigte auch. Mochte der Frieden von Canossa nicht dauern, unverlierbar blieb die Erfahrung: Nur der Sieg über sich selbst und die Duldung des anderen überwinden todbringende Feindschaften. Denn es ist keinem Menschen gegeben, die ganze Wahrheit zu erkennen.

Gregor brachte heute das größere Opfer. Er verzieh dem

König nicht um des eigenen Vorteils, sondern um einer höheren Einsicht willen. Gleichgültig, was nun geschah, sie, Matilde, würde ihm mit allen Kräften zur Seite stehen. Leidenschaftlich sprach sie es aus.

Der Anflug eines Lächelns erhellte Gregors Züge. „Dass ich dich wieder neben mir weiß, ist mein schönster Lohn."

Vorhin waren seine Bewegungen greisenhaft gewesen. Jetzt trat er kraftvoll zu den anderen. Er habe sich entschlossen, sagte er, den Fürbitten aller hier Anwesenden nachzugeben und König Heinrich vom Bann zu lösen.

Ein Seufzer der Erleichterung wehte durch den Saal. Bald klang es in allen Gängen und Räumen der Burg: „Er löst ihn vom Bann!" Heinrich hörte es, bevor ihm Hugo die Kunde brachte. Er warf sich in den Schnee und weinte Freudentränen.

Matilde saß noch immer auf der Fensterbank. Erst jetzt merkte sie, wie sehr das Ringen mit Gregor sie ermattet, wie sehr sie den Ausgang gefürchtet hatte. All die Stunden, in denen sie gegen Gregor stand, hatten sie zu ihm geführt, bis in eine Nähe, wie sie tiefer und gefährlicher nicht gedacht werden konnte. Sein Feuer hatte sie verbrannt, seine Kälte sie erstarren lassen. Doch ihr Herz war stärker gewesen.

Die Umarmung Adelheids riss sie aus ihren Gedanken. Sie wehrte die überschwänglichen Worte ab und sagte: „Begleitet mich in mein Gemach. Ich bin müde."

Beide gingen zur Tür. Helles Licht fiel in den Raum. Matildes Gewand leuchtete rot und golden auf. Staunend sahen alle, dass es nicht mehr schneite und der Himmel aufklarte.